उमा शंकर चौधरी

1 मार्च, 1978 को खगड़िया, बिहार में जन्मे उमा शंकर चौधरी कविता और कहानी लेखन में समान रूप से सक्रिय हैं।

उनकी प्रकाशति कृतियाँ हैं—'कहते हैं तब शहंशाह सो रहे थे', 'चूँकि सवाल कभी खत्म नहीं होते', 'वे तुमसे पूछेंगे डर का रंग', 'कुछ भी वैसा नहीं' (कविता-संग्रह); 'अयोध्या बाबू सनक गये हैं', 'कट टु दिल्ली और अन्य कहानियाँ', 'दिल्ली में नींद' (कहानी-संग्रह); 'अँधेरा कोना' (उपन्यास); 'विमर्श में कबीर', 'दलित विमर्श : कुछ मुद्दे कुछ सवाल' (आलोचना); 'हाशिये की वैचारिकी' और 'हिस्सेदारी के प्रश्न-प्रतिप्रश्न' (सम्पादित)।

उमा शंकर की कहानियों, कविताओं का विभिन्न भारतीय भाषाओं में अनुवाद हो चुका है जिनमें कविता-संग्रह 'कहते हैं तब शहंशाह सो रहे थे' का साहित्य अकादेमी से प्रकाशित मराठी अनुवाद शामिल है।

कविताएँ केरल विश्वविद्यालय, केरल; शंकराचार्य संस्कृत विश्वविद्यालय, कलाडी, (केरल) और एम.जी. विश्वविद्यालय, कोट्टयम (केरल) के स्नातक और स्नातकोत्तर पाठ्यक्रमों में शामिल हैं।

कहानी 'अयोध्या बाबू सनक गये हैं' पर प्रसिद्ध रंगकर्मी देवेन्द्र राज अंकुर द्वारा एनएसडी सहित देश के विभिन्न स्थानों पर पच्चीस से अधिक नाट्य प्रस्तुतियाँ हो चुकी हैं।

उन्हें 'साहित्य अकादेमी युवा सम्मान', 'भारतीय ज्ञानपीठ नवलेखन सम्मान', 'रमाकान्त स्मृति कहानी पुरस्कार', 'अंकुर मिश्र स्मृति सम्मान' आदि से सम्मानित किया जा चुका है।

ई-मेल : umshankarchd@gmail.com

अँधेरा कोना

उमा शंकर चौधरी

राधाकृष्ण पेपरबैक्स

पहली बार 2019 में आधार प्रकाशन से प्रकाशित

राधाकृष्ण पेपरबैक्स में
पहला संस्करण : 2023

राधाकृष्ण पेपरबैक्स : उत्कृष्ट साहित्य के जनसुलभ संस्करण

राधाकृष्ण प्रकाशन प्रा.लि.
जी-17, जगतपुरी, दिल्ली-110 051
द्वारा प्रकाशित

शाखाएँ : अशोक राजपथ, साइंस कॉलेज के सामने, पटना-800 006
पहली मंज़िल, दरबारी बिल्डिंग, महात्मा गांधी मार्ग, प्रयागराज-211 001

वेबसाइट : www.radhakrishnaprakashan.com
ई-मेल : info@radhakrishnaprakashan.com

बी.के. ऑफसेट
नवीन शाहदरा, दिल्ली-110 032
द्वारा मुद्रित

मूल्य : ₹199

ANDHERA KONA
Novel by Uma Shankar Choudhary

ISBN : 978-81-19092-00-0

हमारे समय का यथार्थ है यह अँधेरा कोना
और इन्हीं अँधेरे कोनों में जब्त
हवा, पानी, आग, खुशबू, पत्थर, औजार, कला, शब्द
और आवाज के नाम
यह उपन्यास

घोड़ों के बारे में आपने इतिहास में बहुत पढ़ा और सुना होगा। घोड़ों ने आर्यों को गतिशीलता दी थी। घोड़ों ने इतिहास में नायकों को नायकत्व दिया था। लेकिन घोड़े कई बार इतिहास को झुठला देते हैं और खुद बन जाते हैं नायक।

चुनाव, सड़क, गिट्टी और अलकतरा

जब पूरे इलाके में अलकतरा की गन्ध घुल गई तो गाँव में खुशी की लहर दौड़ गई। वर्षों गड्ढे में सड़क को ढूँढ़नेवाले गाँव के लोगों को अब यह विश्वास ही नहीं हो रहा था कि कभी ऐसा भी होगा कि एक दिन इस गाँव की सड़क मखमली बन जाएगी। लेकिन आज जब अलकतरा की गन्ध फिजाओं में चारों तरफ फैल गई तो लोगों को लगा जैसे सपना साकार होनेवाला है।

सुबह होते ही यह खबर आग की तरह फैल गई कि रातों-रात जहाँ-तहाँ गिट्टियाँ गिरा दी गई हैं। थोड़ी-थोड़ी दूर पर अलकतरा के ड्रम। लगता है अँधेरे ही काम भी शुरू हो गया और रातों-रात ही कम-से-कम तीन जगहों पर एक-एक बोर्ड लगा दिया गया—'इस पथ के निर्माण का कार्य विधायक छुई देवी के फंड से हो रहा है। उनके अथक प्रयास के लिए उनका साधुवाद।' साथ ही विधायक छुई देवी की फोटो और उनका चुनाव चिह्न भी। उस फोटो में छुई देवी अपने सिर पर साड़ी का आँचल लिये हुए थी और मुस्करा रही थी। उस साड़ी में कई फूल थे।

पच्चासी साल की उम्र में फूलो बाबू ने तो जैसे आस ही छोड़ दी थी कि इस जिन्दगी में कभी वे इस सड़क को सड़क कह भी पाएँगे। फूलो बाबू कहते, "जब से बुढ़ापा आया है तब से कभी ऐसा नहीं हुआ कि टिशन से घर पहुँचे और दो दिन खाट पर न गुजारें।" बहुत दुखी होते तो कहते, "सार, जिन्दा में तो मारा ही, मर के भी इस गड्ढे होके जाना पड़ेगा। अरे, कम-से-कम हमारे लास को तो सुकून मिल जाए।" सड़क बन रही है—यह खबर सुनते ही सबसे पहले उन्होंने अपने मुँह से निकाला, "चलो, हमारे लहास को तो सांति नसीब हुआ। इस देस में साला लास को भी सुकून नसीब हो जाए त कम बड़ी बात नहीं है।"

अभी बिहान तरीके से हुआ भी नहीं था कि सार लल्लनवा चिल्लाने लगा, "अब देखो इ गाँव के सन्त लोग, हमरे गाँव में कैसे बनता है हेमा मालिनी क

गाल।" एकदम बौरा गया था साला। धोती फाड़के रुमाल तो नहीं बनाया था, हाँ, अखबार को मोड़कर माइक जरूर बना लिया था, "सुनो भाइयो, भोर हो गया है। एक खुसखबरी के साथ अपन-अपन आँख खोलिए। अरे, मुरगा बांग दे न दे, घर को चला गया है सारा तारा। इ है छुई देवी का वादा सबको मिलेगा ओमपुरिया के गाल से छुटकारा।" लल्लनवा पैरेडी करने में बड़ा माहिर है।

शिवधरवा को रोज जाना पड़ता है ट्रेन पकड़कर सरैया बाजार। इस सड़क से बहुत दुखी रहता है वह। कहता है, "साला, आते-आते जो बैंड बजता है इ शरीर का कि कुछ पता नहीं रहता है कि कौन सा अंग कहाँ है। रोज जाना पड़ जाए तो कौनो काम के रह नहीं जाएँगे भाई। और रोज जाना पड़ता ही है तब साला बीवी के साथ सोने के लिए कौनो और आएगा क्या? साला, कमर का इ हाल हो जाता है कि उठा न जाए, बैठा न जाए। बिछौना पर जाते ही सुध कहाँ रहता है कि कहाँ है बीवी।"

अखबार वाले भोंपू से जब यह आवाज गूँजकर निकली तब सबको तो पहले लगा साला इ लल्लनवा पगला गया है। लेकिन जब सबने इस आवाज की गूँज के मैटर को सुना तो सबकी बाँछें खिल गईं।

दिन निकला तो लोग झुंड बनाकर निकले देखने। पुरुष अलग। महिलाएँ अलग। कौवों का झुंड भी अलग। गायों ने सड़कों की तरफ मुँह करके एक खास किस्म की आवाज निकाली। अतिया देवी प्राथमिक विद्यालय, तेतरी में अपने मोटरसाइकिल से शिक्षक प्रशान्त सिंह पहुँचे तो अपने साथ अलकतरे की थोड़ी सी खुशबू भी साथ ले आए। शिक्षक नियुक्त होने के बाद अभी हाल ही में शादी हुई है। दहेज में मिली यह मोटरसाइकिल के साथ-साथ बाएँ हाथ की तीसरी उँगली में सोने की अँगूठी भी चमक रही है। यहाँ अलकतरे की खुशबू के साथ बोले, "स्पीड तो बहुत है भाई। ऐसे ही चुनाव हर साल आवे तो मजा आ जावे।" विद्यालय में चार मास्टरनी पर अकेले मास्टर हैं इसलिए भाषा थोड़ी मुम्बइया हो गई है। कुछ लौंडों ने छुई देवी के उस बोर्ड के साथ सेल्फी दे मारा। कुछ ने आग पर गर्म हो रहे अलकतरा के साथ तो कुछ ने बनते हुए सड़क को अपनी सेल्फी में शामिल कर लिया। अभी पिपरी तक ही खम्भा गड़ा है इसलिए वहाँ के लौंडे जरा ज्यादा फ्रेंडली हो गए हैं मोबाइल के साथ। वैसे मोबाइल तो तेतरी और उससे आगे झुनरी तक के लौंडे-लपाटे इस्तेमाल करते हैं लेकिन हाँ, चार्ज करने की समस्या है। तो यहाँ सेल्फी लेने में पिपरी तक के लड़के ज्यादा थे।

विदो बाबू अपना राग अलापते दिखे, "कब तक काम नहीं करेंगे, आखिरकार यह लोकतंत्र है। हम भी कोई चुगद नहीं बैठे हुए हैं। आपको जवाब देना पड़ेगा। आखिर हमारे इतने सारे सवालों का जवाब तो उनको देना ही था।"

कुछ लोग तो साफ मानते हैं कि यह आगामी चुनाव का नतीजा है लेकिन कुछ लोग ऐसे भी हैं जो मानते हैं कि विदो बाबू की बात में भी दम है। विदो बाबू कहते थे कि "इस लोकतंत्र में देर है मगर अँधेर नहीं।" उन्होंने ढेर सारे पत्र लिखे थे। वे कहते थे, "एक दिन उन्हें जवाब देना ही होगा।" इसे अब वे अपना जवाब मानते हैं। यह अलग बात है कि उनके बहुत सारे पत्र आज भी अनुत्तरित ही हैं।

शाम को ठकुरवारी के प्रांगण में लैला-मजनूं पेड़ के नीचे मंडली बैठी। मौसम सुहावना था और बहुत गर्मी नहीं थी। यह मन्दिर बहुत पुराना था और इसमें कई भगवान थे। अहाते के भीतर यह लैला-मजनूं पेड़ था। लैला-मजनूं यानी पीपल और बरगद एक साथ। आप देख लेंगे तो हैरान। दोनों के जड़ एक साथ। दोनों की टहनियाँ और पत्ते तक एक-दूसरे में गुँथे हुए। एकदम एक-दूसरे में लिपटा हुआ पेड़, खजुराहो की मुर्तियाँ सरीखा। ये दोनों कैसे साथ हुए किसी को नहीं पता। साथ लगाए गए या साथ हो गए--नहीं पता। हाँ, लेकिन ये पक्का है कि ये पेड़ हैं बहुत पुराने। पुराने इतने कि ठीक-ठीक यह पता करना मुश्किल कि ये पेड़ ज्यादा पुराने हैं या यह मन्दिर। कभी लगता है कि मन्दिर था इसलिए यहाँ ये पेड़ लगाए गए होंगे। कभी लगता है यह अजीब किस्म का पेड़ था इसलिए यहाँ मन्दिर बन गया होगा। खैर...। इस पेड़ के चारों तरफ गोलाई में सीमेंट का चबूतरा बना दिया गया है। ठकुरवारी की तरफ इस गोलाई को बढ़ाकर ठकुरवारी से मिला दिया गया है जिससे बैठने के लिए चौरस-सी अच्छी-खासी जगह निकल आई है। इस चबूतरे पर दिन में लोग सुस्ताते हैं और मंगल, बृहस्पतिवार और शनिवार शाम को चौरस की जगह पर मंडली बैठती है और भजन होता है। चबूतरे के बगल में चापाकल है जिसका पानी बहुत मीठा है। इन पेड़ों के बीच से बरगद की लताएँ लटकी हुई हैं जिनसे बच्चे लटकते रहते हैं।

आज दिन सोमवार है लेकिन मंडली बैठी है। मंडली बैठी और पूरा गाँव उमड़ पड़ा। लेकिन आज सिर्फ भजन नहीं हुआ। कुछ मस्ती और कुछ रोमांस। दुक्खन ने गीत गाया तो सारा गाँव जैसे झूम गया। दुक्खन कपड़े की सिलवाई हुई बनियान पहिने हुए था और मटमैली सी धोती। धोती कुछ मटमैली हो गई थी और कुछ रंग ही ऐसा था। बैठते वक्त धोती को अक्सर वह ऊपर की ओर समेट लेता था, इसलिए अर्धनग्न-सा बैठता था। मुँह में ऊपर के लगभग सारे दाँत टूट गए थे इसलिए वह

बोलता तो उसके मुँह से हवा बिना रुकावट के बाहर निकल आती थी। स्वर वर्ण के उच्चारण में तो कोई दिक्कत नहीं थी लेकिन व्यंजन ध्वनि में पर्याप्त संघर्ष नहीं हो पाता था इसलिए शब्द तुतलाकर ही बाहर निकल पाता था। जब वह बोलता है तो शब्दों के साथ एक खास तरह की फुस्स की आवाज निकलती है। आम दिनों में दुक्खन गीत गाता था तो लोग हँसते थे। परन्तु आज दुक्खन की आवाज में गाना सुनकर लोग पागल हुए पड़े थे। ढोलक की थाप पे आज दुक्खन अपने रंग में था और गाँव के लोग उसी थाप पे नाच रहे थे। गाँव वाले नाच रहे थे तो नागो भी नाच रहा था। गंजी-लुंगी पहने नागो के इस नाच को पहले किसी ने देखा नहीं था। नागो को नाचना नहीं आता पर वह नाच रहा था। आज खुशी का दिन जो था।

तू लगावे लू जब लिपिस्टिक, हिलेला सारा डिस्टीक,
जिला टॉप लागे लू, कमरिया...

पटौना रेलवे स्टेशन और बबूल के स्वाद वाला पानी

टन-टन-टन

रेलवे की पटरी का एक लम्बा-सा टुकड़ा दीवार के सहारे टँगा है। उसके बीच में मूसल जैसे लोहे के एक छोटे से टुकड़े से आवाज निकाली जाती है। सब जानते हैं यह गाड़ी के आने की सूचना के लिए एक खास किस्म की निकाली जानेवाली आवाज है।

टन-टन-टन बजते ही लकड़ी की कुर्सी पर बैठा आदमी बौखलाने लगता है, "सार, गारी छोड़ाएगा क्या। जल्दी अस्तुरा खींच न।" "साला, पहले ही बोले थे कि देर हो गया है पर माना ही नहीं।" लेकिन फुत्तन अपनी रफ्तार में लगा रहता है। उसे पता है इस टन-टन के बाद भी अभी समय बाकी है। अभी तो गाड़ी और स्टेशन के बीच इतना समय है कि वह एक और हजामत बना दे। लेकिन इस बीच कोई उसकी कुर्सी पर बैठता ही नहीं।

यह झोपड़ीनुमा सैलून है। लकड़ी की कुर्सी के सामने एक शीशा है जो सुतली के सहारे टाट से बँधा है। फुत्तन के मन में कई बार आया कि वह एक बोर्ड बनवा ले—फुत्तन हेयर कटिंग सैलून। लेकिन हर बार बोर्ड का पैसा सुनकर सहम जाता है।

उसने एक पटरे पर खुद ही पेंट से लिख लिया—'फुत्तन हेयर कटिंग सैलून'। मन्दिर के पुजारी पंडित रामनारायण झा कहते हैं, "साला 'फुत्तनमा' काहे नहीं लिखवाया।"

सारे टमटम एक-एक करके स्टेशन पर लगने शुरू हो जाते। जब तक रेल आती हुई दिखती तब तक टमटम दौड़ता रहता। रेल आ रही है और घोड़े को उसका मालिक सोटा मार रहा है। सवारी भी तांगे वाले के साथ घोड़ा को अह-अह कह रहा है। लेकिन अक्सर घोड़े धोखा नहीं देते और गाड़ी पकड़ा ही देते हैं।

मोटा थुलथुल हलुवाई महन्त अभी तक हनुमान मन्दिर पर पीपल के नीचे गमछा बिछाकर सो रहा था। वह अचानक बौखला जाता है, अपनी गद्दी पर बैठता है, बनियान ऊपर करता है और काला पेट बाहर निकाल लेता है। छौरवा को बोलता है, "जल्दी से सिंघारा और जलेबी ले ले थरिया में, आ दौड़ जा।" गाड़ी रुकती है और छौरवा रूटीन जैसे अपनी नियमित ड्यूटी में जुट जाता है। अपनी आवाज को गले में थोड़ा दबा लेता है और कहता है, "सिंघारा, जलेबी।" महन्त का असली नाम क्या है अब कौन पूछता है। उसके शरीर को देखकर लोगों ने महन्त कहना शुरू किया और उसका यही नाम चल निकला। लोग कहते हैं, "साला, अभी भी रोज दो कटोरी मलाई खाता है इ महन्तवा।"

यह एक छोटा सा रेलवे स्टेशन है। नाम है पटौना। छोटा यानी एकदम छोटा। स्टेशन के शुरू होने पर ही पीले से सीमेंटेड बोर्ड पर काले अक्षर में हिन्दी और अंग्रेजी में स्टेशन का नाम लिखा हुआ है—पटौना। काफी पुराना बोर्ड है इसलिए इसमें एक धुँधलापन भी आ गया है और कई जगह से सीमेंट झड़ भी गया है। इस स्टेशन पर जो भवन निर्मित है वह दो हिस्सों में बँटा हुआ है। एक तरफ कमरा है जिसे दो कमरा तो नहीं कहा जा सकता लेकिन वह दो हिस्सों में बँटा हुआ जरूर है। अन्दर वाले हिस्से में तमाम यांत्रिक काम होते हैं और दूसरा वाला हिस्सा छोटा है। वहीं एक कुर्सी है जिस पर बैठकर स्टेशन मास्टर टिकट काटते हैं। भवन के दूसरे हिस्से में वेटिंग हॉल जैसा है जहाँ यात्री गाड़ियों की प्रतीक्षा करते हैं।

स्टेशन पर एक स्टेशन मास्टर होते हैं और एक-दो चपरासीनुमा मातहत। जो स्टेशन मास्टर हैं वे अक्सर टेलिफोन पर गाड़ियों की आवाजाही की खबर लेते रहते हैं और ज्योंही यह पता चलता है कि गाड़ी आनेवाली है वे झट से आकर टिकट काउंटर पर बैठ जाते हैं।

पूरे दिन में यहाँ बारह गाड़ियाँ रुकती हैं। छह आनेवाली और छह जानेवाली। यहाँ से गुजरती भी इतनी ही गाड़ियाँ हैं। मालगाड़ियाँ गुजरती हैं लेकिन उसको इस

स्टेशन से क्या लेना और क्या देना। जब गाड़ियाँ यहाँ रुकती हैं तो एक उत्सव-सा माहौल हो जाता है। चूँकि यह स्टेशन कई गाँवों को मिलाकर अकेला है और इन गाँवों तक आने का और कोई सुविधाजनक रास्ता नहीं है इसलिए जब गाड़ी का समय होता है तब यहाँ काफी भीड़-भाड़ हो जाती है। लेकिन यह भीड़-भाड़, उत्सव-सा माहौल सिर्फ दस गाड़ियों तक ही है। क्योंकि दो गाड़ियाँ रात की हैं एक रात के नौ बजे और दूसरी रात के दस बजे। लेकिन इस समय न तो कोई दुकान यहाँ मिलती है और न ही कोई टमटम वाला। आठ बजे इस स्टेशन के जगमगाने का आखिरी समय है। जिन सवारियों को इन नौ-दस की गाड़ी पकड़नी भी हो तो वे पहले ही आ जाते हैं। और उसी इन्तजार करनेवाली जगह में अँधेरे में बैठकर इन्तजार करते हैं।

यहाँ के आसपास के सारे गाँववालों को सारी गाड़ियों का समय पता है। इसलिए गाड़ियों के समय से एक घंटा पहले से यात्री इकट्ठा होना शुरू हो जाते हैं। दोनों तरफ की गाड़ियों को मिलाकर कुछ ऐसा बना हुआ है कि लगभग पूरे दिन चहल-पहल बनी रहती है। जो यात्री इन्तजार करते हैं उनके लिए यहाँ एक सैलून है और दो मिठाइयों की दुकान। महन्त की मिठाई की दुकान बड़ी है दूसरी वाली तो बस खानापूर्ति है। एक पान की दुकान। और एक-दो ऐसे भी हैं जिनके यहाँ खुले में अब कुरकुरे-चिप्स मिलते हैं। गुटखा, सिगरेट और टॉफियाँ। एक हनुमान का मन्दिर है, जिसके साथ लगा हुआ एक पीपल का पेड़ है। उस पीपल के पेड़ के ठीक नीचे यह मन्दिर है। इसी पीपल के पेड़ के नीचे एक तरफ चिड़िया पिछले लगभग एक-डेढ वर्ष से जमीन पर चटाई बिछाकर कुरकुरे-चिप्स बेचने लगी है। चिड़िया कुरकुरे-चिप्स के साथ-साथ लाल रंग का एक डिब्बा ले आई है जिसमें बर्फ डालकर उसने कोल्ड ड्रिंक की बोतलें भी रख ली हैं।

इस स्टेशन पर एक चापाकल है जिसकी जमीन को चारों तरफ गोलाई में घेर दिया गया है और उसे पक्का कर दिया गया है। इस चापाकल का पानी मीठा है। इसी चापाकल के बगल में बबूल का पेड़ है। लोग कहते हैं इस चापाकल के पानी में सुबह-सुबह बबूल का स्वाद रहता है। रात भर चापाकल में आनेवाला पानी धीरे-धीरे बबूल का रस चूसता रहता है और सुबह-सुबह जब पानी निकाला जाता है तब पानी के साथ-साथ बबूल का स्वाद भी निकल आता है।

एक चापाकल बाहर मन्दिर के बगल में बरगद के पेड़ के ठीक पीछे है। बरगद की छाँव इस चापाकल को ठंडा रखती है इसलिए इसका पानी बहुत ठंडा रहता है।

इस स्टेशन के थोड़ा पहले से ही चली आ रही पटरी दो पटरियों में बदल जाती हैं और फिर आगे चलकर ये दो पटरियाँ फिर से एक में समाहित हो जाती हैं। यानी इस स्टेशन पर दो पटरियाँ बिछी हुई हैं। इन दोनों पटरियों के एक तरफ तो स्टेशन है दूसरी तरफ एक पोखर है। इस पोखर में ढेर सारे तालमखाने हैं। कुछ मेढक हैं, कुछ मछलियाँ। इस पोखर के दूसरी तरफ एक प्राथमिक विद्यालय है। हिंगरी प्राथमिक विद्यालय, पटौना। इस प्राथमिक विद्यालय के बाद दूर-दूर तक खेत हैं। सारे गाँव रेलवे लाइन के इस पार ही हैं लेकिन विद्यालय लाइन के उस पार हैं। उस रेलवे लाइन को पार करने के लिए कोई रास्ता नहीं है। बच्चे रेलवे लाइन को पार कर पोखर के किनारे-किनारे उस विद्यालय तक पहुँचते हैं। बारिश के मौसम में जब पानी बढ़ जाता है तब बच्चों को बहुत दूर जाकर, पोखर के पानी के बाद जाकर, रेलवे लाइन को पार करना पड़ता है।

यह पूरा इलाका विधायक छुई देवी के अन्दर आता है। छुई देवी फूलों वाली साड़ी पहनती हैं और माँग में गाढ़े लाल रंग का सिन्दूर लगाती हैं। छुई देवी के पति का नाम घूटर यादव है। घूटर यादव स्कोर्पियो से चलता है और कुर्ता-पायजामा पहनता है। उसकी स्कोर्पियो के आगे उसकी पार्टी का झंडा लगा रहता है। उसके मुँह में हमेशा कुछ रहता है इसलिए जब वह बात करता है तो अक्सर ऊपर की ओर मुँह को उठा लेता है।

रेणु का हीरामन और नागो

सजन रे झूठ मत बोलो, खुदा के पास जाना है।
न घोड़ा है, न गाड़ी है, वहाँ पैदल ही जाना है।

नागो अपने घोड़े को हाँकते हुए अक्सर यह गीत गुनगुनाता है। गीत गुनगुनाता है और मस्त हो जाता है।

नागो रेणु को नहीं जानता है, न ही हीरामन को। उसने 'तीसरी कसम उर्फ मारे गए गुलफाम' कहानी को भी नहीं पढ़ा है। उसने 'तीसरी कसम' फिल्म भी नहीं देखी है परन्तु फिर भी हीरामन जैसा लगता है। पता नहीं कैसे उसका बड़ा ही

मनपसन्द गाना है यह। मुकेश की आवाज कलेजा चीर देती है। हीरामन के जैसे उसकी पीठ में गुदगुदी होती है कि नहीं, यह नहीं पता।

लोग नागो को देखते हैं और आपस में कानाफूसी करते हैं कि क्या उम्र होगी नागो की?

"अरे, कितना भी उमर हो उससे अब होना क्या? ब्याह-शादी किया नहीं त कौन साला जबानी की परीक्षा देना है।"

"अरे भाई, तो का करे? अपने घर की जिम्मेदारी को छोड़ दे ऐसे ही? बाप ने दूसरे बेटे के चक्कर में इ चार बेटी जो पैदा कर दिया है वह सब तो अब इसी के माथे है। दू तो अभियो कुँवारे है।"

"बाप के करम में नागवा क अपना जीवन बरबाद हो रहा है।"

"लेकिन कुछ भी कहो, नागो जैसा बेटा सबको दे भगवान। अपना जीवन तो अपने परिवार पर बेचारा लुटा ही दिया है।"

तरह-तरह की बातें हैं नागो को लेकर। लेकिन नागो को अकेलापन काटता है। वह जब अकेला होता है तब उसका अकेलापन उसके साथ होता है।

उम्र चालीस के करीब होगी।

पंडित जगन्नाथ मिश्र एक दिन अपने पास बैठाकर समझाए—"अरे बेटा, मरद की कौनो उमर थोड़े न होती है। जब तक कलेजा में दम है, जाँघ में दम है। और जाँघ में जब तक दम है त मरद तब तक पक्का मरद है। अभी त चालीसे के लपेटे में हो। और इ चालीस क उमर कौनो उमर है। कब तक ऐसे ही जीवन कटेगा। हर मरद क औरत क एक ठेकान चाहिए। दौड़ते-दौड़ते एक छाँह भी चाहिए। अपने घोड़े को भी दिन भर जोतने के बाद छपरी के नीचे एक छाँह देते हो कि नहीं? औरत उ छाँह है बेटा जहाँ मरद अपना सारा दरद भूल जाता है।"

नागो पंडित मिश्र का बड़ा सम्मान करता है। मुँह गोतकर सब सुनता रहा। लेकिन फिर बोला, "कौन औरत हमारे माँ-बाप और बहिन का ख्याल रखेगी? अब त बस दो बच गया है। बस उसको निपटा लें।" नागो ने पंडित मिश्र को यह कह तो दिया कि बस अब दो ही बहन बची है, जरा निपटा लें, लेकिन इस वाक्य का वजन वह अपने शरीर पर वहाँ से उठते हुए महसूस कर रहा था। पंडित मिश्र ने नागो के उठते-उठते कहा, "बहुत भोले हो बेटा। ईश्वर तुमको सुखी रखे।" अपने मन के भीतर एक आह निकालते हुए मन में कहा, 'पर यह ऐतना आसान भी कहाँ है बेटा।'

नागो बिलकुल सामान्य आदमी की तरह लगता है। सामान्य आदमी में उसे रख दिया जाए तो वह उसमें घुल जाएगा। लगभग साढ़े पाँच फीट की लम्बाई होगी। लुंगी और शर्ट पहनता है और बहुत ही सामान्य दिखता है। उम्र उनतालीस-चालीस के करीब होगी तो उतने का ही लगता भी है। नागो कभी-कभी पतलून भी पहनता है। लेकिन बहुत कम। चेहरे पर मूँछ है, बाल बिखरे रहते हैं। कन्धे पर गमछा। हल्की दाढ़ी। ऐसा बहुत कम होता कि उसके चेहरे पर दाढ़ी नहीं होती। ऐसा नहीं है कि वह दाढ़ी नहीं बनाता है लेकिन दाढ़ी है कि निकल ही आती है।

नागो बहुत शान्त रहता है। एकदम गुमसुम। टमटम चलाता है और शान्त रहता है।

"बचपन से ही एकदमे चुप्पा है इ।" उसके पिता कहते हैं।

"अरे, इ त उ अलौली क दुर्गा मेला में हेरा ही जाता। उ त भगवाने बचा लिये। मेला में हेरा गया था। लोगों ने पूछा किसका बेटा हो, त इ बौका एकदम चुप्प। बाप का नामे नहीं बता रहा था। न बाप क नाम, न ही गाँव क नाम।"

"जलेबी के दुकान पे जलेबी करारी है कि नहीं, बस यही देखने लगे कि उतने में इ राजा बाबू गायब।"

"पूरा मेला में ढूँढ़े। लेकिन इ है कि मन्दिर के सीढ़िया पे शान्त बैठा था।"

"इ फुकना के चक्कर में बस फुकना वाले के पीछे-पीछे।"

"बचपन में भी कभी अपन मुँह से खाना नहीं माँगा। कोई नखरा भी नहीं। जो सामने में रख दो बस माधो बाबू खा लेंगे।" यह नागो की माँ थी जो बेटे को बहुत प्यार करती थी।

इसलिए पहले ही कह दिया गया कि नागो चुप्पा था।

रेलवे स्टेशन से आते वक्त हो या फिर गाँव से रेलवे स्टेशन जाते वक्त, नागो को कभी यात्रियों को आवाज लगाने की जरूरत नहीं पड़ती। यात्री खुद आते, बैठते और नागो टमटम लेकर निकल पड़ता। नागो का घोड़ा भी नागो की तरह का है। नागो को याद नहीं कि उसे कभी अपने घोड़े पर बहुत चिल्लाने की जरूरत पड़ी हो। नागो टमटम हाँकता है और उसका घोड़ा आराम से सड़क पर दौड़ता है। नागो ऐसा काम ही नहीं करता कि उसे रेलवे स्टेशन जल्दी पहुँचने के लिए घोड़े को दौड़ाना पड़े।

बैलगाड़ियों का तांता और झींगुर की आवाज

इस इलाके तक पहुँचने के लिए सिर्फ एक माध्यम रेलवे ही है। यहाँ रेलगाड़ी से ही लोग आते हैं और रेलगाड़ी से ही जाते हैं।

पटौना रेलवे स्टेशन से जो एक रास्ता गाँव की तरफ आता है वह सिर्फ तेतरी गाँव ही नहीं आता बल्कि बीच में भी दो-तीन गाँव और हैं। पटौना स्टेशन से निकलने के बाद तेतरी तक पहुँचने में सात से आठ किलोमीटर तय करने पड़ते हैं। यह रास्ता तेतरी से आगे झुनरी तक जाता है। झुनरी में यह रास्ता खत्म हो जाता है। ऐसे जैसे यह रास्ता झुनरी गाँव जाने के लिए बनाया गया हो। पटौना और तेतरी के बीच में पिपरी है, सिया है और लोटन है। पटौना और तेतरी के बीच में पिपरी एक ठीक-ठाक गाँव है। कुछ टमटम तो पिपरी तक ही जाते हैं।

नागो तेतरी में रहता है। और इस कहानी का नायक नागो है इसलिए यह कहानी भी तेतरी गाँव की है। लेकिन नागो सिर्फ तेतरी गाँव में ही कहाँ रहता है। वह आधे दिन तो इस पटौना और तेतरी के बीच की सड़क पर रहता है इसलिए यह कहानी नागो के साथ-साथ इस रास्ते की भी है। या फिर कहें, इस रास्ते से नागो के रिश्ते की।

जो रास्ता पटौना स्टेशन से तेतरी गाँव तक आता है, वह इस गाँव के लगभग बीचों-बीच गुजरता है। तेतरी में दोनों तरफ लगभग बराबर में यहाँ-वहाँ घर हैं। ढेर सारी गाय-भैंसे हैं। दूध है, गोबर है, गोइठा है, भुस्कार है। बिजली नहीं है। गाँव में कई कुएँ हैं। कुएँ की जगत पर लोग बैठते हैं। लगभग कुओं में पानी नहीं है। एक कुआँ में पानी है लेकिन उसमें काई जमी हुई है। इस गाँव में एक प्राथमिक विद्यालय है, एक पंचायत घर है और बिजली नहीं है। यहाँ न तो कोई अस्पताल है और न ही कोई पुलिस चौकी। दुर्गा मेला पिपरी में लगता है। लेकिन काली स्थान इस गाँव में है। तेतरी के लोग दुर्गा मेला देखने पिपरी तक जाते हैं। और पिपरी के लोग काली पूजा देखने तेतरी आते हैं।

इस गाँव में कई पोखर हैं। गाँव के शुरू में ही जो एक मन्दिर है उससे भी थोड़ा और पहले एक पोखर है। इस पोखर में सीढ़ियाँ बनी हुई है। इन सीढ़ियों को देखकर ऐसा लगता है कि अवश्य इन सीढ़ियों को पोखर के सौन्दर्य के लिए बनाया गया होगा। लेकिन अब न तो इस पोखर में कोई सौन्दर्य है और न ही इन सीढ़ियों पर कोई सफाई। लेकिन इस पोखर के इलाके में हरियाली अवश्य है।

पटौना और तेतरी के रास्ते पिपरी से तेतरी के बीच के रास्ते में ढेर सारे पेड़ हैं। गुल्लर के पेड़। गुल्लर के पेड़ गझिन हैं। गुल्लर के पेड़ के नीचे पक्षी के खाये हुए पके गुल्लर यहाँ-वहाँ गिरे रहते हैं। यहाँ-वहाँ आम और शीशम के पेड़ भी हैं। ये पेड़ मिलकर हरियाली का सौन्दर्य बनाते हैं। नागो को यह हरियाली बहुत पसन्द है।

इस गाँव के सीवान के बाद ढेर सारे खेत हैं। इन खेतों में अरहर और सरसों की खेती होती है। इन खेतों के बीच में कहीं-कहीं लीची और कटहल के पेड़ भी हैं। जब फसल कटने का समय होता है तब इस रास्ते पर बैलगाड़ियों का तांता लगा रहता है। दिन भर बैलगाड़ियों की चूँ-चूँ। और बैलों के गले में लटकी घंटियों की रुनझुन। लेकिन ये सारी बैलगाड़ियाँ दिन में चलती हैं। रात में यहाँ सन्नाटा पसरा रहता है। रात में इन सड़कों पर एक सूनापन होता है, कोई आता-जाता नहीं है। कोई रोशनी भी नहीं। रोशनी नहीं होती है इसलिए यहाँ झिंगुर एक खास किस्म की आवाज निकालते हैं। लोग झिंगुर की आवाज सुनते हैं और डर जाते हैं।

इस गाँव के सीवान के बाहर ढेर सारे खेत हैं, लेकिन इनमें से ज्यादातर इन गाँव वालों के नहीं हैं। इस गाँव या इसके आसपास के गाँवों में दो-चार लोग ही हैं, जो अमीर हैं और जिनके खेत इन खेतों के बीच हैं। इन खेतों में ज्यादातर बाहर के लोगों के खेत हैं। इसलिए जब इन खेतों में फसल कटने का दौर आता है तब यहाँ से फसल को ढोने की प्रक्रिया शुरू होती है। बैलगाड़ी इस टूटी हुई सड़क से होकर जाती है...बहुत धीमी रफ्तार में। बैलगाड़ी पर बैठा हाँकनेवाला बैल की पीठ पर कोड़े बरसाता है तब बैल धीरे-धीरे दम लगाकर अनाज से लदी हुई गाड़ी को खींच पाता है।

फसल जब तलक लहलहा रही होती है तो गाँव में हरियाली रहती है। जब फसल के कटने का समय आता है तो खेतवालों के चेहरे पर तनाव दिखने लगता है। इस गाँव में मजदूर जुटाना अब कौन सा आसान काम रह गया है। मजदूर को पैसा ही कितना मिलता है। सारे लड़के पैसा कमाने बाहर चले गए हैं।

"इ गाँव में मजूर ढूँढ़ना अब कौन सा आसान काम रह गया है जी।" अक्सर अब इस गाँव में लोग ऐसा कहते मिलते हैं।

फूलो बाबू कहते हैं, "अब त इ गाँव उजाड़ हो गया है। खाली कांकड़-पत्थर बच गया है। रहे ही कितने नौजवान लड़के अब यहाँ? कितना अजीब लगता है जब अपना बच्चा सब बाहर भाग जाता है।"

फिर थोड़ी देर ठहरकर गहराई में उतरकर एक लम्बी साँस लेकर कहते हैं, "इ गाँव में रहेगा भी तो खाएगा क्या—शकरकंद। इतने साल में ही क्या हो गया इ गाँव का? जो अब कुछ बदलेगा।"

हाँ, ऐतना साल में नागो जवान हो गया और अब तो जवानी भी ढलने को हुई।

नागो की उम्र, कुछ आग और कुछ धुआँ

नागो के पिता की पाँच सन्तानें थीं। नागो का पूरा नाम नागेश्वर महतो है। नागो का नाम नागेश्वर है—अब तो शायद वह खुद भी इस बात को भूल गया होगा। नागो का नाम स्कूल में नागेश्वर लिखा गया है। लेकिन वह भी सिर्फ रजिस्टर पर। स्कूल में तो मास्टर ने भी उसे हमेशा नगेसरवा ही बुलाया। इस गाँव में जो स्कूल है, नागो ने उसी में सातवीं तक की पढ़ाई की है। सातवीं इसलिए क्योंकि वह स्कूल सातवीं तक ही है। नागो भाई-बहनों में सबसे बड़ा था। नागो के बाद चार बहनें थीं। चूँकि नागो के पिता एक और पुत्र की चाहत रखते थे इसलिए चार बहनें पैदा हो गईं। शायद इन चार बेटियों से उदास होकर ही नागो के पिता ने दूसरे बेटे की आस छोड़ दी होगी।

नागो के पिता दूधेसर लोहार था। नागो का घर एक खपरैल का घर था और उस खपरैल के घर के बाहर एक छपरी गिराकर एक भट्ठी लगा दी गई थी। इस छपरी के ऊपर शिशकोहरा की लत्ती है। उसमें प्रायः कई शिशकोहरा फले रहते थे। गोल-गोल शिशकोहरा लत्ती के सूख जाने के बाद भी उस छपरी पर रखे रहते थे। इस छपरी के नीचे लोहार दूधेसर का काम चलता था। एक भाती, एक गड्ढा, कुछ कोयले, कुछ आग, कुछ धुआँ और हथौड़े की ढेर सारी कर्कश ध्वनियाँ वहाँ बिखरी हुई थीं। भाती की आगे वाली पाइप आग के अन्दर ठुँसी हुई थी। आग लहलहा रही होती। भाती के पीछे एक जंजीर थी जिसे कोई खींचता तो आग और लहलहा जाती। उसी आग में लोहा गरम होता और लाल हो जाता। उस लाल लोहे पर हथौड़ा पड़ता और वह अपना आकार बदल लेता। और फिर वह लाल लोहा छन्न से पानी के हवाले। उस छपरी के अन्दर जंजीर के खींचने की लय से एक मधुर आवाज निकलती थी जिसे अगर देर तक सुना जाए तो वह बहुत सुकूनदायक थी।

नागो का पूरा परिवार इस आग और इस धुएँ का अभ्यस्त हो चुका था। नागो की दादी जंजीर खींचने में अभ्यस्त थीं और कभी-कभी अपनी मुट्ठी में आग भी उठा लेती थी। वह अपनी मुट्ठी में आग उठाकर अन्दर अपने चूल्हे तक ले जाती थी। आग को दादी अपनी बन्द मुट्ठी में बहुत देर तक रख लेती थी।

नागो ने बचपन से अपने घर में इस प्रक्रिया को देखा है। शुरू में उसने उस भाती की जंजीर खींचने की भूमिका में अपनी दादी को देखा था और फिर बाद के दिनों में अपनीं माँ को। और बहुत बाद में अपनी अलग-अलग बहनों को। लेकिन उस हथौड़ा मारनेवाले की भूमिका में हमेशा उसने अपने पिता को ही देखा था। नागो के पिता हथौड़ा मारते और सख्त-से-सख्त लोहा अपना आकार बदल लेता था।

नागो अपने पिता को बहुत ताकतवर समझता था। लेकिन नागो के पिता बहुत कमजोर थे। नागो ने जबसे होश सँभाला था उसने अपने पिता को एक ही रूप में देखा था। नागो के पिता धोती पहनते थे और धोती के ऊपर कपड़े की बनियान। कपड़े की बनियान और धोती पहने वे उस आग की भट्ठी के पास हमेशा बैठे रहते थे।

नागो के पिता बहुत काले थे। काले इतने कि शाम के धुँधलके में जब धुकनी के चलने से उस आग में धधक पैदा होती तब वे दिख पाते। ऐसे उनकी मटमैले रंग की बनियान और धोती ही सिर्फ दिखती थी। ऐसा कई बार होता कि लोग अपने गड़ासे में धार चढ़ाने आते और अगर उस समय तक आग लहकी नहीं होती तो वहाँ नागो के पिता के बैठे होने के बावजूद पूछते, "कोई है नहीं का भाई?"

चूँकि नागो ने कभी देखा नहीं है इसलिए उसे पता नहीं है कि उसके पिता इस आग की भट्ठी के सामने बैठकर जितने काले हो गए हैं उतने काले वास्तव में वे थे या नहीं। नागो की दादी कहती थी, "इ दुधेसरा त एकदमे सुन्नर था, इ त आग ने उसे इतना करिया बना दिया। अब तो उसके सरीर में चमरी है ही कहाँ? इ सब त बस जरल (जली हुई) चमरी है।"

नागो के पिता अपनी इस भाती को चलाकर कितना कमा पाते थे यह तो पता नहीं लेकिन हाँ, घर चल जाता था। पैसे आते और घर में खाना बन जाता। नागो ने अपने बचपन से लेकर बड़े होने तक इस आग, धुकनी, लोहा, धुआँ और कर्कश आवाज को बहुत करीब से महसूस किया था। लेकिन नागो की रुचि लोहे के इस काम में कभी जग नहीं पाई। पिता ने बहुत चाहा कि जमा-जमाया काम है, बेटा उसी में लग जाए लेकिन ऐसा हो नहीं पाया।

बेटे ने जैसे-तैसे सातवीं तक पढ़ाई की और फिर यह मुद्दा रहा भी नहीं कि आगे पढ़ाई भी करनी है।

नागो बचपन से दिशाहीन जरूर था लेकिन बिगड़ैल नहीं। इसलिए वह बड़ा होता रहा, साथ-साथ उसकी बेकारी भी बड़ी होती रही। उसका ठीक-ठीक इस्तेमाल क्या हो सकता है इस पर न तो पिता ने कभी गम्भीरता से विचार किया था और न ही नागो ने। हाँ, यह जरूर था कि पिता हमेशा अपने काम में नागो को इस्तेमाल करना चाहते थे और हमेशा नागो उनसे छिटककर दूर खड़ा हो जाता था। अभी पिता की बाजुओं में दम था और भाती की जंजीर खींचनेवाली बेटियाँ इस घर में थीं इसलिए पिता ने भी इस बात को कभी बहुत दिल पर नहीं लिया।

लेकिन ये सामान्य दिन सब दिन सामान्य नहीं रह सकते थे।

वह फसल कटने का समय था। कचिया में धार लगवाने आनेवालों का तांता लगा हुआ था। गर्मी बहुत थी। बारिश होने के आसार अभी दूर-दूर तक नहीं थे। नागो के पिता दूधेसर पसीने से लथपथ हथौड़ा पीटने में लगे हुए थे। बदन पर सिर्फ एक धोती थी। ऊपर बनियान भी नहीं थी। जो दो कुँआरी बेटियाँ घर में रह गई थीं उनमें से बड़ी बेटी जंजीर खींच रही थी। आग लहलहा रही थी। दूधेसर ने अभी लाल हो चुके कचिया को बाहर निकाला ही था कि एकदम से सिर चकरा गया। आगे पूरा अँधेरा और धम्म से उस लाल कचिया के साथ वे वहीं गिर पड़े।

बुरा होने को तो यह हो सकता था कि वे सीधे उस लहलहाती आग पर ही गिर जाते या फिर वह आग में लहलहाती कचिया उनके हाथ से छिटकर सीधे उनके पेट में घुस जाती लेकिन ऐसा कुछ हुआ नहीं। कचिया उनके हाथ से छिटककर दूर जा गिरी। वे औंधे होकर आग पर नहीं बल्कि बगल की तरफ से गिरे। लेकिन आग के कुछ गोले उनके शरीर में चिपक जरूर गए। बेटी दौड़कर आई और उसने आवाज लगाकर अपनी माँ को बुलाया। आग के गोले को शरीर से अलग किया गया। पानी डालकर होश में लाया गया। लेकिन तब तक कुछ देर तो हो ही चुकी थी।

दूर अस्पताल ले जाया गया। डॉक्टर ने ऊपर के जख्म का तो इलाज कर दिया लेकिन उन्होंने साफ कह दिया कि आग की धधक ने इनकी नसों को इतना प्रभावित कर दिया है कि अगर ये अब एक दिन भी आग के सामने बैठ गए तो अबकी आग के ऊपर ही गिरेंगे और फिर वहीं जलकर राख हो जाएँगे। तुम सबको दाह संस्कार करने की जरूरत भी नहीं पड़ेगी। डॉक्टर ने इस ओर इशारा किया कि इनकी नसों में अब खून कम आग ज्यादा दौड़ रही है। इसलिए आग से इन्हें दूर रखो। दूर मतलब, बहुत दूर।

दूधेसर को आग से दूर रहने के लिए कहना एक तरह से उसकी जिन्दगी माँग लेना था। दूधेसर के पेट और कमर में जहाँ-तहाँ जो आग के गोले चिपक गए थे उन जख्मों को भरने में भी पाँच-छह महीने लग गए। और इस बीच उनकी यह आग की भट्ठी ठंडी पड़ गई।

दूधेसर ने बिस्तर पर लेटे-लेटे भी बहुत चाहा कि बेटा उस काम को सँभाल ले। लेकिन बेटे को इस काम से जैसे नफरत सी थी। दूधेसर को बाद में लगा कि अगर जोर डाल भी दिया जाए तो क्या होगा। यह एक खतरनाक काम था और बिना रुचि के इस काम को करना आसान नहीं था। आग में तपे लोहे को एक हाथ में पकड़ना और दूसरे हाथ से उस पर हथौड़ा चलाना बहुत ही नियंत्रण का काम था। नियंत्रण में थोड़ी भी गड़बड़ी हुई तो पता नहीं क्या हो जाए।

"का रे नगवा, कुछ करेगा कि ऐसे ही भूखे मरेगा?" गाँव के लोगों ने इस एक बात को नागो से कई तरह से पूछना चाहा।

"कुछो करना त चाहिए बाबू।" कभी फूलो बाबू समझाते तो कभी जगन्नाथ मिश्र और पता नहीं कौन-कौन।

चूँकि गाँव के लोगों ने नागो को कभी बकलोली करते देखा नहीं था इसलिए उससे अभी उम्मीद भी खत्म नहीं हुई थी।

"पता नहीं क्यों एतना बौरा गया है। ऐसा लयका (लड़का) था तो नहीं। घर में भूखों मरने की हालत है और कुछो करने का सोच ही नहीं रहा है।" मन्दिर पर उन दिनों चर्चा होनेवाली बातों में इसका बड़ा ही महत्वपूर्ण स्थान था। लोगों को लगता था कि नागो ज्यादा दिन अपने घर की हालत को यूँ नहीं देख सकता है।

जब छह महीने ऐसे गुजरे तो लोगों ने यह मानना शुरू कर दिया था कि 'इ छौरा कौनो काम के है न कौनो धाम के'। और इन छह महीने में नागो का घर कैसे चला यह तो सिर्फ ईश्वर ही जानता है। लेकिन तभी नागो ने अचानक से साबित कर दिया कि ऐसा नहीं है।

नागो ने पिता के लाख चाहने के बाद भी लोहार का काम स्वीकार तो नहीं किया। परन्तु अपने जीवन की सबसे बड़ी उलझन का समाधान उसने उसी लोहे के पीटने-पाटने के बीच से ही निकाला। नागो ने अपने पिता की इस लोहे के पीटने-पाटने की दुकान के सामने अक्सर टमटम को आते देखा था। कभी घोड़े की नाल ठुकवाने तो कभी लगाम पहनाने। घोड़े आते और घोड़ों को नागो प्यार से देखा करता।

नागो को घोड़ों से प्यार होने लगा। घोड़ों की आँखों के आँसू वह देखता और द्रवित हो जाता। घोड़े बड़े प्यारे होते हैं ऐसा अपने मन में वह हमेशा सोचता। घोड़े को पैरों में नाल ठुकती और नागो घोड़े के साथ तड़पता। वह जानता है कि नाल न हो तो घोड़े को इस सड़क पर ज्यादा कष्ट हो। वह जानता है कुछ दर्द को कम करने के लिए कुछ दर्द सहना ही पड़ता है।

जब सारा समाज नागो को लगभग दुत्कारने की स्थिति में आ गया था तब उसे इसी घोड़े की याद आई। उसे लगा इस विपरीत परिस्थिति से घोड़ा ही उसे निकाल सकता है। उसने तमाम तरह से कर्ज वगैरह लेकर एक टमटम बनवाया और एक अभी-अभी जवान हुआ घोड़ा खरीदा। और फिर जुट गया बड़े ही मगन से अपने काम में।

नागो घोड़े को टमटम में जोतता, चलाता, दौड़ाता लेकिन कभी उस पर गुस्सा नहीं करता। नागो ने उसका नाम सूरज रखा। सूरज यानी तपिश। इस टूटी हुई सड़क पर घोड़ा दौड़ने लगा और नागो के कर्ज दूर होने लगे।

कुछ सवाल और उनके उत्तर का इन्तजार

इस तेतरी गाँव के लिए विदो बाबू एक उपलब्धि की तरह हैं। यह इस गाँव का सौभाग्य है कि इस गाँव में विदो बाबू हैं।

"इ गाँव में गाय, भैंस, जानवर से लेकर इनसान तक सब उनके ही तो भरोसे हैं। डागडर त भगवाने का रूप होता है।"

"उनका नाम सम्मान से लीजिए। उ खाली डागडर ही नहीं हैं। उ का कहते हैं उ त कारकर्ता हैं।..."

"अरे सार, उ कारकर्ता नहीं होता है, आन्दोलनकारी होता है।"

विदो बाबू वेटेनरी डॉक्टर थे। यहाँ के लोग भेटेनरी डागडर कहते हैं। इस तेतरी गाँव से लगभग चौदह किलोमीटर दूर जो काजरा ब्लॉक है, वहीं वेटेनरी अस्पताल है। वे ताउम्र वहीं डॉक्टर रहें और ताउम्र अपनी साइकिल से जाते रहें। अभी साढ़े चार वर्ष होने को आए जब वे अपनी नौकरी से अवकाश प्राप्त कर चुके हैं। लेकिन डॉक्टर भी क्या कभी अवकाश प्राप्त करता है? विदो बाबू जब नौकरी में थे तब

भी उनकी इस काबिलियत का फायदा इस गाँव को मिलता रहा था। अब तो खैर वे गाँव के होकर ही रह गए हैं।

इस गाँव में कम ही लोग होंगे जो फुल पैंट और शर्ट पहनते होंगे। विदो बाबू उनमें से एक थे। और शायद यह भी कारण है कि वे अपनी उम्र से कम-से-कम दस वर्ष कम लगते हैं। सिर के बाल अभी पूरी तरह सफेद नहीं हुए थे। खिचड़ी बाल उनकी उम्र को कुछ हद तक ढँकता था। मूँछ के बाल भी खिचड़ी ही थे। शरीर उनका बहुत दुबला नहीं था, लेकिन वे बहुत मोटे भी नहीं थे। जब वे साइकिल की सवारी करते थे तब ऐसा लगता नहीं था कि साइकिल उनके बोझ से दब जाएगी। वे साइकिल आराम-आराम से चलाते थे और पीछे कैरियर में एक बैग खोंस के रखते थे। उस बैग में उनके बहुत सारे औजार होते थे, कुछ दवाइयाँ, कुछ इंजेक्शन।

विदो बाबू का कद छोटा था इसलिए अपनी साइकिल पर मेढक की तरह फुदककर चढ़ते थे। उनको साइकिल चलाते हुए देखने में हमेशा ऐसा महसूस होता जैसे उनके दोनों पैर दोनों तरफ की पाइडिल के चक्र को पूरा नहीं कर पाएँगे। कई बार लोग सड़क किनारे खड़े होकर यह देखने में लग जाते थे कि उनके पैर इस चक्र को पूरा कर पा रहे हैं या नहीं। और यह एक रहस्य की तरह ही तबतक रहता था जबतक कि यह चक्र पूरा नहीं हो जाता। परन्तु विदो बाबू लोगों के सारे अन्देशों को धता बताते हुए पाइडिल के चक्र को पूरा करते थे और उनकी साइकिल आगे बढ़ती थी। हाँ, इसमें कोई शक नहीं है कि साइकिल पर चढ़ना-उतरना उनके लिए थोड़ा मुश्किल अवश्य था। वे अक्सर साइकिल पर चढ़ने के लिए थोड़ी ऊँची जगह की तलाश में रहते थे जिस पर एक पाँव रखकर वे साइकिल पर चढ़ना चाहते थे। और जब ऐसी कोई ऊँची जगह नहीं मिलती तब वे अपनी साइकिल पर फुदककर चढ़ते थे। हाँ, अचानक ब्रेक लगाकर साइकिल से उतरने में उन्हें आज भी दिक्कत ही होती है।

विदो बाबू अक्सर उदास रहते थे। वे हँसते थे तब भी उदास ही दिखते थे। या उनका चेहरा ही उदास था। जब वे बोलते थे तो वे अपनी उदासी को और घना कर लेते थे। वे ऐसा जानबूझकर करते थे या उनका चेहरा ही ऐसा था यह तो किसी को नहीं पता, परन्तु उनकी उदासी उनकी पहचान-सी हो गई थी। लोगों को कभी यह समझ में नहीं आता था कि अब इस गाँव में सड़क, बिजली, अस्पताल नहीं है तो यह अच्छी बात तो नहीं है परन्तु इसमें इतना दुख माननेवाली कौन सी बात है।

विदो बाबू सड़क के गड्ढों को देखते और उदास हो जाते। विदो बाबू यहाँ के लोगों को देखते और उदास हो जाते। वे पेड़ों को देखते और उदास हो जाते। वे

पेड़ों पर बैठी चिड़ियों को देखते और उदास हो जाते। वे अक्सर कुओं को देखते, उसमें झाँकते और उदास हो जाते। वे पोखरों को देखते और उदास हो जाते। वे खेतों को दूर तक देखते और उदास हो जाते। उस गाँव के लोग विदो बाबू को देखते और उलझन में पड़ जाते। सड़क किनारे खड़े विदो बाबू पेड़ पर बैठी चिड़िया को उदास होकर देखते रहते और लोग उदास खड़े विदो बाबू को देखते रह जाते। विदो बाबू उदास हो जाते तो उनके माथे पर एक खास तरह की सिकुड़न आ जाती थी जिससे उनकी दोनों भवें आपस में नजदीक आ जाती थीं।

विदो बाबू जानवर के डॉक्टर थे परन्तु गाँव के लोग अक्सर अपना इलाज कराने आ जाया करते थे। गाँव में कोई डॉक्टर उपलब्ध नहीं था इसलिए लोग जानवर के डॉक्टर को भी अपने लिए वरदान ही मानते थे।

पहले शुरू में तो विदो बाबू ने लोगों को समझाना चाहा कि वे जानवर के डॉक्टर हैं और जानवर और इनसान में बहुत फर्क होता है। लेकिन लोग कहते, "जानवर और इनसान में काहे का फर्क? हम भी जीते हैं और वह भी जीता है। हम भी खाते हैं, वह भी खाता है। हम भी साँस लेते हैं और वह भी लेता है। और इससे आगे न हम कुछ करते हैं और न ही वह।"

और इस तरह विदो बाबू ने इस गाँव की आवश्यकता के लिए इनसानों का इलाज भी सीखा। फिर वे थोड़े पतले वाले इंजेक्शन भी ले आए जो इनसानों को दिए जा सकें।

विदो बाबू बहुत ही नैतिक इनसान थे। एकदम सच्चे अपने कर्तव्य के प्रति। इसलिए वे अपनी नौकरी में भी सब को अखरते रहे। जब तक नौकरी किया, एकदम सच्चाई से किया। जो भी उनका कर्तव्य था उन्होंने उसमें कभी कोताही नहीं की। और अपने संज्ञान तक जो कोताही करनेवाले थे उनके खिलाफ शिकायत भी की। यही कारण है कि ऊपर से लेकर नीचे तक सभी लोग विदो बाबू से नाराज रहते रहे।

"इ युधिष्ठिर की औलाद जब तक रहेगा साला जिन्दगिए बरबाद है।" सारा स्टाफ कोशिश करता रहा कि उस अस्पताल से उनका तबादला हो जाए। लेकिन तबादला के लिए पैसा चाहिए। और पैसा तो पहले कमाना पड़ता। पैसा विदो बाबू कमाने नहीं देते। इसलिए वे सब एक ऐसे चक्र में उलझ गए थे जिसका समाधान सिर्फ विदो बाबू के रिटायरमेंट में था। विदो बाबू रिटायर हुए तो सबकी चाँदी हो गई लेकिन तब तक में कइयों की जिन्दगी पूरी ही हुई समझिए।

विदो बाबू ने ढेर सारे पत्र लिखे। कुछ अपने साथ नौकरी करनेवालों के खिलाफ। कुछ उस विभाग की अनियमितता के खिलाफ और कुछ उस विभाग के सुधार के लिए।

इससे सुधार तो कुछ नहीं हुआ और न ही उनकी शिकायतों या सुझावों पर कोई सुनवाई हुई। हाँ, यह जरूर हुआ कि उनके ढेर सारे दुश्मन पैदा हो गए। ढेर सारा या कहें लगभग सारे ही। जब विदो बाबू रिटायर हुए तब उनकी पेंशन से लेकर सारे कागज-पत्तर तक सँभालने में काफी दिक्कतें आईं। उनका उस वेटनेरी अस्पताल में जाना लगभग बन्द कर दिया गया था। लेकिन विदो बाबू को न तो कोई फर्क ही पड़ा और न ही उन्होंने अपने आपको बदला।

इस गाँव की समस्या को लेकर विदो बाबू यहाँ-वहाँ शिकायत लिखते रहे थे परन्तु रिटायरमेंट के बाद जब उन्होंने तेतरी में रहना शुरू किया तब इस गाँव की समस्याओं को अपनी जिम्मेदारी बना लिया और उस पर जमकर लिखना शुरू कर दिया। पटौना रेलवे स्टेशन से लेकर तेतरी और आसपास के कई गाँवों की ढेर सारी समस्याओं पर उनकी निगाह थी।

पटौना रेलवे स्टेशन के उस पार जो स्कूल था वहाँ बच्चे कैसे जाएँ—पूछा विदो बाबू ने। बच्चे जाएँ तो कोई रेलवे फाटक क्यों नहीं है वहाँ—पूछा विदो बाबू ने। बच्चे जब उस रेलवे लाइन को पार करें तो दाएँ देखें कि बाएँ—पूछा विदो बाबू ने।

"इन बच्चों की जान की चिन्ता सरकार नहीं करेगी तो कौन करेगा?"

विदो बाबू ने सूखते जा रहे पोखर के बारे में सवाल पूछा। इस खस्ता हालत सड़क के बारे में सवाल पूछा। पेड़-पौधे, हवा, पशु-पक्षी के बारे में पूछा। विधायक का जो फंड आता है, वह कहाँ गया—पूछा विदो बाबू ने। इ गाँव में कौनों काम विधायक के फंड से काहे नहीं हुआ—पूछा विदो बाबू ने।

वे सवाल पूछते, लेकिन लिखित में। वे चिट्ठियों में सवाल पूछते रहे और सारी चिट्ठियाँ हवा में तैरती रहीं।

ऐसा नहीं है कि छुई देवी या फिर घुटर यादव से विदो बाबू की कोई व्यक्तिगत अनबन है। हाँ, यह जरूर हुआ कि छुई देवी इस बार जीतकर सत्ता में आई और कुछ ही दिनों में विदो बाबू रिटायर हो गए। ऐसा भी नहीं है कि जब तक विदो बाबू नौकरी में थे तब तक वे इस गाँव की समस्याओं के बारे में शिकायत नहीं लिखते थे। लेकिन जब से उन्होंने अवकाश प्राप्त किया, उनके सामने गाँव की सारी समस्याएँ मुँह बाए खड़ी हो गईं। विदो बाबू द्वारा की गई इन शिकायतों से

पिछले साढ़े चार सालों से छुई देवी जूझ रही हैं। छुई देवी क्या जूझेगी, जूझ तो रहा है इ घुटर यादव।

विदो बाबू ने भी सीधे इस घुटर यादव पर ही अटैक किया। ऊपर तक यह लिखा कि इ घुटर यादव कौन है? कैसे उसने अपनी गाड़ी में लाल बत्ती लगा रखी है? कैसे उसने अपनी गाड़ी में विधायक लिखवा रखा है? कैसे हर टेंडर को वही देखता है और कैसे अपने साथ वह इतने गनमैन को रखता है? एक दिन तो गुस्से में यहाँ तक लिख दिया कि यह घुटर यादव सीना इतना चौड़ा करके क्यों चलता है?

छुई देवी परेशान रहती रहीं। घुटर यादव ने दिल से बहुत चाहा कि विदो को खत्म कर दें। लेकिन विदो बाबू इस गाँव के चहेते थे। और लोग यह जानते थे कि विदो बाबू और घुटर यादव के बीच जोरदार तकरार है।

"इ सब आप लोग का भरम है। घुटर दा चाह लें त इ विदवा का चीज है! दू मिनटे में कहाँ चल जाएगा पता भी नहीं चलेगा।" लल्लनमा एकदम छुई देवी का चमचा है। छुई देवी का नहीं, घुटर दादा का। घुटर दा उसको देशी पिलाता है। एकदम रंगीन।

"आप ढहाएँगे घुटर दादा का लंका त उ बजा देंगे आपका डंका।" लल्लनमा चिल्लाता रहा। लेकिन न तो विदो बाबू ही घुटर यादव का कुछ बिगाड़ पाए और न ही घुटर यादव विदो बाबू का कुछ बिगाड़ पाए।

दस साल पहले जब पहली बार घुटर यादव लगे पड़े थे टिकट के जुगाड़ में तब राम भजन यादव थे सबसे बड़े दावेदार। लगभग यह तय भी था कि टिकट तो रामभजन यादव को ही मिलेगी तभी ऊपर से, पार्टी की तरफ से पूरा हिसाब-किताब करके यह तय हुआ कि सोशल इंजीनियरिंग को ध्यान में रखते हुए कुछ सीट महिलाओं को दिया जाए। घुटर यादव शुरू से ही बहुत चालू थे। पार्टी के भीतर से ही यह खबर निकाल लाए कि कोई महिला उम्मीदवार ले आओ तो टिकट मिल सकता है। बस फिर क्या था, झट से अपनी पत्नी छुई देवी को सामने कर दिया। रामभजन यादव बूढ़े हो चुके थे और उनकी पत्नी चार साल पहले ही मर चुकी थी।

छुई देवी को पार्टी के प्रदेश अध्यक्ष ने देखा तो कहा था, "इ त एकदमे खतम है।"

"अरे, आप काहे चिन्ता करते हैं, इलैक्शन हम सँभाल लेंगे न और सरकार तो हमको ही चलाना है। इ त बस चुनाव में फेस रहेंगी। फिर रसोई सँभालेंगी बैठके।" घुटर यादव ने कहा।

एक बार छुई देवी जीत क्या गई, घुटर यादव ने कभी बदलने की जरूरत ही नहीं समझी।

घोड़ा, मोहब्बत और नागो

नागो ने अपने घोड़े का नाम ही सूरज नहीं रखा था बल्कि उसके गले में धागे के सहारे एल्यूमीनियम का एक सूरज भी डाला था। एक चमकदार सूरज। सूरज सड़क पर चलता, दौड़ता, हिचकोले खाता और साथ ही सूरज भी उसके गले में हिलता-डुलता रहता।

"इसका नाम सूरज काहे रखे हो?" लोग नागो से पूछते हैं इसका कारण।

और नागो कहता है, "पसन्द ही इसे यही नाम है तो का इसका नाम डाकू सुल्तान सिंह रखते।"

सचमुच में नागो ने सूरज से पूछकर उसका नाम सूरज रखा था। वह एक बार नहीं, कई बार यह किस्सा लोगों को सुना चुका है कि उसने उस घोड़े के सामने ढेर सारे नाम रखे। इस सूरज नाम को सुनते ही वह उछलने-कूदने लगा था। "तो ऐसा तो है नहीं कि वह कुछो समझता नहीं है। फिर और नाम पर काहे नहीं उछला।"

नागो कहता है, "उसने तो उसके सामने चेतस और सुल्तान भी कहा था। लेकिन इसे सूरज नाम बहुते पसन्द आया।"

और सचमुच सूरज नाम बहुत पसन्द था उसे। नागो सूरज पुकारता है और सूरज उसकी तरफ देखने लगता है। नागो कहता, "सूरजा चल।" और सूरज इसकी चिन्ता किए बिना चलने लगता कि सवारी पूरी हुई या नहीं। नागो कहता, "सूरज रुक।" और सूरज रुक जाता।

सूरज जब नागो के पास आया तो अभी-अभी जवान ही हुआ था। और आते ही उसे नागो जैसा मालिक या कहें एक सच्चा दोस्त मिल गया था।

नागो सूरज से बहुत प्यार करता था। नागो सुबह उठता और सबसे पहले अपने घोड़े को देखता। उसके रख-रखाव की सबसे पहले चिन्ता करता। उसके अच्छे खान-पान, स्नान की चिन्ता करता। दोनों के बीच एक अच्छी सी मुस्कान के बाद ही दिन की शुरुआत होती।

सूरज जब इस गड्ढेदार सड़क पर चलता तो नागो को बहुत तरस आता। वह अपनी सवारियों से कहता, "एकरा में सड़क कहाँ है बताइए तो भला? पता नाय इ सरकार कर क्या रही है?" और सवारी कहती, "त का दूसरा सरकार आ जाएगा त सब ठीक हो जाएगा। इ देश में अब कुछो ठीक नहीं होगा। अब सरकार पर भरोसे काहे करते हैं। बस अब ऐसे ही जीना सीख लिजिए।"

ऐसा कभी नहीं हुआ कि नागो ने अपने टमटम को ठाँसकर भरा हो। जितनी सीटें हैं नागो उतनी सवारी को बैठाता है। दूसरे टमटम वाले की तरह नहीं कि बीच में ठूँस दिए। नीचे एक-दो सवारी को बैठा दिए। दूसरे टमटम वाले कहते हैं, "सार सनकी है। पता नाय कमाने आया है कि धरम करने।" लेकिन नागो अपने सनकीपने को प्यार करता है। वह अपने घोड़े को प्यार करता है। कहता, "इ हमरा पेट भरता है। इसमें भी तो जान है। जुबान नहीं है तो का भार से दाब दें इसको?"

दो गाड़ियों के बीच में अगर कुछ समय मिलता तो नागो सूरज को टमटम से आजाद कर देता। उसके सामने खाना रख देता। सूरज खाता और फिर सो जाता। उसकी थकावट उतरती और फिर वह तरोताजा हो जाता।

सूरज को सुबह् अलसाना अच्छा लगता है और नागो है कि सुबह-सवेरे उठ जाता है। यही एक मुद्दा है जिस पर नागो सूरज से नाराज रहता है। नागो उठता है और वह चाहता है कि सूरज सुबह-सुबह एकदम तरोताजा दिखे। पर सूरज है कि मानता ही नहीं। नागो कुछ ऊँची आवाज में कह दे बस सूरज रूठ जाता है। नागो गले लगाता है। सूरज आँखें नहीं खोलता है। नागो बहुत देर तक उसको सहलाता है। उसकी आँखों के कोर से निकलनेवाले पानी को गमछे से साफ करता है। उसके बालों को साफ करता है। मक्खियों को हटाता है। उसके बालों में फँसे धूल-कण के टुकड़ों को बारीकी से साफ करता है। सूरज अलसाता रहता है और नागो उसे फुसलाता रहता है। सूरज धीरे-धीरे अपने आलस्य को छोड़ता है लेकिन नाराज रहता है। फिर धीरे-धीरे उसकी नाराजगी जाते-जाते जाती है।

नागो जानता है इस सड़क पर चलना और वह भी सवारियों को ढोते हुए चलना अपने आप में एक बहुत ही कठिन कार्य है। वह सूरज से कहता भी, 'हम जानते हैं कि इस सरक पे चलना केतना कठिन है। लेकिन क्या करें, हमरा जीवन इ सरक से जुड़ा हुआ है। अगर कमाएँगे नहीं तो कैसे खाएँगे? कैसे निभेगा इ दु गो ताड़ जैसी बहिन। इ बूढ़ा माँ-बाप।' ऐसा नहीं है कि सूरज इन बातों को समझता

नहीं है, बस वह अलसाता है। और अलसाता भी इसलिए है कि उसको सामने इतना प्यार करनेवाला नागो है।

नागो के अकेलेपन का सबसे बड़ा साथी उसका यह दोस्त ही है। नागो दुखी होता है तो अपने टमटम को किनारे खड़े कर अपने इस दोस्त से ही बात करता है। अपना दुख-सुख सब वह इसे ही तो सुनाता है। घर की हालत क्या है, बहनों की शादी की चिन्ता, पिता की बीमारी की चिन्ता, माँ की बीमारी की चिन्ता, नागो इन सब दुखों को सूरज के अलावा किससे साझा कर सकता था। नागो अपनी शादी की तो बात भी नहीं करता है लेकिन उसका अकेलापन उसको काटता तो है ही। उसके इस अकेलेपन का साथी उसके पास सूरज के अलावा और था ही कौन! कुल मिलाकर इतना है कि नागो ने जबसे टमटम चलाना शुरू किया है उसकी जिन्दगी ढर्रे पर आ गई है।

और यही कारण है कि जब यह रास्ता बनना शुरू हुआ था तब खुशी से नागो मन्दिर पे नाचने लगा था। नागो को नाचना नहीं आता है फिर भी वह उस दिन नाच रहा था। और नाचे भी क्यों नहीं, उस रास्ते पर वह अपने जीवन का आधा वक्त गुजारता है। इसी सड़क पर उसका प्यारा दोस्त इतने हिचकोले खाता है। इतने हिचकोले की वह थककर चूर हो जाता है। उसे अपने से ज्यादा अपने घोड़े के लिए यह खुशी थी। उसने अपने मन में लल्लनमा के वाक्य को दोहराया, 'हेमामालिनी के जैसे गाल।' और फिर उसके शरीर में एक हल्की सी सिहरन हुई। उसके चेहरे पर एक मुस्कान बिखर गई।

बरफी का रस और पिंजरे वाली मुनिया

चिड़िया एकदम कटीली है। उसकी जवानी ऐसी है कि आग लगा दे। चिड़िया की देह से एक अजीब सी खुशबू निकलती है। चिड़िया चलती है तो पेड़ों की पत्तियाँ तक झुक जाती हैं। रेलवे स्टेशन के इस चौक पर कौन ऐसा है जो इ चिड़िया की जवानी में खो जाने की चाह नहीं रखता है।

चिड़िया सुन्दर है कि नहीं—पता नहीं। कुँआरी है कि नहीं—पता नहीं। गोरी है कि नहीं—पता नहीं। कुछ पता नहीं है इस चौक पर के लोगों को, लेकिन इतना

पता है कि जब से चिड़िया इस चौक पर आई है इस चौक पर रौनक आ गई है। यहाँ की फिजा में एक अजीब तरह की खुशबू घुल गई है।

चिड़िया की उम्र क्या होगी? यही कोई 27-28। न तो बहुत लम्बी है चिड़िया और न ही बहुत पतली। पाँच-दो की ऊँचाई वाली चिड़िया अपनी ऊँचाई के हिसाब से मोटी तो नहीं कही जाएगी लेकिन पतली तो बिलकुल भी नहीं कही जाएगी। हाँ, बाल कुछ रूखे-रूखे से हैं। अपने रूखेपन से ही शायद वे घुँघराले हो गए हैं। उन बालों को चिड़िया के माथे पर देखकर ऐसा लगता था जैसे वह उन्हें रोज अपनी उँगलियों में घुमाती हो।

वह रोज एक चोटी करती है। उसके बाल लम्बे हैं, लेकिन कमर तक नहीं। बस वहाँ तक जहाँ तक उसकी ब्लाउज है। बाल की इस चोटी के आखिर में एक रिबन बँधा होता है जो नीचे तक लटकता रहता है। चिड़िया अक्सर जब खाली रहती है तो अपनी इस चोटी को आगे की तरफ कर लेती है और फिर पता नहीं क्यों उसे बार-बार खोलकर बाँधती रहती है। और जब कोई ग्राहक आ जाए तो वह अपनी चोटी को पीछे की तरफ झटककर जुट जाती है अपने धन्धे में। चिड़िया जब अपनी चोटी को आगे कर उससे खेलती रहती है तब उस चौक पर के लोग उसे छुप-छुपकर देखते हैं। और जब वह अपनी चोटी को पीछे फेंकती है तब उनकी आह निकल जाती है।

चिड़िया का रंग साँवला है। लेकिन अपने साँवलेपन से कभी आहत रही हो वह, ऐसा लगता तो नहीं। हाँ, इस चौक पर के लोगों से पूछेंगे तो वे कहेंगे, “बिलकुले सनक गए हैं क्या हो बाबू, उ करिया लगती है आपको। उ तो एकदमे उज्जर है। एकदमे परि जैइसन।”

चिड़िया के ऊपर वाले ओंठ को मोटा ही कह लीजिए जिससे वह अपने एक खास दाँत को ढँकने की बार-बार असफल कोशिश करती है। सामनेवाले दाँतों में बाएँ तरफ दो दाँतों के बीच एक दाँत या तो अतिरिक्त निकल आया है या फिर कोई दाँत अवश्य अपनी सीमा को फलाँग गया है, परन्तु है वह उठा हुआ। और जो उसे परेशान भी करता है। चिड़िया उस दाँत को लेकर जरूर थोड़ी असुविधा महसूस करती है इसलिए तो अपने ऊपर वाले होंठ को बार-बार खींचकर उसे ढँकने की कोशिश करती है। लेकिन उस चौक पर उसके दीवानों से पूछकर तो देखिए, वे कहेंगे, “अरे, उसी उठलके दाँत पर तो दिल आया है हमारा। मन तो करता है कि कहें उसको, काहे ढँकने की कोशिश करते हैं मैडम, उ त मोती है

मोती।" ऐसा नहीं है, ये सब ऐसा मजाक में कह रहे हैं। ऐसा कहने की इच्छा इस चौक पर सभी की है परन्तु सब जानते हैं कि बिल्ली के गले में घंटी बाँधे कौन।

चिड़िया की चाल नागिन जैसी है, ऐसा यहाँ के लोग आपस में बतियाते हैं। वह साड़ी पहनती है और साड़ी के पल्लू को घुमाकर अपनी कमर में खोंस लेती है। पल्लू कमर में खुँस जाता है और उस खुँसे हुए पल्लू के बीच से उसका साँवला पेट और कमर दिखती रहती है। पटौना स्टेशन के इस चौक पर कौन ऐसा है जो इस कमर का दीवाना नहीं है। लेकिन चिड़िया? बिना गाली के बात कहाँ करती है।

एक दिन फुत्तनमा ने गाना गा दिया—

जब लचके तोर कमरिया, सारा जिहला हिले ला।

तब चिड़िया, "आ बपचोदा तोहरा जिहला यहीं हिला देते हैं। अपनी मइया-बहनिया क जिहला काहे नहीं हिलाता है।" यह कहते हुए फुत्तनमा की तरफ लपकी थी।

और तब जिहला तो हिला नहीं लेकिन हाँ, चिड़िया ने उसके सिर को झनझना जरूर दिया था। चिड़िया के द्वारा दिया गया यह पहला और अब तक का आखिरी तमाचा था। क्योंकि उसके बाद उसे इसकी जरूरत नहीं रही। चिड़िया पर मरते तो सब थे लेकिन सब सँभल के रहते थे।

फुत्तन ने चिड़िया से झापड़ तो खा लिया लेकिन वह मशहूर हो गया। सब उसके सैलून पे आता और उससे पूछता, "का हुआ था उ दिन।" फुत्तनमा काफी नमक-मिर्च लगाकर उसे सुनाता और लोग रस लेते।

लोग कहते, "इ एकदमे विदेशी है का जो हिन्दी बोलती है।"

लेकिन इ चिड़िया किसी के हाथ आनेवाली नहीं। कोई माई का लाल ऐसा नहीं जो चिड़िया को छू भर दे। चिड़िया तो पूरी आग है, आग। छूओगे तो जल जाओगे।

चिड़िया कहाँ से आती है और कहाँ को जाती है—किसी को नहीं पता है। किसी को यह भी नहीं पता कि वह अचानक यहाँ कहाँ से आ गई? यूँ ही अचानक लोगों ने देखा कि एक दिन यह चिड़िया अपनी दुकानदारी यहाँ पसार दी। लोगों ने टोकने की हिम्मत की, लेकिन चिड़िया तो चिड़िया है। किसकी मजाल कि कोई उस पर हाथ रख दे!

लोग सिर्फ इतना जानते हैं कि सुबह के अठबजिया गाड़ी से चिड़िया आती है और रात के सतबजिया गाड़ी में चढ़ के चली जाती है। इस चौक के सारे

दुकानदार सुबह की अठबजिया गाड़ी का बेसब्री से इन्तजार करते हैं। उस गाड़ी से उतरने में चिड़िया कभी भी नागा नहीं करती है। वह उतरती है और यहाँ का मौसम खुशगवार हो जाता है।

चिड़िया एक पहेली है तो उसको लेकर बातें भी कई तरह की हैं।

कोई कहता है, "सब पता चल गया है। इ लूनिया गाँव की है। यहाँ से दो स्टेशन बाद इ गाड़ी से उतर जाती है फिर सात कोस पैदल चलके लूनिया पहुँचती है। वहीं रहती है एगो झोपड़ी में।"

कोई कहता, "इ शादीशुदा है और पति एकदमे पियक्कड़। दिन भरे नशे में धुत। अब बेचारी ये कमाएगी नहीं त साला खाएगा का गोबर?"

ऐसी बात सामने आती और लोग उसके पति को गालियों की बौछार कर देते, "सार मरद के नाम पे कलंक है। एतना सुन्दर औरत से काम करवाता है।"

"अब दारू पीता है तो सार मारवो करता होगा।" यह आगे की व्याख्या थी।

लोग उदास हो जाते और अगले दिन सब चिड़िया के शरीर पर दूर-दूर से ही लेकिन मार के निशान ढूँढ़ने लगते।

लेकिन एक दिन चौक पर खबर यह आई कि पति तो दारू पी के मर चुका है।

साला, फुत्तनमा सारा रिसर्च कर लिया है। सार, झापड़ खाके उसके पीछे ही पड़ गया है। बोला, "हम जड़े खोद लाए है इसका। एकदमे जनमकुंडली।"

"इसका बाप-माय ने इसका ब्याह बचपने में कर दिया था। सात बहिन थी। सबसे छोट यही थी। इसका बाप निश्चिन्त। लेकिन साला इसका पति निकला एक नम्बर का दारूबाज। दारू पिया और इसको बहुत तरह का टोरचर किया। बड़ा अमानुस था साला। कहते हैं रात-रात भर चिल्लाती थी इ।" फिर थोड़ा रुककर सबकी ओर देखकर कहता—"रात वाला टोरचर तो आप लोग समझते हैं न।"

"लेकिन इ ज्यादा दिन नहीं चला। इ निकली चंडी। एक दिन सिर पे समाठे दे मारी। पति लहूलहुान हो गया।"

"साला, मरा तो नहीं लेकिन तब से ही अपने औकात में रहता है। इ लौट आई अपने माँ-बाप के पास और बूढ़ा-बूढ़ी के साथ खुशी से रहने लगी।"

लेकिन पंडित रामनारायण झा को बात हजम नहीं हुई और उन्होंने अलग ही व्याख्या कर डाली।

पंडित झा इसी छोटे से मन्दिर की देखभाल करते हैं। खुद भी लम्बाई में छोटे ही हैं। मन्दिर का जो प्रवेश द्वार है, वह बहुत ऊँचा नहीं है लेकिन पंडित झा जब

उस प्रवेश द्वार से प्रवेश करते हैं तब वह दरवाजा भी ऊँचा ही लगने लगता है। कद-काठी में पतले-दुबले से हैं तो और भी अजीब से लगते हैं। आगे के बाल उड़ गए हैं और पीछे एक लम्बी सी टिक्की (चुटिया) है। पंडित जी के लिए उस मन्दिर में सबसे बड़ी समस्या थी घंटा बजाना। घंटा ऊपर था और वे वहाँ तक पहुँच ही नहीं पाते थे। थोड़ी-बहुत दूरी की दिक्कत होती तो वे उसे थोड़ा नीचे करवा भी देते लेकिन और लोगों के सिर से टकराने का भी डर था, सो आगे चलकर उन्होंने उसका रास्ता ही निकाल लिया। उन्होंने घंटे के ठीक नीचे सीमेंट का एक छोटा सा चबूतरा बनवाया और लोगों को कहा कि वे उसी पर बैठकर भजन गाया करेंगे। वे उस चबूतरा पर एक गद्दी बिछाकर रखते थे और फिर उस पर खड़े होकर घंटा बजाते थे। पंडित झा ने पहले तो बहुत दिनों तक ऐसा महसूस किया कि लोगों को यह पता नहीं है कि वे उसी चबूतरे पर चढकर घंटा बजाते हैं लेकिन धीरे-धीरे यह बात आम हुई और फिर धीरे-धीरे पंडित झा ने भी शरमाना छोड़ दिया और एक दिन कहा, "विधि के विधान में कोई हस्तक्षेप नहीं कर सकता है।"

पंडित जी दिन भर वहीं रहते हैं। वहीं खाते-पीते हैं और शाम में मन्दिर बन्द करके अपने घर चले जाते हैं। सुबह इस इलाके में सबसे पहले पंडित रामनारायण झा ही आते हैं। जब वे यहाँ आते हैं तब तक चिड़िया आई नहीं होती है। झा जी कल की वहाँ पर छूटी हुई चिड़िया की खुशबू को महसूस करते हैं फिर मन्दिर जाते हैं। झा जी का कहना है—"इ एक माया है। माया महाठगिनी। इ कहीं जाती नहीं है और कहीं से आती नहीं है। इ त बस दुनिया को दिखाने के लिए इ गाड़ी में चढ़ती और उतरती है।"

"इ कहाँ से चढ़ती है और कहाँ उतरती है—किसी को नहीं पता हैं।" फिर फुत्तनमा की ओर देख के बोले, "तू गया है उ गाँव में तो काहे नहीं घर पता कर लिया?" तब फुत्तन चुप हो गया था।

फुत्तन चुप था तो झा जी फैल गए, "इ कब तक यहाँ है कुछ पता नहीं। बस कोई पास नहीं जाना इसके। इसके पास जो जाएगा उसका सत्यानाश तय है।"

जितने लोग उतनी तरह की बातें। लेकिन सच कोई नहीं जानता कि चिड़िया कौन है? कहाँ से आती है? और कहाँ को जाती है? हाँ, वहाँ के लोगों के लिए बस इतना ही सच है कि चिड़िया बहुत सुन्दर है। लोग उसकी मादकता में खोये रहते हैं। लेकिन चिड़िया बहुत ही अड़ियल है। अकेली लड़की देखकर कोई उसे हाथ लगा दे यह सम्भव नहीं है। वह यहाँ धाक से रहती है और अपनी दुकान चलाती है।

लेकिन चिड़िया के पास भी इस देह और अक्खड़ता के अलावा एक दिल है। एक दिल जो धड़कता है। चिड़िया के पास एक मन भी है जो ख्वाब देखता है। सपना देखता है।

इतने लोग जो उसके नजदीक भर आने के लिए मरे जा रहे हैं, चिड़िया उनकी तरफ देखती तक नहीं है। लेकिन नागो जो उसकी तरफ ताकता भी नहीं है, चिड़िया के ख्वाब में आने लगा है। चिड़िया को नागो बहुत प्यारा लगने लगा है। नागो को वह देखती है और उसकी देह के रोयें खड़े हो जाते हैं।

वापसी और गुल्लर के पेड़ के नीचे एक मचान

विदो बाबू अपनी पत्नी को सरस्वती कहते और उनकी पत्नी तो उनको बस एजी-ओजी कहके ही काम चला लेती। अपनी सरस्वती को बहुत प्यार करते थे विदो बाबू। लेकिन उनका पहला प्यार वे जानवर थे जो उनके बिना दुखी रहते थे। सरस्वती जानती थी कि वह अपने पति का दूसरा प्यार है लेकिन वह कहती, "धत् उ कोनो मेहरारू थोड़े न है जो हम जल-भुन के अलुहा बन जाएँ।"

विदो बाबू की पत्नी का देहान्त हुए अब तो कई वर्ष गुजर चुके हैं। विदो बाबू जानवरों के इलाज में उलझे रहे लेकिन कब इस बीच उनकी पत्नी खुद बीमार हो गई उनको पता नहीं चल पाया।

सरस्वती ने चार बच्चों को जन्म दिया। पहली दो बेटियाँ और फिर दो बेटे। चौथा बच्चा पैदा होने के बाद उनकी पत्नी धीरे-धीरे बीमार पड़ती चली गई। तीन-चार साल तक लगातार बीमार रहने के बाद वह चली गईं और अपने पीछे चार बच्चों को छोड़ गईं। जब उनका निधन हुआ तब बड़ी बेटी महज बारह साल की थी। जैसे-तैसे बच्चे पले। बड़ी बेटी पर जिम्मेदारी ज्यादा आ गई और इस मजबूरी ने उसे अपनी उम्र से पहले बड़ा भी कर दिया।

विदो बाबू सुबह उठते और बच्चों में लग जाते। बड़ी बेटी की मदद से बच्चों को नहलाते-धुलाते, खाना बनाते और बच्चों को रवाना करते। बच्चे स्कूल जाते और वे अपनी साइकिल निकालकर झटपट भागते अपने अस्पताल। जहाँ ढेर सारे जानवर उनका इन्तजार कर रहे होते। जानवर उन्हें देखते और अपने कष्ट भूल

जाते। विदो बाबू के लिए यह नौकरी एक पूजा की तरह थी। ऐसा कभी याद नहीं कि उन्होंने कभी इस नौकरी से बिना कोई ठोस वजह और वह भी ऐसा जिसे कि टाला न जा सके, कभी छुट्टी ली हो।

विदो बाबू ने अपने रिटायरमेंट से पहले अपने सारे बच्चों की शादी कर दी। दोनों बेटियाँ ससुराल चली गईं। ससुराल गईं और बहुत दिनों तक रोती रहीं। दोनों बेटे कहीं गए नहीं। बड़े वाले बेटे ने पिपरी चौक पे खाद की दुकान खोल ली। लेकिन उस दुकान में पिता के नाम का इस्तेमाल नहीं किया। इस दुकान पर कीटनाशक भी मिलता था। छोटे बेटे ने कुछ खेती भी देखा और अपना एक ट्रक्टर रखकर अपना और दूसरों के खेतों को जोतना शुरू किया। विदो बाबू ने जरूर चाहा होगा कि उनके बच्चे नौकरी कर लें, पर ऐसा हो नहीं पाया। दोनों बेटों की शादी हुई और विदो बाबू के घर में धीरे-धीरे भीड़ बढ़ती चली गई।

यह घर विदो बाबू ने सरस्वती के निधन से पहले ही बनवाया था। इस घर के ऊपर लिखवाया था—'सरस्वती निवास।' सफेद रंग के चूने से घर की पुताई में सीमेंट की उभरी हुई पट्टी में लिखा था—'सरस्वती निवास'। इस 'सरस्वती निवास' पर लाल रंग की पुताई थी जो दूर से दिखता था। विदो बाबू ने सरस्वती को लाकर दिखलाया था। सरस्वती ने अपने सिर को ऊपर करके देखा था और शरमा गई थी। सरस्वती को पढ़ना आता था। सरस्वती ने अपने पति को और प्यार करना शुरू कर दिया था। सरस्वती ने अपने मन में सोचा था 'झुट्ठा हैं एकदमे। पहला प्यार तो हमही हैं।'

विदो बाबू का घर उनके लिए एक सपने के घर जैसा था लेकिन यह इतना बड़ा नहीं था कि उनके दोनों बेटों के परिवार भी आराम से सँभल जाएँ। जब सरस्वती का निधन हुआ और दोनों बेटियाँ यहाँ से रोती हुई अपने-अपने ससुराल चली गईं तब ऐसा लगा था कि यह घर बहुत बड़ा है, लेकिन जब दोनों बेटों की शादी हुई और उनका परिवार बड़ा होता चला गया तब फिर यह घर छोटा पड़ने लगा। जब तक विदो बाबू नौकरी में थे तब तक उन्हें ऐसा एहसास नहीं हुआ, क्योंकि वे अक्सर बाहर ही रहते थे। लेकिन जब वे अवकाश प्राप्त कर वापस अपने घर लौटे तब उन्हें अहसास होने लगा कि उनके लिए जगह बामुश्किल ही कहीं है।

विदो बाबू जब नौकरी से वापस लौटे तब उन्होंने बाहर वाली कोठरी ले ली। इस कोठरी के साथ ही एक बरामदा था। उस बरामदे में एक चौकी रखी हुई थी और उस चौकी के ठीक ऊपर सरस्वती की तस्वीर लगी हुई थी। सरस्वती की

तस्वीर लगी हुई थी लेकिन उस पर हार नहीं चढ़ा हुआ था, विदो बाबू कहते, 'नहीं नहीं उससे हमेशा ऐसा एहसास होता है जैसे वह छोड़कर चली गई है। उ गई कहाँ है उ तो यहाँ है।' और फिर ऐसा कहते हुए वे अपने हृदय की तरफ इशारा करते और एक अजीब तरह की उदासी में बह जाते।

यह कोठरी छोटी थी और उसी कोठरी में विदो बाबू के डॉक्टरी का सारा सामान था। उनके पास एक टाइपराइटर भी था जिसमें टाइप करने पर खट-खट की आवाज आती थी।

यह घर रास्ते के सीध में भी था और बगल में भी। रास्ता ऐसा था जैसे इसी घर के लिए बनाया गया हो लेकिन वही रास्ता इस घर के बगल से गुजर भी जाता था। ऐसे जैसे कोई मेहमान घर की दहलीज से अचानक रूठ के अपना रास्ता मोड़ ले। जो रास्ता सीधा इस घर की तरफ आता था उसके सामने एक खाली जमीन थी जिसे इस घर का आँगन कहा जा सकता था। इस आँगन में एक पतला रास्ता था इस घर की दहलीज पर चढ़ने के लिए। इस रास्ते के दूसरी तरफ गुल्लर के तीन-चार पेड़ थे। गुल्लर के पेड़ बहुत पुराने और बड़े-बड़े थे। गुल्लर के इन पेड़ों को विदो बाबू ने नहीं लगाया था। ये यहाँ कब से हैं—उन्हें भी ठीक-ठीक पता नहीं है। इन गुल्लर के पेड़ों की छाया नीचे जमीन पर थोड़ी-थोड़ी पड़ती थी। नीचे क्यारी बनाकर विदो बाबू उसमें सब्जी उगाते थे। सब्जी की उन क्यारियों में पके हुए गुल्लर गिरते थे।

अपने अवकाश के बाद जब विदो बाबू इस घर में रहने लगे तब तक दोनों बेटों की शादी हो चुकी थी और उनके बच्चे अब बड़े हो रहे थे। विदो बाबू अपनी कोठरी में रहते थे और रोगियों को देखने अक्सर बाहर जाते थे। कुछ लोग अपने जानवरों को उनके घर तक भी ले आते थे। वे जानवर अक्सर उनकी क्यारी को बर्बाद कर दिया करते थे। उन क्यारियों से सब्जी तोड़कर विदो बाबू की बहुएँ सब्जी बनाती थीं। जानवरों ने जब उन सब्जियों को खा लिया तब उन्हें बुरा लगा। लेकिन विदो बाबू उन बीमार जानवरों को कुछ नहीं कहते थे। जानवर के मालिक अक्सर उन जानवरों के कुछ नहीं खाने का दुख लेकर उनके पास आते और जानवर यहाँ आते ही कुछ खाने लग जाते। विदो बाबू उन जानवरों को यहाँ यूँ सन्तुष्ट होकर खाते देखते तो उन्हें बहुत खुशी होती।

विदो बाबू ने इस घर को जानवरों के अस्पताल में बदल दिया है ऐसा देखकर उनके बेटे और बहुएँ बहुत बुरा मानने लगे थे। जब कभी विदो बाबू घर पर नहीं होते तब उनके बेटे-बहुएँ उन रोगी जानवरों के मालिक को दुत्कार कर घर से भगा

देते। इसलिए अब जानवर के मालिक अक्सर दूर से ही ताक में रहने लगे थे कि कब विदो बाबू घर में हैं और कब नहीं। जब विदो बाबू घर में नहीं होते तब वे दूर सड़क पर ही उनका इन्तजार करते।

लेकिन विदो बाबू के यहाँ सिर्फ वही नहीं आते थे जिनके जानवर बीमार थे बल्कि वे भी आते थे जिनके जीवन में ढेर सारी शिकायते थीं। विदो बाबू उस दरवाजे पर बैठकर उनकी शिकायतें सुनते और फिर अपने टाइपराइटर पर उन शिकायतों को टाइप करते और फिर पुलिस, मुखिया, सरपंच, विधायक और यहाँ तक कि मुख्यमंत्री तक के नाम पत्र लिखते। लिखने को तो उन्होंने कितनी बार प्रधानमंत्री और राष्ट्रपति तक को भी लिखा था। चूँकि विदो बाबू यहाँ से लेकर वहाँ तक सब जगह शिकायती पत्र लिखते रहे थे, इसलिए वे बहुत प्रसिद्ध हो चुके थे। यहाँ की पुलिस से लेकर मुख्यमंत्री के दफ्तर तक और शायद प्रधानमंत्री के दफ्तर तक में उनका नाम सब जानने लगे थे कि एक सरफिरा है जिसे पत्र लिखने की बीमारी है।

उनके इस शिकायती पत्र लिखने से सारे सत्तावादी लोग नाराज रहते थे। लल्लनमा जैसा चमचा टाइप लोग अक्सर इस घर के सामने से गुजरते हुए घर के सामने थूक देता था। चमचे अक्सर कहते, "इ साला एमदमे पगला गया है। मरने से पहले बुड्ढा फड़फड़ा रहा है। इसका इलाज करना बहुते जरूरी है।"

लेकिन उनकी इस आदत से जितने परेशान ये लोग थे उससे ज्यादा परेशान उनके बेटे और बहुएँ थीं। उनके बेटों ने कई बार उनको समझाया भी था कि उनकी इस आदत के कारण वे इन ऊँचे लोगों से सम्बन्ध रख नहीं पा रहे हैं और जीवन में मजा नहीं ले पा रहे हैं। लेकिन विदो बाबू उनकी एक नहीं सुनते थे। बहुओं ने कई बार उनके मुँह पर कह दिया था, "अब मरिये काहे नहीं जाते हैं। जब तक जिन्दा रहिएगा हमरा खून ही चूसिएगा।"

विदो बाबू सब सुनते थे और अपना काम करते थे।

विदो बाबू के लिए धीरे-धीरे उस घर में रहना भी मुश्किल कर दिया गया था। अक्सर जब वे बाहर से आते तो देखते उनकी कोठरी में बहुएँ लेटी हुई हैं या फिर वहाँ सब्जी काट रही हैं। बाहर बरामदे की चौकी हटा ली गई थी। बहुएँ अक्सर वहाँ चटाई बिछाकर अपने बच्चों की मालिश कर रही होतीं।

विदो बाबू के बैठने के लिए जगह नहीं बची थी। ऐसी कोई जगह नहीं थी जहाँ विदो बाबू बैठकर लोगों की शिकायतें सुनते और जहाँ बैठकर वे उन शिकायतों को टाइप करते। कहाँ वे खुद को रखते और कहाँ अपना टाइपराइटर?

एक दिन विदो बाबू ने इन चीजों से ऊबकर उन गुल्लर के पेड़ के बीच में एक मचान बना लिया। और फिर वे उसी मचान पर जाकर बैठ गए। अपने टाइपराइटर के साथ वे वहीं बैठे रहते थे। जब लोग अपनी शिकायत के साथ आते तो विदो बाबू उन्हें वहीं बुला लेते थे।

वह मचान थोड़ा ऊपर था और जिस पर चढ़ने के लिए बाँस की बनी सीढ़ी पर चढ़ना पड़ता था। मचान में एक छत भी थी जिससे बाहर झाँकने पर बाहर गुल्लर के पत्ते दिखते थे और वहीं से थोड़ा सा आसमान भी दिखता था। विदो बाबू लेटते हुए अक्सर उन पत्तों को देखते और उस आसमान पर अपनी उँगलियों से आड़ी-तिरछी लकीरें खींचते।

लल्लनमा कहता था, "एक दिन इ बुड्ढा इ मचानमे से गिरके मर जाएगा।"

फिर वह पैरोडी करता, "इ मचान पे लेट के दिखता है इ बुड्ढा को खुला आसमान/एक दिन इहे मचान बनेगा इ बुड्ढे का शमशान।"

काली नागिन और बारिश की बूँदें

नागो का टमटम पहुँचता है स्टेशन पर और चिड़िया का दिल धक से रह जाता है। चिड़िया इस चिलचिलाती धूप में नागो के लिए अपने उस लाल डिब्बे से ठंडा पानी निकालती है। नागो चिड़िया के हाथ से पानी की बोतल लेता है पानी को गले के नीचे उड़ेलता है पर कहता कुछ नहीं है। जितनी देर चिड़िया सामने खड़ी रहती है, नागो उस ठंडे पानी को पेट में जाने को महसूस कर रहा होता है। फिर वह सिर उठाकर देखता है चारों तरफ। हलुआई महन्त ही नहीं, सबकी निगाह उस पर टिकी है।

नागो कुछ कहता नहीं है लेकिन कभी मना भी नहीं करता है।

नागो एकदम गउ जैसा सीधा है।

ऐसा नहीं है कि चिड़िया इस चौक पर आई और इस धाक के साथ यहाँ अपनी दुकान चलाने लगी और नागो को पता न चला हो। ऐसा भी नहीं है कि नागो यह नहीं जानता है कि चिड़िया पर इस चौक के सभी मर्द फिदा हैं। चिड़िया के बाल घुँघराले हैं। चिड़िया की आँखों में काजल लगा हुआ है। चिड़िया के दाँतों में एक दाँत उठा हुआ है जो मोती जैसे है। वहाँ की फिजाओं में तैरती इन बातों को नागो

भी सुनता रहता था। लेकिन ऐसा कभी हुआ नहीं कि नागो ने चिड़िया की तरफ तरीके से आँख उठाकर देखा भी हो।

नागो अपने टमटम से आता है, सवारी को उतारता है और अपने टमटम पर बैठ जाता है। नागो कभी-कभी इस पीपल के पेड़ के नीचे भी बैठता है। पीपल के पत्ते बहुत गझिन हैं। पेड़ पर अक्सर ढेर सारी मैना बैठी होती हैं। मैना ऊपर से बैठकर सब देखती है। मैना नागो के मन को भी पढ़ लेती है।

नागो का टमटम लगा रहता है। गाड़ी आती है और सवारी नागो के टमटम पे बैठ जाती है और नागो अपने घोड़े को हाँक लेता है।

नागो के मन में भी चिड़िया को लेकर कई सवाल हैं। मन करता है एक दिन उ पिपरी वाला पोखर की सीढ़ी पर बैठाकर पूछे सारे सवाल का जवाब। लेकिन नागो कुछ कहता नहीं है।

नागो कुछ कहता नहीं है। और यही चुप्पापन चिड़िया के कलेजे को चीर देता है, "काहे रे माधो, एतना काटा काहे उगा रखे हो अपने मन में। तुम्हारे मन में कोई गुलाब का पंखुरी नहीं है का।"

"एतना मरद हमरे लिए पागल है त तू कौन से मिट्टी के बने हो हे महादेव।"

"अरे, हम कौन से माँग रहे हैं तुमसे पूरा जिनगी, बस अपन आँख के समन्दर में हमको डूब जाने द।"

चिड़िया देखती है उसको और बह जाती है। मन में ढेर सारी बातें हैं लेकिन चिड़िया भी कह कहाँ पाती है। मन बातें करता है लेकिन जुबान कहाँ! मुँह पे तो जैसे किसी ने लट्ठा लगा दिया हो। लेकिन इ तन और इ मन! चिड़िया क्या करे इस मन का और क्या करे इस शरीर का!

चिड़िया मन में सोचती है कि कौन सा व्रत कर लें, कौन सा उपवास कर लें या कौन सा मन्नत माँग ले कि इ भोलेबाबा के इ पत्थर जैसा मन में थोड़ा सा प्यार जग जाए। चिड़िया इतनी मुँहफट है कि कोई उसकी तरफ तिरछी निगाह करके भी देख ले तो गालियों से उसको नंगा कर दे, लेकिन उसकी जुबान यहाँ उसका साथ छोड़ देती है।

चिड़िया अपने ग्राहकों में व्यस्त रहती है। एगो सिगरेट। एगो गुटखा। कोल्ड ड्रिंक तो चिप्स, कुरकुरे। तभी देखती है नागो का टमटम आके लग गया है। चिड़िया की आँखें फिर उसके वश में कहाँ रह पाती हैं? चिड़िया कई बार सोचती है आज वह कुछ कहेगी लेकिन हर बार यह पीपल का पेड़ बैरी बन जाता है। चिड़िया बढ़ती

है नागो की तरफ और इस पीपल के पत्तों में जुम्बिश आ जाती है। उसके पत्तों में एक सरसराहट आ जाती है। सूखे पत्तों से खड़खड़ाहट की आवाज निकलती है। पेड़ पर बैठी सारी मैना एकटक देखने लगती हैं चिड़िया को और चिड़िया एकदम से घबरा जाती है। चिड़िया जाती है और उसको पानी देकर आ जाती है। या कभी ऐसे ही खाली हाथ।

नागो उसकी तरफ देखता नहीं है। लेकिन कब तक? यह नजर है कि अब बरबस उस ओर जाने ही लगी। लेकिन जब कभी उसकी तरफ देखती निगाह को देख लेती है चिड़िया, एकदम से सकपका जाता है नागो। मन में सोचता है, 'हे भोलाबाबा, काली नागिन की तरह काहे हमरे मगज में घुसती जा रही है इ।'

चौक के लोग कहते हैं, "इ चुड़ैल ढूँढ़ ली है अपना शिकार। नगवा अब जाएगा तेलहंड में।"

"चुड़ैल एक मकसदे से आती है। इ चौक पे आई थी जिस मकसद से बस वह पूरा होने ही वाला है। मिल गया उसको अपना शिकार।"

और नागो ने सोचा सचमुच की चुड़ैल ही निकली इ चिड़िया।

उस दिन दोपहर के ढाई बजे के करीब जब नागो तीन बजे की गाड़ी की सवारी लेकर आ रहा था तो मौसम बहुत खराब था। आसमान में काले-काले बादल थे। पक्षी अपने घर की तरफ लौट रहे थे। नागो को रास्ते में ही लग रहा था कि कहीं बहुत तेज बारिश न हो जाए। उसे अपने घोड़े सूरज को लेकर काफी दुख हो रहा था कि वह इसे लेकर आज निकला ही क्यों। लेकिन उसके पास अब कोई रास्ता नहीं था।

उसने टमटम को ज्यों ही स्टेशन पर पहुँचाया, बूँदाबूँदी शुरू हो गई। और फिर सँभलने का मौका भी कहाँ मिला! नागो ने सूरज को बरसाती से ढँकना चाहा। बरसाती को बाँधते हुए उसने देखा, चिड़िया भी अपनी दुकान को पन्नी से ढँक रही है। लेकिन अचानक से बारिश की बौछार ने नागो को लगभग आधा भिगो दिया। नागो मन्दिर के बरामदे की तरफ दौड़ा। मन्दिर में कई लोग अपना सिर छुपा चुके थे। नागो ने देखा, चिड़िया अभी अपनी दुकान को ढँक ही रही है। चिड़िया लगभग भीग चुकी थी। वह सीधी खड़ी हुई और बारिश से छुपने की तलाश में सिर उठाकर देखा। नागो उसको देख रहा था। चिड़िया ने नागो को देखा और एक क्षण को दोनों की निगाहें टकरा गईं। नागो ने अपनी नजर को दूसरी तरफ मोड़ लिया। चिड़िया उसकी तरफ दौड़ पड़ी।

पीपल के पत्तों में आज फिर से जुम्बिश आ गई। परन्तु उसकी आवाज आज बारिश की आवाज में घुल गई। पीपल के पेड़ पर आज एक भी मैना नहीं थी। चिड़िया के मन में जरूर आया कि वह एक बार पीपल के पत्तों की तरफ देख ले, पर बारिश के कारण वह ऐसा कर नहीं पाई। मन्दिर के बरामदे में घुस जाने के बाद वह ऐसा नहीं कर सकती थी क्योंकि पीपल के पेड़ के नीचे ही यह मन्दिर था।

चिड़िया जब उस बरामदे पर पहुँची तो वह बरामदा पूरी तरह भरा हुआ था। नागो आगे की पंक्ति में था। उसके ठीक सामने अगड़ी से पानी की तेज धार बह रही थी।

जब चिड़िया भागती हुई उस तरफ आई तो उस अगड़ी से गिरनेवाले पानी के इस पार वह एक पल को रुकी। नागो ने उसको देखा और वह सकपका गया। और फिर चिड़िया अगड़ी से गिरनेवाले उस पानी को परे धकेलते हुए नागो के ठीक सामने घुस गई। नागो ने जबरन अपने को पीछे धकेला और चिड़िया वहाँ समा गई। पीछे जगह नहीं थी और चाहकर भी नागो कोई खास जगह बना नहीं पाया। अगड़ी से गिरनेवाले पानी से बचने के लिए चिड़िया लगभग नागो की देह पर झुक गई। नागो ने अपने को जबरन रोक रखा था नहीं तो वह चिड़िया के वजन से तिरछा हो जाता। चिड़िया ने अपने वजन को लगभग उसके ऊपर छोड़ रखा था।

नागो के दोनो पैरों के बीच चिड़िया का पैर था और नागो के चेहरे के ठीक सामने थोड़ा नीचे चिड़िया की गरदन। चिड़िया के बाल भीगे हुए थे और उसकी गरदन पर पानी की कुछ बूँदें टिकी हुई थीं। चिड़िया के ब्लाउज से उसकी गरदन और पीठ का कुछ हिस्सा नागो के सामने था। नागो ने देखा, चिड़िया के बालों से पानी की बूँद उसकी गरदन पर गिरकर ब्लाउज के अन्दर समा रही थी। नागो के शरीर में सिहरन-सी होने लगी।

नागो को अचानक से पंडित जगन्नाथ मिश्र की बात याद हो आई। उसे लगा, ठीक कहते थे पंडित जी, जब तक मरद के जाँघ में दम है तब तक मरद, मरद है। उसने सोचा ठीक कहते थे पंडित जी, औरत ही मरद की असली छाँह है। औरत के बिना मरद का कोई वजूद नहीं है।

उसके पिता कहते थे, कबे तक खटिया के दोनों तरफ से उतरोगे बेटा। नागो ने सोचा, बाबू भी ठीके कहते थे।

नागो ने उस गरदन की तरफ फिर से देखा, वहाँ अब भी पानी की बूँदें मौजूद थीं। बाहर बारिश अपनी रफ्तार में थी। नागो की निगाह बाहर गिर रही बारिश पर गई। गिरते हुए पानी में बुलबुले बन और फूट रहे थे। नागो के मन में आया अभी और बारिश होगी। नागो मदहोश-सा होता जा रहा था। उसे ऐसा लगा कि वह पानी की उस बूँद पर अपने ओंठ रख दे।

नागो ने अपने आपको जब्त किया। और मन में सोचा, सच में इ काली नागिन है। भोले बाबा इ नागिन से तो बचना मुश्किले है।

नागो का मुँह चिड़िया के कान के ठीक पीछे था। और नागो के मुँह से एकबारगी निकल गया 'भगजोगनी'। चिड़िया ने पीछे मुड़कर देखा। नागो एकदम सकपका गया।

सड़क का उद्घाटन और जा झाड़ के

जब तक आपके कड़कड़िया नोट पे रहेगा गांधी
हियाँ इ गाँव में तब तक चलेगा विकास का आँधी।

'इ महीना के छौ तारीख को इ सड़क का उद्घाटन विधायक श्रीमती छुई देवी के हाथों सम्पन्न होगा। खुशी के अवसर पर माननीय श्री घुटर यादव जी भी मौजूद होंगे।'

'आपके-हमारे जीवन को बदल देनेवाले श्री घुटर यादव जी के समारोह में भारी भीड़ के साथ उपस्थित होकर अपने गाँव का सम्मान बढ़ाएँ।'

पाँच दिन पहले से ही पूरे इलाके में एक रिक्शा घूम रहा है। रिक्शा पे पिंटू बैठा है गले में गमछा डाले। एकदम पतला है पिंटू। कमीज और जींस पहनता है। कमर इतनी पतली कि पैंट कमर से नीचे सरक जाए। चेहरे पर मूँछ उग आई है। दाढ़ी भी आ गई है लेकिन अभी पूरी नहीं। सैलून तक अभी पहुँचा नहीं है। अभी घर में ही कैंची से छँटाई चल रही है। यहाँ-वहाँ घूमता है और कोई काम नहीं करता। दस दिन तक रिक्शा पर घूमने का था तीन हजार। तीन हजार का तो पिंटुआ गुटखा खा जाता है। लेकिन अपने बाप का क्या करे! पीछे डंडा लेके दौड़ा कि कुछ नहीं करता तो खाना तोरा बाप खिलाएगा। तो पिंटुआ पहले बोला कि हाँ, बाप

ही खिलाएगा। लेकिन बाप के डंडे ने उसे हराकर बैठा दिया इस रिक्शे पर। पहले एक दिन उसका ट्रेनिंग हुआ कि क्या बोलना है।

इ गाँव में ऐसा है सरकार और आदमी का वास्ता
न रहा कोई हिचकोला, ऐसा शानदार बन गया है रास्ता।

पटौना स्टेशन की तरफ से नहीं बल्कि इस सड़क के ठीक अन्त में, तेतरी गाँव में शामियाना लगा हुआ है। स्टेशन के पास भाषण दीजिएगा तो सुनने कौन आएगा। वहाँ एकदमे सुनसान है। जो आता है उ गाड़ी पकड़ने आता है कि आपका भाषण सुनने।

तीन दिन से काम चल रहा है। बच्चे खूब उधम मचा रहे हैं। शामियाने से कुछ दूर तक सड़क पर रोलैक्स चमकी लगाई गई तो बच्चे एकदम से बेचैन हो गए। पता नहीं क्या होनेवाला है। इतनी तैयारी तो यहाँ अमीरों की शादी में ही होती है... वह भी बहुत कम। काम करनेवाले भगाते हैं बच्चों को 'भाग सार, तोहर मैया क शादी नहीं होनेवाला है।' लेकिन बच्चे कहाँ माननेवाले। अन्ततः नेपलिया को पत्थर उठा के दौड़ना पड़ता है।

एक छोटा सा मंच भी बना हुआ है। शामियाना के ठीक ऊपर एक बैनर लगा हुआ है। पटौना से बुधनी तक के सड़क का उद्‌घाटन। उद्‌घाटनकर्ता—श्रीमती छुई देवी (विधायक), विशेष अतिथि—माननीय श्री घुटर यादव। शाम के चार बजे। एक लाउडस्पीकर भी लगा हुआ है। लाउडस्पीकर के गोलाई में लिखा हुआ है—चौधरी टेंट हाउस। चौधरी टेंट हाउस साउन्डबॉक्स भी रखता है। लेकिन कहते हैं, नेता के भाषण में लाउडस्पीकर के इस्तेमाल से आवाज दूर तक जाती है।

"और फिर घुटर दा जमीनी नेता हैं भाई कौनो इ रामचरित्तर बाबू की तरह इलीट नेता थोड़े न हैं।" घुटर यादव के प्रशंसक इ सब चिल्लाकर कहते हैं।

तैयारी तीन दिन से चल रही है। कुछ कुर्सियाँ भी रखी गई हैं। लेकिन लग रहा है सारी तैयारी बेकार हो जाएगी। इ मौसम लग रहा है सब बरबादे कर देगा।

लल्लनमा ऊपर आसमान की ओर ताकता है और काफी दुखी होता है, "एकदमे करिया गया है आसमान। साला, कोई आखाड़ क महीना है क्या कि दुपहरिया में भी मौसम खराब!"

"साला, एकदमे कड़कड़िया धूप निकला हुआ था। पता नहीं अचानके इ कल से करिया कैसे गया! सार, इ विदवा क नजर लग गया है। हर बाते पर सार क शिकायत है।"

अलग-अलग तरह के लोग हैं और अलग-अलग तरह की बातें।

कुछ लोग कह रहे हैं, "केतना जल्दी है! अभी तो पूरा बनके तैयार भी नहीं हुआ। पहले उद्घाटने कर दीजिए।"

"अरे, अभी तो इलेक्शन भी दूर है। ऐतना काहे हड़बड़ा गए।"

"काहे, हड़बड़ाएँगे काहे नहीं। चुनाव दूर है, लेकिन टिकट के लिए माहौल तो बनाना पड़ेगा। अगर टिकटे नहीं मिला तो चुनाव को का इ चाटेंगें?"

"कइसन बात करते हो भाई। इ घुटर यादव को टिकट न मिले यह सम्भव है का?"

"तो का घुटर यादव कौनो भगवान है। जो जेतना पैसा देके टिकट खरीदेगा टिकट तो ओकरे होगा।"

"इतने पावरफुल है तो खुदे काहे नहीं टिकट ले लेता है।"

"अपने जैसे बकलोले समझते हो घुटर यादव को का? एतना जो केस-फौजदारी उनके ऊपरे है काहे के लिए उसको खोलवाने जाएँगे। जब ढँका हुआ है तो दिक्कत का है? एक बार खुदे टिकट लेने जाएँगे तो सारा चिट्ठा खुल जाएगा। पत्नी के पास सीट है तो का उ एमएलए नहीं हैं?"

"और साला, रोड बनके किधरे तैयार नहीं हुआ है। अब का इ रोड पे घुटरे यादव झाड़ू भी लगाएगा का। सार, इ गाँव क लोग भी अजीबे है। उँगली पकड़ा दीजिए तो साला पहुँचवे पकड़ने लगता है।"

विदो बाबू अलग ही राग अलाप रहे हैं, "ये घुटर यादव कौन है भाई और किस बिनाह पर यह विशेष अतिथि बन गया है? जब लोकतंत्र में कोई आवाज नहीं उठाता है तब लोकतंत्र ऐसे ही मर जाता है।"

"और आप लोग को क्या लगता है कि ये जो इतना बेचैन हो रहा है, इसको क्या टिकट मिल जाएगा? अभी हम एक पत्र लिखे हैं, सारा जाँच होगा। कितना मारा है इस सड़क में पब्लिक क्या जानती है? घुटर यादव ऐसे ही चिमनी थोड़े न बैठा लिया है भाई। कोई नहीं पूछेगा तो क्या इ विदो भी चुप हो जाए। ऐसा हो नहीं सकता।"

विदो बाबू के बेटे को जब यह पता चला कि उनके पिता घुटर यादव के टिकट के पीछे पड़ गए हैं तब उन्होंने अपने पिता को बहुत समझाना चाहा। घुटर यादव बड़ा आदमी है। बेटे-बहुओं ने काफी विरोध किया, "अपना जीवन तो जी लिये तो हमारा काहे नरक कर रहे हैं।"

लेकिन विदो बाबू ने किसी की एक नहीं सुनी और अपने मचान पे चढ़ गए। अक्सर वे घर से बाहर रहते या फिर घर पे होते तो उसी मचान पे होते। मचान के नीचे से उनके बेटे-बहू उनको ताने मारते तो वे दूसरी तरफ करवट बदलकर सो जाते।

शाम हुई और बारिश नहीं हुई। छिटपुट भी नहीं।

लल्लनमा ने कहा, "इ सब घुटर भैया के पुण्य का कमाल है। भगवान भी साथ हैं।"

मंच पे एक साथ कई लोग चढ़ गए। मचान कड़कड़ाने लगा। चौधरी टेंट हाउस के मालिक नवीन चौधरी खुद दौड़कर आए, "सार, पूरे बरतिये को चढ़ाने के लिए थोड़े न था यह मचान।"

"अरे, तो नेता जी कैसे उतारें! जिसको उतारें उसी की जात के लोग नाराज हो जाएँ। साला, इ गाँव में नेता लोगों की कमी थोड़े न है। सब सार अपने को जार्ज फर्नांडिसे समझता है।" लल्लनमा ने कहा तो लोग ये समझ नहीं पाए कि इसने जार्ज फर्नांडिस का ही नाम काहे लिया।

घुटर यादव ने कार्यक्रम में पहुँचने में बिलकुल भी देर नहीं की। वहाँ बैठे लोग आपस में फुसफुसाए, "देखिए एतना बड़का लोग है लेकिन एकदमे समय का पाबन्द। ऐसेहिं कोई बड़का आदमी नहीं बन जाता है। कुछ खास जरूरे होता है।"

घुटर यादव अपनी स्कॉर्पियो से उतरे तो भीड़ में जो एक शोर था एकदम शान्त हो गया।

घुटर यादव नाटे और दुबले हैं। इसलिए जब उनके प्रवेश पर भीड़ शान्त होकर उनका आदर कर रही थी तो थोड़ा अजीब लग रहा था। मतलब घुटर यादव का व्यक्तित्व भीड़ में खो जाने जैसा था। मंच के ठीक सामने दोनों तरफ लोगों के बैठने के लिए कुर्सियाँ रखी हुईं थीं परन्तु वहाँ लोग बैठ कम, उछल ज्यादा रहे थे। लेकिन ज्योंही मंच से यह अनाउंस हुआ कि घुटर दादा पहुँच गए हैं तो दोनों तरफ के लोग कुर्सी पर बैठ तो नहीं गए लेकिन बहुत अदब से शान्त खड़े हो गए। दोनों तरफ की कुर्सियों के बीच घुटर यादव चले आ रहे थे और उनके पीछे थी छुई देवी। पत्नी छुई देवी घुटर यादव से मोटी थीं।

घुटर यादव पचपन-सत्तावन के करीब के होगें। लेकिन अभी बिलकुल तन्दुरुस्त थे। नेता की तरह कुर्ता-पायजामा कभी नहीं पहनते थे। कमीज और पैंट पहनते थे। कमीज पैंट के भीतर खोंसते नहीं थे। स्पोर्ट्स शू पहनते थे। उजला जूता।

मंच पर कई कुर्सियाँ थीं लेकिन पोडियम नहीं था। पोडियम की ऊँचाई ज्यादा होती थी और घुटर यादव की लम्बाई कम थी तो वे पोडियम के पीछे छिप जाते थे। घुटर यादव जहाँ भी जाते थे वहाँ पहले से ही पता होता था और उनको ध्यान में रखकर पोडियम नहीं रखा जाता था। लेकिन सीधे माइक पर बोलने में चूँकि छुई देवी के पाँव में कँपकँपी होने लगती थी इसलिए एक बड़ा सा स्टूल रख दिया गया था। स्टूल जिस पर खड़े होकर घर में चूना करते थे। उस स्टूल को एक कपड़ा से ढँक दिया गया था और उस पर एक माइक रख दिया गया था।

पहले सभी लोग मंच पर बैठे फिर घुटर यादव माइक पर आकर बोले :

"आपको लगता है कि इ सड़क हम बनाए हैं और यहाँ हम उसका उद्घाटन करने आए हैं, लेकिन यह बात पूरे गलत है।" अपने डील-डौल के अनुरूप ही घुटर यादव की आवाज भी बहुत कड़क नहीं थी। माइक पर बोलने में बहुत अभ्यस्त भी नहीं थे। एक गिलास में पानी हमेशा अपने माइक के पास रखते थे। इसलिए माइक पर अपने भाषण में नॉर्मल होने में थोड़ा वक्त लेते थे। शुरू में बोलते हुए बार-बार थूक घोंटते थे। लेकिन धीर-धीरे वे अपने भाषण में कम्फर्टेबल भी हो जाते थे और उनके थूक घोंटने की आवृत्ति भी कम हो जाती थी।

यहाँ अभी अपनी उसी सामान्य आवाज में घुटर यादव ने बोलना शुरू किया था। चूँकि आज यहाँ सड़क बनकर लोगों के सामने थी इसलिए घुटर यादव के अन्दर एक अतिरिक्त किस्म का विश्वास भरा हुआ था। इसलिए जब आज घुटर यादव ने बोलना शुरू किया तो शुरू में कुछ मिनट तक तो थूक घोंटते रहे परन्तु एक ऐसी भीड़ को सामने देखकर जो यहाँ उसे धन्यवाद करने आई है वे बहुत जल्द अपने भाषण के रौ में भी आ गए और उसने थूक घोंटना बन्द भी कर दिया।

इस चुनावी रंग के बावजूद जब घुटर यादव ने यह बोल दिया कि यह सड़क हमने नहीं बनाया है तब लोग चौंक गए।

"हम उद्घाटन करनेवाले होते कौन हैं। हम तो सेवक हैं। इ सड़क हम नहीं बनाए हैं, सरकार भी नहीं बनाई है, आप बनाए हैं।"

"इ सब आप ही का पैसा है। आप जो पसीना बहाते हैं वही है इ पसीना।"

भीड़ में विपक्षी दल के रामचरित्तर सिंह ने भी अपने गुर्गे छोड़ रखे हैं। सब कुनमुना जाता है।

"साला तो एतना दिन से पसीना नहीं तो क्या मूत निकल रहा था। दस बरस से कहाँ था इ पसीना। इ बार लगा कि सार, लुटिये डूब जाएगा तो पसीना याद आ रहा है।"

"सीधा बोलो बे कि रामचरित्तर भैया से डर गए हो।" रामचरित्तर भैया के समर्थक तीन-चार थे। मन तो किया कि अचानक जोर से बोल दें रामचरित्तर भैया की जय। लेकिन मौके की नजाकत को देखते हुए सब कुनमुनाकर रह गए।

लेकिन घुटर यादव अपनी रौ में थे।

"इ मते सोचिएगा कि काम रुक जाएगा। या कि इहे अन्तिम काम है। यहाँ तो हम नया व्यवसाय शुरू करवाएँगे। तलाब को साफ करवाकर मछली पालन शुरू होगा। फिर सभे खाइएगा बुआरी और रोहू। बिजली भी आगे आ जाएगा। सब होगा। आज तक विकास का काम करते रहे हैं, हम अभी भी करेंगे। हमरा जीवन का मकसदे आप लोगों की सेवा है।"

बोलते रहे घुटर यादव और मंच पर बैठे कार्यकर्ता सोच रहे थे। बोल तो दिए कि वे उद्घाटन नहीं करेंगे तो अचानक अपनी बातों से पलटेंगे कैसे? अब एतना चोथू भी मत समझो इ गाँव वाले को। घुटर भैया को ऐसा बोलना ही नहीं चाहिए था। और यह भी कि घुटर भैया बिना उद्घाटन किए चले जाएँ—ऐसा हो भी तो नहीं सकता।

लेकिन घुटर यादव पूरे चुनावी मूड में थे। अपना भाषण समाप्त किया इस बात के साथ, "आप तो इहे सोच रहे होंगे कि नेता आया है तो बिना उद्घाटन किये तो जाएगा नहीं। लेकिन इ गलत सोच रहे हैं, हम सचमुच में यहाँ उद्घाटन करने नहीं आए हैं।" कार्यकर्ताओं ने अपने मन में सोचा, 'घुटर भैया भी एकदमे माहिर हैं, जो हम सोच रहे थे ठीक वही वे भी सोच लिए। जनता के मन को भाँप लेना ही तो नेता का सबसे बड़ा गुण होता है।'

और फिर अचानक घुटर यादव मंच से उतरकर पहली पंक्ति में बैठे फूलो बाबू के पास आ गए। फूलो बाबू बैठे-बैठे थक गए थे और ऊब भी गए थे। अब वे सोच रहे थे कि यहाँ से घर जाकर लेट जाया जाए। लेकिन अचानक जब घुटर यादव फूलो बाबू के सामने खड़ा हो गए तो वे घबरा गए। घुटर यादव ने पाँव छुआ और कहा, "जब बड़का लोग बैठे हैं तो हम काहे उद्घाटन करें। हमरा औकाद ही क्या है?"

"सार, एकदमे नौटंकी पे उतर गया है।" ये थे रामचरित्तर सिंह के गुर्गे।

लेकिन तभी पीछे से आवाज की लहर दौड़ पड़ी।

'घुटर यादव जिन्दाबाद, जिन्दाबाद। घुटर भैया जिन्दाबाद, जिन्दाबाद। गरीबों का नेता कैसा हो, घुटर भैया जैसा हो।' आदि आदि।

फूलो बाबू ने दो मिनट को सोचा कि क्या करें लेकिन फिर उन्हें लगा कि मिल रहे इतने मान को ठुकराना भी ठीक नहीं। उन्होंने घुटर यादव की तरफ देखा, उसके

चेहरे पर तब उन्हें गजब की शराफत दिखी। वे मान गए। वे उठे, उन्होंने रिबन को काटा। और तब उनके चेहरे पर एक सन्तुष्टि थी। तब भी पीछे से शोर होता रहा।

'एक-दो-तीन-चार घुटर भैया बार-बार।'

फूलो बाबू सन्तुष्ट थे, लेकिन सोच रहे थे रिबन तो हम काट रहे हैं तो जयकारा उसका काहे लग रहा है। उधर जयकारा लग रहा था, इधर फूलो बाबू मन में पछता रहे थे—'इ बहुरूपिया पर बेकारे भरोसा कर लिए।'

पूरे कार्यक्रम में छुई देवी मंच पर बैठी रहीं और मन्द-मन्द मुस्काती रहीं। कार्यक्रम खत्म हुआ और छुई देवी मंच से उतरकर गाड़ी में बैठने चली गईं। छुई देवी साड़ी पहने थी, उनकी साड़ी में बड़े-बड़े फूल थे और उनकी माँग में गाढ़ा सिन्दूर था। एक बड़ी-सी बिन्दी भी।

चलते-चलते घुटर यादव ने लोगों के बीच जोर से कहा, "आज खुशी का दिन है। आप लोग जशन मनाओ, नाचो गाओ।" और फिर कार्यकर्ताओं ने कहा, "भैया कम-से-कम एक गाना हमरे साथ भी।"

घुटर यादव ने कार्यकर्ताओं और गाँववालों का दिल नहीं तोड़ा।

गाना बजाया गया।

खा लू तिरंगा पुरिया हो फाड़ के, जा झाड़ के।
अइहो एतवार के, जा झाड़ के।

जब तक गाना खतम नहीं हुआ, घुटर यादव साथ में झूमते रहे। और तब तक छुई देवी अपने स्कॉर्पियो में बैठी रहीं।

अँधेरा घिर आया था। मौसम भी वैसा था कि अँधेरा ज्यादा अँधेरा दिख रहा था। घुटर यादव के आदेश पर ट्रैक्टर मँगवाया गया और उसकी हेडलाइट जला दी गई। फिर दोनों लाउडस्पीकर पर गाना बजता रहा और लोग नाचते रहे।

महिलाएँ और बुजुर्ग चले गए और लोग नाचते रहे। लोग नाचते रहे तो नागो भी नाचा।

पल पल न माने टिंकू जिया।
इश्क का मंजन घिसे है पिया।

और इस टिंकू जिया में नागो के मन में बार-बार चिड़िया आती रही। बार-बार उसके मन में कंकड़ मारती रही।

रात में जब नागो बिस्तर पर गया तो उसका पोर-पोर टूट रहा था। मस्ती में नाचते वक्त यह पता नहीं लगा कि कितनी थकावट हो रही है। बिस्तर पर जाते ही नागो को लगा था कि नींद बिस्तर पर गिरते ही घेर लेगी। परन्तु ऐसा हुआ नहीं। चिड़िया मन-मस्तिष्क पर आग लगाती रही।

'सचमुच, इ कौनो विद्या जानती है भगजोगनी। जिन्दा नहीं छोड़ेगी।'

नागो बार-बार करवट बदलता रहा। उसकी स्मृति में चिड़िया का भीगा हुआ कन्धा दिखता रहा। भीगे बालों से टपकती हुई बूँदें पूरी रात उसे बेचैन करती रहीं।

'ठीके कहते हैं पंडित जी, इ पूरी चुड़ैल है। लील जाएगी एक दिन जिनगी।' पूरी रात को आँखों में काटते हुए सोचता रहा नागो।

माधुरी नहीं, हेमा के गाल और पोखर में बत्तखें

यह एकदम सुबह-सुबह का वक्त था। रात की नींद पूरी नहीं हुई थी इसलिए अभी आँखों में जलन थी। थकावट से पूरा शरीर चूर-चूर हो रहा था। रात का नाच अभी शरीर को तोड़ रहा था।

'लेकिन इ पटौना का ट्रेन नहीं न सोचेगा कि नगवा का शरीर टूट रहा है। उ त अपने टाइमे पर आएगा।' ऐसा सोचते हुए नागो ने लगभग धक्का देते हुए अपने शरीर को तैयार किया। नागो ने सूरज को पुकारा। सूरज ने अलसाना चाहा। लेकिन आज अलसाने का मन नागो का था। "उ चूड़ैल तो पूरी रात हमको न तहस-नहस करती रही, तुम काहे आलस मार रहे हो मेरे राजा।" नागो ने धीरे से सूरज को यह कहा। और सूरज मुस्कराकर अपने आलस्य से बाहर आ गया।

चिकनी सड़क पर जब नागो ने अपना टमटम उतारा तो सारी थकावट जाती रही। लगा जैसे पानी पर नाव चला रहा है। एकदम मक्खन-सी फिसलन। उसने सूरज की तरफ देखा और सूरज ने उसकी तरफ। दोनों ने एक-दूसरे को देखा और दोनों के चेहरे पर मुस्कान बिखर गई।

नागो जा रहा था और पेड़ों पर हरियाली बढ़ गई थी। कुछ पेड़ों पर फूल थे एकदम ठस्स लाल-लाल। कुछ पेड़ों पर फल थे। लाल-पीले गुल्लर के फल। पेड़ के नीचे ढेर सारे गुल्लर गिरे हुए थे। पेड़ पर चिड़िया बैठी थी। नागो ने चिड़िया

की तरफ देखा तो चिड़िया ने बहुत प्यार से उसके प्यार को स्वीकार किया और फिर उसे अपनी ओर से प्यार को लौटाया।

आसमान में बादलों की चित्रकारी थी। धूप सुहावनी थी। खेतों में दूर-दूर तक हरियाली थी। फसलें थीं, पोखर थे। खेतों की आड़ पर इक्का-दुक्का लोग चल रहे थे।

नागो का यह पहला खेप था। सुबह की ट्रेन पकड़ाने के बाद वह आनेवाली ट्रेन का इन्तजार करता और फिर सवारी के साथ लौटता। जब वह आनेवाली ट्रेन का इन्तजार करता तब चिड़िया उसी ट्रेन से आती। लेकिन आज नागो का मन नहीं माना। उसका मन बहुत खुश था और वह चिड़िया से बतियाना चाहता था। उसने सवारी को ट्रेन पकड़ा दिया लेकिन उसने दूसरी ट्रेन का इन्तजार नहीं किया। नागो ने लौटते हुए बीच रास्ते में अपने टमटम को रोका और प्रकृति के जादू में अपने को खो जाने दिया। उसने इससे पहले अपने गाँव और गाँव के इस रास्ते को इससे खूबसूरत कभी नहीं देखा था। अजनबी की तरह उसने इस रास्ते को देखा। ऐसा लगा जैसे चालीस साल तक की उम्र में कभी ऐसा नहीं हुआ कि वह इतना खुश हो।

नागो ने अपने टमटम को शिव मन्दिर के सामने लगाया जिसके पीछे वह पुराना पोखर था। मन्दिर में पुजारी पूजा कर रहे थे। उसने अपने टमटम को लगाया तो पुजारी ने उसे घूरकर देखा लेकिन कहा कुछ नहीं। मन्दिर से पीछे जाकर यह पोखर था। पोखर बहुत गन्दा था। सीढ़ियों पर घास उग आई थी। नागो ने सीढ़ी की ओर देखा और उस पर बैठ गया। पोखर में तीन बत्तखें थीं। पोखर के साथ में एक कटहल का पेड़ था जो काफी गझिन था लेकिन उसमें कोई फल नहीं था। नागो सीढ़ी पर बैठकर उन बत्तखों को देखने लगा। बत्तखें तैर रही थीं और कुछ आवाज निकाल रही थीं। बत्तखें पानी में डुबकी लगातीं और फिर अपनी गरदन को पानी से बाहर निकाल लेतीं। नागो उन बत्तखों को ध्यान से देख रहा था। उसे बत्तखों को देखकर बहुत राहत मिल रही थी।

कटहल के पेड़ की परछाई उस पोखर में थी। नागो कटहल के उस पेड़ के पास गया। उसकी जड़ के पास जाकर उसने ऊपर की तरफ देखा। पत्तों के बीच से आसमान को देखना उसे बहुत अच्छा लगा। कटहल के पेड़ पर ढेर सारे कौवे बैठे हुए थे। नागो ने उन कौवों को उड़ाया नहीं, उसने कौवों के साथ खुद भी एक-दो बार अपने मन में काँव-काँव किया।

नागो दुबारा पोखर के पास लौटकर आया और वहीं से उसने कटहल के पेड़ की तरफ मुड़कर देखा। उसने फिर सोचा कि पता नहीं उसने ऐसा क्यों किया। लेकिन एक सीढ़ी नीचे उतरकर एक बार फिर उसने ऐसा किया।

पोखर में बत्तखें बीच में थीं। नागो ने बत्तखों को अपने पास बुलाना चाहा लेकिन बत्तखें उसके पास नहीं आईं। नागो ने बीच पानी में पत्थर का एक टुकड़ा मारा और पानी में कम्पन आ गया। पानी के कम्पन से डरकर बत्तखें किनारे की तरफ भाग गईं। नागो उस किनारे की तरफ गया जिधर बत्तखें थीं। उसने बत्तखों को करीब से देखा और उसे बहुत सुकून मिला। वह किनारे बैठकर बहुत देर तक बत्तखों को निहारता रहा। उसे लगा इस पोखर में और बत्तखें होतीं तो और अच्छा लगता। बत्तखों को देखते हुए अचानक उसे लगा कि काश, उसके पास बत्तखों को खिलाने के लिए कुछ होता। उसने अपने कुर्ते की जेब को टटोला लेकिन वहाँ कुछ नहीं था। फिर अपनी इस हरकत पर वह खुद ही झेंप गया कि उसके कुर्ते की जेब में बत्तखों को खिलाने के लिए कुछ क्यों होगा। उसने अफसोस भरी निगाहों से बत्तखों को देखा और उसे अचानक चिड़िया की याद आ गई। उसे लगा कि काश, इस सुकून के क्षण में चिड़िया उसके साथ होती। वह झटके से उठा और बाहर की ओर चल दिया।

मन्दिर में पुजारी अब भी पूजा कर रहे थे। पुजारी ने घूरकर नागो को देखा और बोला, "हलका होने गया था का रे नगवा। भोरे करके काहे नहीं निकलता है जो इ पोखर को गन्दा करता है। इ कौनो झाड़ा फिरने की जगह है।" नागो को ऐसा सुनकर बहुत बुरा लगा और गुस्सा भी आया। ऐसा लगा जैसे उसकी पूरी कलाकृति में इस पुजारी ने कीचड़ फैला दिया हो। नागो ने पुजारी को कोई जवाब नहीं दिया लेकिन उसे घूरकर देखा जरूर। नागो अपने मूड को खराब करना नहीं चाहता था।

वह सड़क पर आया तो सूरज तैयार था। उसने अपने टमटम को तैयार किया और चलना चाहा। तभी उसे साइकिल पर आते हुए विदो बाबू दिखे। विदो बाबू की साइकिल के कैरियर में उनका बैग खुसा पड़ा था।

"डाक साहब प्रणाम।" नागो अपने मन में विदो बाबू के लिए बहुत सम्मान रखता था। उसने विदो बाबू को बहुत दिल से प्रणाम किया था। चूँकि आज उसका मन खुश था और वह जानता था कि विदो बाबू इस गाँव के विकास के लिए बहुत चिन्तित रहते हैं।

नागो का प्रणाम सुनकर विदो बाबू साइकिल चलाते हुए चले जा सकते थे परन्तु न जाने क्यों साइकिल से उतर जाना चाहा। उन्होंने अपनी निगाह में अवश्य किसी

ऊँची जगह की तलाश की होगी और ऐसी कोई जगह नहीं मिलने पर वे साइकिल से कूद करके नीचे उतर गए। चूँकि साइकिल सड़क के एकदम किनारे थी इसलिए जब वे कूदे तो जमीन पर कूदे जो सड़क से थोड़ी नीची थी इसलिए जब वे कूदे तो उनकी साइकिल थोड़ी झुक गई। एक बार को ऐसा लगा जैसे साइकिल सहित विदो बाबू नीचे गिर जाऐंगे। नागो ने झटके से विदो बाबू की साइकिल को पकड़ लेना चाहा लेकिन विदो बाबू सँभल गए।

"तो डॉक्टर साहब, आज तो साइकिल चलाने में बड़ा मजा आ रहा होगा। इ चिकना रोड।" ऐसा बोलकर नागो वास्तव में विदो बाबू का दिल जीतना चाह रहा था। लेकिन विदो बाबू आदतन आज भी उदास दिखे।

"इ जो फिसलन पे चल रहे हो इसमें केतना झोल है तुम का जानो बाबू।" विदो बाबू आज गुस्से में कम, दुखी ज्यादा थे।

"इ गाँव के लोग कब समझेंगे पता नहीं। अरे, हम तो सीधा सवाल करते हैं कि इ घुटर यादव है कौन? अरे, एमएलए है, एमपी है कि मुखिया है कि प्रधानमंत्री। अरे, भाई, क्लियर तो करो।"

"इ घुटर यादव ने केतना घोटाला किया है पता है तुम लोगों को। आज इलैक्शन सामने है तो रोड याद आ गया। अरे, ऐतना दिन लूटा, सारा भूला गए सब लोग। इ इलैक्शन से पहले एक चापाकल भी लगवाया हो त बताओ हमको। एक रोड बना दिया बस हो गए सबसे अच्छा हमारे घुटर यादव। एक बार गंगा नहा लो, बस सारा पाप धुल गया!"

"तुम लोग क्या जानो कि वह इ एक रोड बनाकर क्या पाना चाहता है। अरे, इस रोड को दिखाकर उ फिर टिकट लेगा और पाँच साल इ गाँव में बैठके फिर सब फुक्का फुलाना।"

"अरे, तू लोग इ चाल को समझते काहे नहीं हो?" एकदम खीझकर विदो बाबू बोले तो ऐसा लगा जैसे एक नागो के ही मानने से हो जाएगा।

सामने नागो चुप खड़ा था तब विदो बाबू बोले—

"तो भैया, आप लोग उनका पूजा करो बैठके। हमारे में तो जब तक जान है तब तक हम भ्रष्टाचार के खिलाफ लड़ेंगे।"

नागो सुन तो चुपचाप रहा था लेकिन उसे लग रहा था कि वह गलत फँस गया। अच्छा-खासा मूड था, विदो बाबू ने उस पर पलीता लगा दिया। लेकिन चूँकि वह विदो बाबू का बहुत सम्मान करता था इसलिए वह कुछ कह नहीं सकता था।

विदो बाबू को भी शायद लगा होगा कि वह इसके सामने पता नहीं क्यों बोल रहे हैं। वे वहाँ से जाने लगे। विदो बाबू ने यह जानकर किया या नहीं, पता नहीं परन्तु चलते हुए उन्होंने अपनी साइकिल को उस चिकनी सड़क से नीचे पगडंडी पर उतार लिया। वे चलने को हुए तो अचानक रुककर बोले, "सब सह लो, लेकिन यह ठीक नहीं है। जो सहता है एक दिन नम्बर उसका भी आता है।"

नागो उदास हुआ लेकिन विदो बाबू के जाते ही वह अपनी टमटम लेकर चल दिया। दो मिनट लगा उसे अपने को सामान्य करने में। लेकिन इस सड़क ने, इस प्रकृति ने एक बार फिर से नागो को बाँध लिया। नागो आज खुश था और उसके होश सँभालने के बाद उसके सामने पहली बार यह चिकनी सड़क थी। वह फिर से उस चिकनी सड़क के जादू में खो सा गया।

'साला, लल्लनमा ठीके कहता था। एकदमे हेमा मालिनी के गाल जैसन हो गया है इ सड़क।' उसके मन में आया, 'हेमा मालिनी काहे, माधुरी दीक्षित भी तो हो सकती है। माधुरी के गाल में गड्ढा है क्या।' ऐसा सोचते हुए नागो का मन रूमानी हो गया।

लेकिन माधुरी का नाम याद आते ही उसके मुँह से अनायास ही गाने की गुनगुनाहट निकली।

मुझे नींद न आए, मुझे चैन न आए।
कोई जाए जरा ढूँढ़ के लाए, न जाने कहाँ दिल खो गया।
हो न जाने कहाँ दिल खो गया।

नागो स्टेशन पहुँचा तो चिड़िया आ चुकी थी। नागो का आने का यह बहुत ही बेढंगा समय था। यह न तो किसी गाड़ी के आने का और न ही जाने का समय था। यही कारण है कि चिड़िया उसके आने से बेखबर थी।

नागो का मन इतना प्रसन्न था कि आज पहली बार उसने चिड़िया को चौंका देना चाहा। नागो अपने टमटम को थोड़ी दूर खड़ी कर दिया और फिर उसकी तरफ बढ़ा। चिड़िया ने अपने ग्राहकों में व्यस्त थी। नागो को काम करती हुई चिड़िया बहुत खूबसूरत लग रही थी। थोड़ी दूर ही खड़ा होकर नागो चिड़िया को निहारने लगा। चिड़िया ने साड़ी पहन रखी थी और उसका आँचल उसकी कमर में खुँसा हुआ था। वह नंगे पाँव थी। उसकी चप्पल उस चटाई, जिस पर उसके दुकान का सामान था, के किनारे रखी थी। वह झुककर अपने ग्राहकों

को सामान दे रही थी। उसने अपने बालों को एक रिबन से बाँध रखा था। आगे के कुछ बाल उसके चेहरे पर बिखरे हुए थे। चिड़िया उसके चेहरे पर आए उन बालों से बेखबर थी।

नागो चिड़िया को ध्यान से देख रहा था। फिर उसने अचानक अपने टमटम की तरफ देखा। सूरज अपने भोजन में व्यस्त था। नागो चिड़िया की तरफ बढ़ा और सोचा कि अचानक वह चिड़िया के सामने खड़ा होकर उसे चौंका देगा। लेकिन आज फिर इस पीपल के पत्तों ने उसे धोखा दिया। नागो चिड़िया के पास आया और पीपल के पत्ते खड़खड़ाने लगे और बस चिड़िया बूझ गई।

चिड़िया ने नजर उठाकर देखा और नागो सकपका गया। पता नहीं वह क्या बोलने आया था। पता नहीं वह क्या कहना चाहता था। वह उलटे पाँव लौटा और अपने टमटम में सिमटकर बैठ गया। चिड़िया अपने ग्राहकों को छोड़कर पानी की बोतल के साथ नागो के पास आई। नागो ने उसके हाथ से बोतल पकड़ ली। पानी को गले में उड़ेला और चुप बैठ गया। चिड़िया थोड़ी देर खड़ी रही और मन में सोचती रही, 'इ मिट्टी क माधो को कब अकल देगा भोला बाबा। काहे डरते हो माधो, इ पगली तो पहले ही अपना मन तुम्हारे नाम कर चुकी है।'

लेकिन नागो के शरीर में कोई जान नहीं रह गई थी। वह चुप बैठा रहा और चिड़िया चिढ़कर चली गई। चिड़िया गई और नागो ने सोचा—'मुँह से बकार काहे नहीं निकलता है हो भोला बाबा! काहे माटी का मूरत बना दिए हो।'

चिड़िया पलटी और देखा, आज नागो खुश था।

पटना से खबर और चुनाव का टिकट

"हम तो सिर्फ सौ टका का एक सवाल पूछते हैं कि इ घुटर यादव है कौन, तो कोई जवाब ही नहीं देता है।"

"अरे, जब एक मर्द ही राज चलाएगा तो काहे को ये नाटक करते हो कि स्त्री को मजबूत होना चाहिए। स्त्री को राजनीतिक शक्ति मिलनी चाहिए। अरे, सीधा-सीधा कह दो कि इ लोकतंत्र हम ही चलाएँगे, महिलाएँ तो सिर्फ घर में आटा गूँथेंगी। अरे, फिर इ इतना बड़ा ड्रामा काहे?"

"खाली कोई पूछ आए अपने इ विधायक जी से कि विधायक फंड में रुपया कितना होता है या फिर यही कि इस विधानसभा क्षेत्र में कौन-कौन सा इलाका है उसी से पता चल जाएगा कि आपके विधायक महोदया ने इन दस वर्षों में केतना कुछ किया है।"

"यह लोकतंत्र क्या हमारा गला घोंटने के लिए है? आप सब जो लहालोट हुए जा रहे हैं कभी सोचे हैं कि यह सड़क क्यों बना है। अरे, दस साल से तो यही विधायक थी तो क्यों नहीं कुछ काम हो गया, इसी साल क्यों? इस साल मालूम है कि जीतना तो छोड़ दीजिए, टिकट मिलना भी इतना आसान नहीं है।"

"यह बात हम जानते हैं कि सारी पार्टियाँ पूरी तरह जातिवाद और भ्रष्टाचार में डूब चुकी हैं। सब बर्बाद हो चुका है। जो सपना देखा गया है सब चकनाचूर हो चुका है। लेकिन इलाज क्या है, घर तो हमारा है। हमको तो यहीं रहना है तो हमीं को अपना घर साफ करना होगा। हम जाति, धर्म से ऊपर उठकर काम करनेवाले को वोट दे सकते हैं।"

"जब वोट देने की बारी आएगी तब तो और बात है लेकिन अभी से हमें ऐसा माहौल बनाना होगा ताकि इस बार यह टिकट इ गुंडा घुटर यादव को न मिल पाए।" विदो बाबू अलग-अलग जनसभाओं में इन्हीं बातों को अलग-अलग तरीके से लगातार दुहराते चल रहे हैं। और जनसभा क्या? अलग-अलग गाँवों में वे लागतार घूम रहे थे। कभी मन्दिर पर, कभी चाय की दुकान पर, कभी हटिया में तो कभी पर्सनली। विदो बाबू को जो मिलते वे उसे इन बातों से अवगत कराये बिना नहीं छोड़ते थे। विदो बाबू चाहते थे कि पूरे इलाके में ऐसा माहौल बन जाए कि इ घुटर यादव को टिकट ही न मिल पाए।

लोग जुटते और विदो बाबू को ध्यान से सुनते। उन्हें विदो बाबू में अपना सुनहरा भविष्य दिखता। विदो बाबू बोलते तो उन्हें बहुत सुकून मिलता। लेकिन लोगों को विदो बाबू की फिक्र भी होती। आप बहुत मूल्यवान हैं विदो बाबू। उम्मीद की एक किरण।

विदो बाबू दुबले होते जा रहे हैं। चेहरा काला पड़ता जा रहा है। न खाने की सुध और न सोने की। कई-कई दिनों तक दाढ़ी बढ़ी हुई रहती है। समय कम है और काम ज्यादा। अब दिन ही कितने बचे हैं टिकट अनाउंस होने में। कभी यहाँ तो कभी वहाँ।

बेटे-बहुओं ने तो लगभग नाता ही तोड़ दिया है।

"अब बाप है तो क्या करे? गाँव समाज भी तो कोई चीज है। खाने की थाली सामने नहीं रखें तो साला यही समाज कहेगा कि बाप के साथ अन्याय किया है। तब सब भूल जाएगा कि बाप ने हमारे साथ केतना अन्याय किया है। इ बुड्ढ़ा जब तक मरेगा नहीं, जिन्दगी में अब सुकून नहीं। दुनिया के सारे बाप होते हैं कि अपने बच्चों का भविष्य बनाता है और एक इ बाप है अपने ही हाथों अपने बच्चों के भविष्य पर गोबर चोथ रहा है। इनके चिल्लाने से क्या घुटर बाबू को टिकट नहीं मिलेगा। अरे, ऐसे-ऐसे कीड़े-मकोड़े को कौन सुन रहा है भाई। और मान लो न भी मिले और उनकी जगह किसी और को ही टिकट मिल जाए तो कौन सा ये उसको छोड़ देंगे। और कौन ऐसा होगा जो भगत सिंहे को पसन्द करेगा? अरे, भगत सिंहे बनना था तो शादिए नहीं करते। बच्चा जनमा के छोड़ दिए हैं अपने सिद्धान्त में मरने के लिए। अरे, बड़का-बड़का आदमी से टकराने की जरूरते क्या है भाई, अपनी जिन्दगी है, आराम से काटो। मान लिए कि आप बहुत सिद्धान्तवादी हैं तो आप मत करो न बुराई। मत बोलो झूठ। मत करो गलत। अरे, साला, लेकिन दूसरे में उँगली करने की क्या जरूरत है भाई! आप उँगली करोगे तो आपको छोड़ देगा क्या?"

विदो बाबू दिन-रात इस तरह की बातें अपने बेटे-बहुओं से कभी दबी जुबान और कभी सीधे-सीधे मुँह पर सुनते हैं। लेकिन वे चुप रहते हैं। चुपचाप सामने रखी थाली में से रोटी उठाकर खा लेते हैं और चुपचाप मचान पर चढ़के सो जाते हैं।

घुटर यादव तो पटना में ही बैठा है। जब तक टिकट मिलेगा नहीं, हिलेगा नहीं।

"काहे एतना बड़का आदमी से आप टकरा रहे हैं हो विदो बाबू? जब आप खुदे नहीं रहेंगे तो इ लोकतंत्र का क्या अचार बनाएँगे?" एक पूरा वर्ग है जो विदो बाबू को पागल मानते हुए भी कहते हैं, लेकिन बन्दे में दम तो है। अपना घर-परिवार, जिन्दगी छोड़ दिया है। लोग उन्हें प्यार करते हैं। उनको फिक्र होने लगी है उनकी।

"हम नहीं रहेंगे? काहे नहीं रहेंगे? हमारे साथ सबकी आवाज है फिर हम काहे नहीं रहेंगे।" विदो बाबू अपने लिए चिन्तित होनेवाले को कहते।

घुटर यादव उधर पटना में डेरा जमाए बैठा है और इधर क्षेत्र के गाँव-गाँव में सिर्फ यही चर्चा है। जब से चुनाव नजदीक आया है जैसे इस गाँव में एक ही विषय रह गया है—घुटर यादव अपनी गोटी सेट करने में कामयाब होंगे या नहीं।

पिछले एक सप्ताह से इस पूरे इलाके में बस एक ही मुद्दा है कि क्या छुई देवी को इस बार टिकट मिलेगा या नहीं। अलग-अलग लोगों की अलग राय है।

"इसमें भी कौनो शक की बात है क्या! अरे, घुटर यादव पटना केतना जाते हैं भूला गए हैं क्या। अरे, मुखमंत्री बहुते मानते हैं भाई। इ भी कोई पूछनेवाला सवाल है।"

"इहे त दिक्कत है, इ लोकतंत्र का कि सब भुला जाते हैं दुइये दिन में। अरे भाई, इहे घुटरे यादव थे जो इ मुखमंत्री बच भी गए थे, नहीं त जाते अपने जान से। भुला गए आप लोग सब का उ सरैया वाला घटना। सार सारा मास्टरवा जब घेर लिया था तो इहे घुटरे यादव न बचाए थे।"

"सार लेकिन इ इलाका का कुछ हो नहीं सकता। अरे, तो मास्टर का दरमाहा नहीं बढ़ाएगा तो का साला तुम मुख्यमंत्री को मार डालोगे।"

"अरे तो भीड़ का कौनो चेहरा होता है जी?"

"अपना दो सौ आदमी लेकर पहुँचे थे घुटर यादव जो जान बच गई, नहीं त भाई सारे पुलिस वाले भी हाथ खड़े कर दिए थे। भीड़ किसकी सुनती है भाई।"

"उ त घुटर यादव ने अपने कारबाइन को हवा में लहराया तब लगा साला जैसे चला ही देंगे फिर सारा मास्टरवा भागा अपनी जान लेके। तो का सोचते हो कि अपनी जान के बदले में एगो टिकट नहीं देगा का।"

"उ दिन तो समझो किस्मते से आया था घुटर यादव की जिन्दगी में।"

"ऐतना काहे बकथोथन कर रहे हो, मिलेगा ही टिकट घुटरवा को। अरे, बहुत ही सिम्पल बात है, दस साल से जीता हुआ सीट है और उस पर एक महिला उम्मीदवार है। जीता हुआ महिला उम्मीदवार का टिकट काटेगा त का पार्टी का छवि खराब नहीं होगा? दूसरी पार्टी का महिला विरोध नहीं करेगा। भई, इ घुटरा बहुते तेज है। गजबे फँसा रखा है पार्टी को भी।"

"ऐतना स्मृति पर जोर मते दीजिए बाबू साहेब। राजनीति में एतना स्मृति नहीं चलता है कि कौन किसका जान बचाया और कौन किसको केतना धोखा दिया। अरे, जिसका गोटी सेट होगा टिकट उसी को मिलेगा। दस साल से कौनो काम तो किया नहीं है। इ खाली रोड बना देने से थोड़े न सारा पाप धुल जाएगा। जीतने का जब चांस नहीं है तब क्या पार्टी हारने के लिए अपना टिकट बर्बाद कर देगी।"

"गजबे बात करते हैं आप लोग भी भाई। इ लोकतंत्र में विकास की बात कर रहे हैं। अरे, काम करने पर कौन टिकट मिलता है। अरे, जब पूरे बैकवार्ड का वोट इनके साथ है त टिकट मिलवे करेगा। एतना भोला काहे बनते हैं भाई।"

"अब बैकवार्ड जात को एतना भी भोला मत समझिए कि सिर्फ जात के नाम पर भोट दे देगा। उसको भी दिख रहा है कि केतना काम किया है इ घुटर यादव।"

वैसे तो इस तरह की चर्चा की सबसे अच्छी जगह मन्दिर है। मन्दिर का चबूतरा। लैला-मजनूं पेड़ के नीचे। आज दिन मंगलवार का है इसलिए आज कीर्तन मंडली भी बैठी। लेकिन कीर्तन में बहुत मन रमा नहीं। लोग बिखरने लगे। रामसजन की चाय की दुकान पर भीड़ बढ़ गई। यह चाय की दुकान मन्दिर से सौ-दो सौ मीटर की दूरी पर है। गर्मी का मौसम है। धूप ढल गई है इसलिए मौसम में थोड़ी ठंडक आ गई है। लोगों को चाय की दुकान पर बैठना सुहावना लग रहा था।

रामसजन की चाय की दुकान एक तरह से तेतरी गाँव का चौक ही है। जो टमटम तेतरी तक ही आता है और झुनरी नहीं जाता है वह इसी दुकान से थोड़ा सा आगे जाकर अपनी यात्रा को समाप्त करता है। रामसजन की दुकान में दिन में मन्दी ही रहती है लेकिन सुबह और शाम यहाँ काफी भीड़ रहती है। रामसजन दिन में यहीं सो जाता है। दुकान में भट्ठी के साथ एक चौकी है जिस पर कपड़े का एक गद्दे जैसा बना लिया गया है। रामसजन चाय बनाते वक्त उसी पर बैठा रहता है। उस दुकान में कम-से-कम चार-पाँच बेंच हैं। पीछे टाट नहीं लगी है इसलिए खेत से ठंडी हवा आती है। रामसजन रोज दिन में कम-से-कम दो घंटे इसी ठंडी हवा के साथ सो जाता है। रामसजन मोटा ज्यादा नहीं है लेकिन उसका पेट निकल आया है। जब वह सोता है तब उसके पेट से मुँह के रास्ते कुछ अजीब सी आवाज आती है।

जब से चुनाव का माहौल बना है दुकान की बिक्री बढ़ गई है। रामसजन को इससे कोई मतलब नहीं है कि टिकट किसे मिलता है। उसे इससे भी कोई मतलब नहीं है कि कौन जीतता है और कौन हारता। वह अपनी दुकान पर चल रही बहसों में कोई रुचि नहीं लेता है। पतीली में चाय पकती है और वह एक छोटे से मग से उसे ऊपर उछालकर उस उफान को सन्तुलित करने की कोशिश करता रहता है। रामसजन अपनी गद्दी से नहीं उतरता है। वह चाय बनाता है और पैसे वसूलता है। चाय देने और गिलास उठाने का काम गुना करता है। गुना की उम्र अभी मुश्किल से दस साल होगी लेकिन वह काफी फुर्तीला है। रामसजन सोता है तब उसकी पेट से मुँह के रास्ते एक आवाज निकलती है और जब तक यह आवाज निकलती है तो यही पहचान है कि रामसजन सो रहा है। गुना उस आवाज को सुनता है और इसी बीच एक-दो बिस्कुट खा जाता है।

रामसजन की दुकान के बगल में राजन पान भंडार है। यह एक लकड़ी की गुमटी है। इसपर राजन बैठता है और उसने अपनी दुकान को बहुत बढ़िया से सजा

रखा है। इस दुकान में रोशनी बहुत है। सिनेमा की कई नायिकाओं की तस्वीरें भी यहाँ लगी हुई हैं। इस दुकान पर हमेशा गाना बजता रहता है। गुमटी के आगे एक साउन्डबॉक्स रखा हुआ है जिसमें हमेशा नया से नया गाना बजता रहता है। राजन फिल्मों का बहुत शौकीन है। उसके यहाँ जब गाना बजता है तब लोग पूछते हैं—अरे, इ कौन सी फिलिम का गाना है। राजन इसे अपनी प्रतिभा से जोड़ता है और बहुत ही भाव के साथ वह फिल्म के नाम का रहस्योद्घाटन करता है। राजन फिल्म के साथ राजनीति का भी बहुत शौकीन है। रामसजन की दुकान पर जब राजनीतिक बहस चल रही होती है तब इस चलनेवाली बहस में खलल न आए इसके लिए राजन बिना कहे ही गाने को बन्द कर देता है। वह अपनी गुमटी से ही इस बहस में हिस्सा लेता है लेकिन कई बार जब मामला बहुत गरम हो जाता है तब वह अपनी गुमटी से सीधे कूद आता है। और आज भी ऐसा हुआ है।

अभी मामला पूरा गरम हुआ ही था कि लल्लनमा ने पूरी बहस को फुस्स कर दिया। वह दौड़ा हुआ आया और बिलकुल भाषण देने के स्टाइल से बोला, "घुटर दादा पर जो भी करेगा शंका, घुटर दादा लहका देंगे उसका लंका।" वैसे तो इस पंक्ति के बाद कुछ कहने-सुनने की गुंजाइश बची नहीं रह गई थी फिर भी लोगों ने अपने आपको आश्वस्त करने के लिए पूछ लिया, "पटना से कोई खबर आ गया का हो लल्लन।"

"इ टिकट नहीं इमानदारी का इनाम है। अपना इलाके में घुटर दादा भोले बाबा का वरदान है।" लोगों ने आपस में फुसफुसाया, "साला, इसका जनम भी लग रहा है पैरोडी में ही हुआ है।" लल्लन के बोलने के बाद कुछ कहने-सुनने को रह नहीं गया था। वहाँ बैठे लोग जो अभी तक घुटर यादव के भविष्य में मजे ले रहे थे, उन्होंने धीरे-धीरे खिसकना शुरू कर दिया। लेकिन अभी भी बहुत लोग वहाँ जुटे हुए थे। और इस नई खबर के आते ही और नए लोग भी आ गए।

राजन ने ज्यों ही सुना कि घुटर यादव को टिकट मिल चुका है, वह अपनी सीट पर से उछलकर एकदम से सामने आ गया और जोर से नारेबाजी शुरू कर दिया, "घुटर दादा जिन्दाबाद, जिन्दाबाद। हमारा नेता कैसा हो, घुटर यादव जैसा हो।" रामसजन ने राजन को देखा और फिर अपनी चाय की ओर देखने लगा। रामसजन ने पीछे खेत की ओर देखा और वह थोड़ा खिन्न होने लगा। हवा रुक सी गई थी, खेतों में पत्तियाँ शान्त खड़ी थीं।

विदो बाबू, पत्थर और चुनाव चिह्न

छुई देवी यानी घुटर यादव को फिर से टिकट मिलने से सबसे ज्यादा निराश विदो बाबू थे। उन्हें ऐसा लगा जैसे उनका सारा प्रतिरोध, सारा विरोध, सारी मेहनत बेकार हो गई। उन्हें अचानक लगने लगा कि आज के बाद जब भी वे बाहर निकलेंगे लोग उन्हें देखकर मुँह चिढ़ाएँगे। विदो बाबू को जिसका डर था उसकी शुरुआत उनके घर से ही हुई।

यह एक थकान भरी सुबह थी। हारा हुआ शरीर, थका हुआ था। विदो बाबू को लगा जैसे पूरा शरीर टूट रहा है। शरीर का हर अंग उठने से इनकार कर रहा था। उन्होंने बिस्तर पर से अपने आपको उठाना चाहा लेकिन ऐसा हो नहीं पाया। जब धूप में गर्मी बढ़ गई तब उनकी नींद फिर से टूट गई। उन्होंने अपने शरीर को जबरदस्ती किसी तरह उठाया और अपने आपको तैयार किया। दिशा-फरागत के बाद वे फिर से मचान पर बैठ गए। मचान पर गर्मी थी, मौसम में उमस थी। गर्मी में उनकी बनियान गीली हो रही थी। फिर उन्हें याद आया कि समय ज्यादा हो रहा है और उन्हें भूख लग रही है। अमूमन इस समय तक उन्हें नाश्ता मिल जाता था। उन्होंने दरवाजे की तरफ देखा लेकिन वहाँ कोई आवाज नहीं थी। वे उतरकर चापाकल पर गए और स्नान करने लगे। स्नान करने के बाद भी उस दरवाजे पर कोई हलचल नहीं थी।

बुढ़ापे की भूख बहुत तकलीफदेह होती है। और वह भी अगर सुबह की हो तो और ज्यादा। विदो बाबू की निगाह दरवाजे पर लगी थी कि अभी कोई आवाज उधर से आए। लेकिन उधर अभी भी सन्नाटा पसरा हुआ था। उन्होंने पेट को दबाकर पट होकर लेटना चाहा लेकिन भूख तेज थी। बहुत देर बैठने के बाद उन्होंने अब यह सोचा कि अब यहाँ से बाहर निकला जाए। तब जाकर उस दरवाजे से छोटी बहू की आवाज आई। यह आवाज थाली के चौकी पर पटकने के बाद की थी। बहू ने थाली को पटकते हुए उनकी तरफ देखा और कहा, "इ थरिया रखा है। खाना है त खा लीजिए, नहीं त भूखले क्रान्ति जादा बढ़िया होता है।" विदो बाबू को सीधे सम्बोधित नहीं होते हुए ऐसी बातों को सुनने की तो आदत हो चुकी थी लेकिन आज बहू ने सीधे-सीधे ही उनको बोला था। विदो बाबू का मन दुखी हुआ लेकिन उन्होंने इसे भी माफ कर दिया। उनकी भूख तेज थी और उन्होंने मचान से उतरकर थाल पर झपट्टा सा मार दिया।

विदो बाबू खा रहे थे और सोच रहे थे, हारना और जीतना उनका काम नहीं है। अन्याय जितना बढ़ेगा विरोध भी उतना ही बढ़ेगा। उन्होंने मन को पक्का किया और अपने दाँतों के बीच प्याज के टुकड़े को दबा लिया।

विदो बाबू का गमछा मचान पर रखा हुआ था। मचान पर ही उनका झोला भी था। वे मचान पर चढ़े और गमछा और झोले को उठा लिया। मचान के पिछले खम्भे से टिकाकर साइकिल खड़ी थी। उन्होंने साइकिल ली और वहाँ से निकल पड़े।

साइकिल को अपने हाथ में थामे जब वे पैदल चलते सड़क पर आए तो अचानक उन्हें लगा कि धूप बहुत तेज हो गई है। उन्होंने साइकिल को अपने शरीर से टिकाये अपने सिर पर गमछे को लपेट लिया। आसमान की तरफ देखा और उन्हें लगा जैसे अचानक उन्हें चक्कर आ जाएगा। उन्होंने साइकिल का सहारा लिया। वैसे साइकिल खुद उनके सहारे खड़ी थी। साइकिल को थामे वे सड़क पर खड़े थे और उन्हें समझ नहीं आ रहा था कि वे कहाँ जाएँ।

उन्होंने जिधर चलना शुरू किया वह इस मन्दिर से उलटी दिशा थी। फिर अचानक उन्हें लगा कि जिधर वे जा रहे हैं उधर अब वे जाकर क्या कहेंगे, सब तो वे कह चुके हैं। उन्होंने अपनी साइकिल को ठीक उलटी दिशा में मोड़ लिया। सड़क पर भीड़ नहीं थी। वे धीरे-धीरे मन्दिर तक गए और फिर रुक गए। उन्होंने मन्दिर के बाहर साइकिल खड़ी की और उस लैला-मजनूं पेड़ के नीचे जाकर चबूतरा पर बैठ गए। उस पेड़ के नीचे थोड़ी ठंडक थी। उस पेड़ के नीचे गाँव के कई बूढ़े सो रहे थे। उनमें से कुछ ने विदो बाबू के पहुँचते ही उनका अभिवादन किया और फिर वे सो गए। लेकिन विदो बाबू अनमने से बस उस चबूतरे पर जाकर बैठ गए। उन बूढ़ों में से किसी ने भी विदो बाबू से कोई सवाल नहीं किया, जिसका कि विदो बाबू को डर था।

विदो बाबू ने बैठे-बैठे सिर उठाकर पेड़ की तरफ देखा। पेड़ में पत्ते गझिन थे। पेड़ के पत्तों के बीच से आसमान दिख नहीं रहा था। वे आसमान की ओर देखते रहे और पत्तों के बीच आसमान को ढूँढ़ते रहे। अचानक उनके मुँह से निकला, "लेकिन आसमान त देखना पड़ेगा न।" मुँह से अचानक निकले इस वाक्य से विदो बाबू खुद भी अचकचा गए और शायद इसी कारण अपने अनमनेपन से वे थोड़े से बाहर निकल भी पाए। उन्होंने अपने अगल-बगल देखा।

पास में उस भयानक गर्मी में भी सारे बूढ़े नंगे बदन उस पक्की पर निश्चिन्त सो रहे थे। उन्होंने उनकी चलनेवाली साँस की आवाज सुनी। उस साँस के साथ-साथ

फेफड़े के हड्डियों की धड़कन भी। उन चेहरों पर दाढ़ी खूँटी की तरह उगी हुई थी। विदो बाबू को थोड़ा अजीब सा लगा, उन्होंने अपने चेहरे को दूसरी तरफ घुमा लिया। दूसरी तरफ दुक्खन बैठा था। निश्चितरूपेण दुक्खन भी सो ही रहा होगा। लेकिन अभी वह बैठा हुआ था और विदो बाबू की ओर देख रहा था। दुक्खन नंगे बदन था और उसकी लुंगी भी सिमटकर लंगोट बनी हुई थी। विदो बाबू ने अचानक अपने चेहरे को उस तरफ घुमाया था इसलिए दुक्खन को अपनी ओर घूरते देख थोड़ा अचकचा से गए थे। दुक्खन चुप बैठा रहा। दुक्खन की बाईं आँख से पानी की धार बही हुई थी, जिसे उसने पोछा नहीं था।

विदो बाबू उठकर चल दिए। लैला-मजनूं पेड़ की छाया से ज्यों ही वे बाहर निकले तो कड़कती धूप ने उनका स्वागत किया। उस धूप में जाते ही विदो बाबू या तो उस धूप की गरमाइश से या फिर यूँ ही वापस मुड़ गए। वे दुक्खन के सामने खड़े हुए और कहा, "खूब मजा आ रहा है न। इ देश बरबाद हो रहा है। इ राज्य बरबाद हो रहा है। सब बरबाद हो जाएगा। तब सब मिलके हँसना हमारे ऊपर। इ पागल लगता है न सबको। अपना हाल देख दुक्खन, फेफड़े की हड्डियाँ काहे दिख रहा है तुमरा।" दुक्खन चुपचाप सुन रहा था। वह जानता था इस डॉक्टर का दुख। इतनी जोर से बोलने पर कुछ बूढ़े और जग गए थे। लेकिन सब चुप थे।

"खूब चैन से सोओ तुमलोग। हम भी सो जाते हैं। ठीक है न।" ऐसा कहकर विदो बाबू उछलकर उस चबूतरे पर चढ़ गए और आँख मूँदकर लेट गए। दुक्खन एकदम से हड़बड़ाकर पीछे हट गया। विदो बाबू अपनी आँखें मूँदकर दो मिनट लेटे रहे और सब उन्हें चुपचाप देखते रहे। फिर अचानक से विदो बाबू उठे और एक पत्थर उठा लाए और दुक्खन के हाथ में पकड़ा दिया। "ले मार और फोर दे हमरा कपाड़। न रहेगा बाँस, न बजेगी बाँसुरी। इसी खोपड़ी में ही सारा खुराफात है।" दुक्खन ने पत्थर थाम लिया लेकिन बुत की तरह चुप बैठा रहा। उसकी साँसें अभी तेज चल रही थीं और साँस के तेज चलने के कारण उसके हाथ में रखा पत्थर थोड़ा-थोड़ा हिल रहा था।

"मार न! मार!" विदो बाबू बोले और फिर अपना सिर पकड़कर बैठ गए। फिर उठे और चल दिए।

दुक्खन ने अपने हाथ में पकड़े पत्थर की तरफ देखा और खड़ा हो गया। विदो बाबू को उस अहाते से बाहर जाते हुए वह देखता रहा और फिर उसने उस पत्थर

को दूर फेंक दिया। अपने दाएँ हाथ से अपनी आँखों के जाले को साफ किया और चुपचाप लेट गया।

सारे बूढ़े चुप बैठे थे। दुक्खन उठा और उन बूढ़ों की तरफ देखकर कहा, "इ डॉक्टर इनसान नांय है देवता है, देवता। सारा जहर खुदे पी के भोला बाबा बन गए हैं।"

दो से तीन दिनों तक विदो बाबू यूँ ही परेशान रहे। और दो से तीन दिनों में घुटर यादव का जोर-शोर से प्रचार-प्रसार शुरू हो गया। चारों तरफ झंडे ही झंडे। चारों तरफ छुई देवी और घुटर यादव की तस्वीर। बड़े-बड़े पोस्टर। बड़ा-बड़ा चेहरा। घुटर यादव अपनी छोटी लम्बाई के बावजूद उस पोस्टर में लम्बे लग रहे थे। उन तस्वीरों में वे उजले आधी बाजू की कमीज पहने और काला पैंट पहने हैं। पैर में स्पोर्ट्स शू हैं। एक हाथ को अभिवादन के रूप में उठा रखा है।

लल्लनमा कहता है, "इ पोस्टर में घुटर दा एकदमे हीरो लगते हैं। एकदमे रजनीकान्त।"

घुटर यादव ने जो यह चिकनी सड़क बनवाई थी उस पर एक ई-रिक्शा दौड़ने लगा। ई-रिक्शा के तीन तरफ घुटर यादव और छुई देवी के बड़े-बड़े होर्डिंग थे और उसके हैंडिल पर था एक लाउडस्पीकर। उस रिक्शे में कोई बैठता नहीं था, बस आवाज आती है। सब रिकार्डेड है। रिक्शा का काम है बस धीरे-धीरे चलते रहना। ई-रिक्शा पर बैठा है पिंटू। वही रिक्शा चलाता है, वही सारे गाने-बजाने का काम भी देखता है। एक पेन ड्राइव में सारा रिकार्डिंग है।

"इ पटना से बनवा के लाए हैं घुटर दादा।" जब गाँव के लोग पूछते हैं तब लल्लनमा बड़ी शान से बतलाता है।

कब क्या बजाना है पिंटुआ को सब पता है। घुटर दादा पिंटुआ से पिछली बार बहुत खुश हुए थे। उसने रिक्शा पर बैठ के सड़क बनने का ऐसा प्रचार किया कि पूरा मजमा लग गया था।

पिंटुआ हाईटेक भी है बहुत। मोबाइल में लीड ठूँसके भी गाना बजा लेता है।

"मक्खी जैसा का तो मेमोरी कार्ड मोबाइल में रखता है और पूरी फिल्मी दुनिया उसमें रखे रहता है। सारा नई से नई फिल्म मिल जाती है उसके मोबाइल में।"

'हाँ, आजकल ते लफुए का जमाना है। जो जितना बड़ा लफुआ है उ उतना बड़ा इंजीनियर है अब।"

ये सारी बातें गाँव वालों के बीच हैं।

इन सारी बातों से बेखबर पिंटुआ घुटर दादा की भक्ति में लीन है। कहता है, "गाना बजा-बजा के ही घुटर दादा को अपार बहुमत दिलाएँगे।" पिंटूआ अभी भी उतना ही दुबला है और अभी भी उसकी कमर से वैसे ही पैंट नीचे सरक रही होती है। वह अभी भी वैसे गुटखा खा रहा होता है।

"का चाहते हैं। ई जो रोड बना है, ई जो विकास हुआ है, त का उसको रुकवा दें।" यह एक स्त्री की आवाज में प्रश्न है।

एक सन्तुष्ट पुरुष कहता है, "हमरा बच्चा स्कूल जाता है, हमरे बच्चा को स्कूल में खाना मिलता है, हमरे खेत में पानी पहुँचा, हमरे यहाँ बिजली आया। इ सब घुटर भैया का ही तो कृपा है।"

"त फिर सोचते काहे हैं। बस हमरा बात मानिये और जाके इ निशान पे बटन दबा आइए।"

फिर स्त्री और पुरुष एक साथ कहते हैं, "हम तो अपना बहुमुल भोट जरूरे अपनी छुई देवी को देंगे।"

फिर बीच-बीच में देशभक्ति गीत बजने लगता है—

यह देश है वीर जवानों का, मस्तानों का
इस देश के यारो क्या कहना।

मेरे देश की धरती सोना उगले-उगले हीरा मोती
हो मेरे देश की धरती।

पूरे गाँव की फिजा में देश भक्ति गूँज रही थी।

पक्की सड़क, चिड़िया और उड़हुल के फूल

आजकल नागो बहुत खुश है। इस चिकनी सड़क पर अपना टमटम चलाता है और प्रसन्न होकर घर आता है। उसकी आँखों में हर वक्त चिड़िया एक नशा बनकर छाई रहती है।

आजकल उसे ऐसा लगने लगा है जैसे उसकी उम्र थोड़ी कम हो गई है। ऐसा लगने लगा है जैसे उसकी जवानी अभी खत्म नहीं हुई है। वह मन में गुनगुनाता

है। चौक पर सवारी का इन्तजार करते वक्त बरगद के पेड़ के नीचे गुल्ली डंडा खेल रहे बच्चों के साथ गुल्ली डंडा खेलता है। कई बार बिना किसी बात के पोखर किनारे जाके बैठ जाता है। बत्तखों को देखता है, चिड़ियों से बातें करता है। और कई बार पोखर में कंकड़ मारकर बत्तखों को परेशान भी करता है।

नागो अब और सुबह जगने लगा है। सुबह अँधेरे, तब जब अँधेरा बस खत्म हुआ ही होता है। उसे सुबह उठना और सुबह चिड़ियों की चहचहाहट सुनना बहुत अच्छा लगता है। आसमान में लाली बननी शुरू होने में भी अभी काफी देर होती है। वह सुबह उठता है और सूरज को देखता है। सूरज अलसाया हुआ रहता और नागो उसे अलसाने के लिए छोड़ देता। अपनी झोपड़ी से वह अपने आपको बाहर निकालता है और फिर जमीन पर थोड़ी देर बैठता है। उसे जमीन पर बैठकर बहुत सुकून मिलता है।

उसका घर पीछे खपरैल का है। और आगे यह टाट की बनी हुई एक झोपड़ी। खपरैल के कमरे और इस टाट की झोपड़ी के बीच में छोटा सा आँगन है। खपरैल का जो एक कमरा है उसमें उसकी दोनों बहनें सोती हैं। आँगन में उसके माँ-बाप। इस टाट की झोपड़ी में नागो के पिता पहले लोहार का काम करते थे और अब सूरज रहता है। इसी में एक खटिया डालकर नागो सोता है।

टाट की इस झोपड़ी के सामने जंगली जिलेबी के दो पेड़ हैं। इस पे जिलेबी नहीं के बराबर आती है। और जो आती भी है तो उसे यहाँ लौंडे-लपाटे पकने नहीं देते हैं। नागो अपनी झोपड़ी के बाहर बैठकर उस जिलेबी के पेड़ को बहुत देर तक निहारता रहता है। उस पेड़ पर कभी-कभी चिड़िया बैठती है। जब उस पर चिड़िया आके बैठती है तो नागो का दिल बाग-बाग हो जाता है। उसी पेड़ के ठीक पीछे से आसमान में लाली उगनी शुरू होती है। नागो फिर खेत की तरफ जाता है और फिर घूमते-घामते थोड़ी देर में दातुन वगैरह करके लौटता है।

चिकनी सड़क पर चलने से थकावट भले ही कम हो गई हो लेकिन सूरज की सुबह देर तक अलसाने की आदत नहीं गई। नागो जब खेत से घूम-घामकर वापस आता है तब तक सूरज अलसा ही रहा होता है। नागो आता है और सूरज को गले लगाता है। सूरज इतराता है। तब नागो सूरज के कान में कहता है, "फुर्ती में आ जा जवान, अब काहे आलस मारता है। दिन भर त फुदकता रहता है।"

सूरज अंगराई लेता है और धीरे-धीरे आलस्य से बाहर निकलने लगता है। अपनी जीभ से एक-दो बार नागो की गरदन को चाटता है और फिर नागो को देखकर मुस्कुरा देता है।

नागो वैसे तो अपनी इस टाट की झोपड़ी से अन्दर घर की तरफ कम ही ज़ाता है। वह इसी में सोता है, इसी में खाना खाता है और फिर रात में अपने घोड़े को यहीं बाँधकर उसी के साथ बैठ जाता है। लेकिन आजकल नागो खुश है इसलिए वह रोज रात को लौटने के बाद आँगन में जाकर बैठता है।

नागो के पिता दूधेसर की कमर अब पूरी तरह बेकार हो चुकी है इसलिए वे अपनी खाट पर बस लेटे ही रहते हैं। आग का जो गोला कमर में लगा था वह धीरे धीरे हड्डी को गला रहा था। कमर की हड्डी धीरे-धीरे गल रही थी और उनका उठना-बैठना, खड़ा होना, चलना बिलकुल ही बन्द हो गया था।

ऐसा नहीं है कि नागो ने अपने पिता का इलाज करवाना नहीं चाहा। अपने टमटम पर लादकर वह कई बार उन्हें अस्पताल तक ले जा चुका है। डॉक्टर नागो के सामने एक निगेटिव जैसी एक्सरे की रिपोर्ट दिखाता है और समझाने की कोशिश करता है कि देखो यहाँ की सारी हड्डियाँ गायब हो गई हैं। नागो को बहुत कुछ समझ में नहीं आता है परन्तु वह उस निगेटिव में यह तो देखता है ही कि उसमें हड्डी जैसी कोई ठोस चीज रह नहीं गई है। डॉक्टर कहता है, "हड्डी गल रही है तो इसका इलाज यहाँ सम्भव नहीं है। रोग बड़ा है तो अस्पताल भी बड़ा होगा, डॉक्टर बड़े होंगे और खर्च भी बड़ा होगा।" बस हर बार नागो बैरंग वापस आ जाता है। अब तो उसे यह नियति ही लगने लगी है। उसने मान लिया है कि अब इसमें कुछ सुधार न तो होनेवाला है और न ही अपनी जिन्दगी में वह इसमें कुछ कर ही पाएगा।

नागो के पिता दुधेसर के कान, नाक, मुँह, हाथ सब ठीक हैं, बस वे उठ नहीं पाते हैं। वे खाट पर लेटे रहते हैं और उनकी बेटियाँ उनकी सेवा करती हैं। शौच क्रिया के लिए बगल में एक टीन का डब्बा रखा रहता है, वे उसी में निवृत्त होते हैं। दूधेसर की पत्नी खुद दमा की शिकार है। और अधिकांश समय में वह खाँसती ही रहती है। वे जब खाँसती हैं तब एक लम्बा अन्तराल आ जाता है। एक चुप्पी। जिस समय यह समझना मुश्किल हो जाता है कि वे वास्तव में खाँस रही है या फिर उनकी खाँसी बन्द हो गई है। लेकिन जब फिर वे उस अन्तराल से लौटती हैं तब यह पता चलता है कि खाँसी अभी चल रही थी। वास्तव में खाँसी उस वक्त अतल गहराई में कहीं खो जाती है।

दुधेसर को शौच करवाना उनकी जिम्मेदारी थी। शौच महसूस होते ही दूधेसर अपनी पत्नी को आवाज लगाते हैं। उनकी पत्नी हर बार गालियाँ देते हुए आती हैं, अपने गले से निकलनेवाले बलगम को पहले उस टीन के डिब्बे में फेंकती हैं और

फिर गालियाँ देते हुए दूधेसर को शौच करवाती हैं। दूधेसर जब पत्नी को आवाज लगाते हैं तब उनकी बेटियाँ यह जान जाती हैं कि उन्हें शौच आया है इसलिए वे अन्दर खपरैल वाले कमरे में बन्द हो जाती हैं। यह अघोषित सा नियम है।

नागो नरक-सी चल रही इस जिन्दगी के बारे में सबकुछ जानता है लेकिन वह कर कुछ नहीं सकता है। वह टमटम चलाकर इतना ही कमा पाता है जितने में यह परिवार खाना खा ले। और चूँकि वह सब जानते हुए भी कर कुछ नहीं पाता इसलिए अभी तक अपने आपको इस पीछ के खपरैल वाले घर में, आँगन में आने से रोकता था। वह अपनी टाट वाली झोपड़ी में ही रहता था। वहीं बाहर कुएँ में नहाता था, बाहर ही दिशा-फरागत करता था और वहीं खाना खाकर काम पर चला जाता था।

लेकिन चूँकि आजकल नागो मन से प्रसन्न है तो वह रात को काम से लौटने के बाद आँगन में बैठता भी है और अपने पिता से बातें भी करता है। उनकी तबीयत के बारे में पूछता है। नागो अपने पिता से बहनों की शादी के बारे में बात करता है। नागो जानता है कि अब सारी जिम्मेदारी सिर्फ उसकी है। वह अपने पिता से सलाह करता है कि आखिर कैसे बहनों की शादी के लिए लड़का ढूँढ़ा जाए।

नागो पास बैठता है तो पिता का दुख कम हो जाता है। उसके पिता को लगता है कि अब सब ठीक हो जाएगा। उसके पिता कहते हैं, "कैसेहूं पार लगा ले बेटा। बहुत भला होगा। जवान लइकी क घर में कुआँर बैठना बड़का अपशकुन होता है बेटा।"

नागो शकुन-अपशकुन तो नहीं जानता लेकिन वह यह जानता है कि बहनों की जिम्मेदारी उसके ऊपर है और यूँ उनका अविवाहित रहना ठीक नहीं है।

नागो के पिता बिस्तर पर हैं लेकिन नागो पंडित जगन्नाथ मिश्र को पिता से कम भी मान नहीं देता है। नागो कहता है, "उनकी बातों में बहुते ठहराव है। पूरा जिनगी का निचोर। उ बोलते हैं तो लगता है जैसे कृष्ण भगवान गीता का सार कह रहे हों।" नागो ने गीता पढ़ा नहीं है लेकिन मन्दिर पे सुना है कि कृष्ण भगवान ने उसमें जिन्दगी के बारे में बहुत सारी सच्चाई बतलाई है।

पंडित जगन्नाथ मिश्र पंडित हैं लेकिन किसी मन्दिर में नहीं, बस ऐसे ही पुरोहिताई करते हैं। ऐसे तो हैं बहुत लोभी लेकिन नागो से उनका स्नेह है। पंडिताइन भी नागो को मानती है।

पंडित जगन्नाथ मिश्र ठिगने से हैं और थुलथुल हैं। पूजा पर बैठते हैं तो लगता है जैसे पूजा पर गणेश जी खुद ही बैठे हैं। पूजा के बाद चूड़ा-दही नहीं खाते हैं। कहते हैं मीठा से परहेज अब करना पड़ेगा। मोटापा बढ़ रहा है। सारे जजमान पीछे

कहते हैं—पंडित जी, जरा जल्दी नहीं कर दिए। थोड़े और रुक जाते, तो आपको छोड़ने की जरूरत ही नहीं पड़ती।

"बाबू बिस्तर पे हैं त लइका देखने तो आपको ही जाना होगा पंडित बाबू।" नागो ने इसे बिलकुल अधिकार के साथ कहा था। पंडित मिश्र ने इसे अधिकार के साथ लिया भी।

"तो का यहाँ पुरोहिताई करेगा तोरा बाप!" यह पंडित का दुलार था। लेकिन पंडिताइन एकदम से चढ़ गई, "ऐतना पैसा कमा के कहाँ ले जाएँगे हो पंडित जी, थोड़ा पुन्न भी कमा लिजिए। इ बबुआ के साथ तो जाना ही पड़ेगा आपको।" पंडित मिश्र तो खैर ऐसे भी तैयार ही थे लेकिन वे अपनी पत्नी की कोई बात कभी टालते नहीं थे। कहते हैं, "इ पंडिताइन के आने के बाद ही तो हमारा भाग खुला है। इ साक्षात सरस्वती और लक्ष्मी की देवी है।" वास्तव में पंडिताइन ने ही सारे शास्त्र की शिक्षा उन्हें दी थी। शादी के बाद पंडित जी ने अपना शास्त्र ज्ञान झाड़ने की बहुत कोशिश की लेकिन कुछ ही दिनों में पता चल गया कि पंडिताइन का ज्ञान उनसे बहुत आगे है। पहले तो कुछ दिनों तक अकड़ में रहे और पंडिताइन के ज्ञान को गलत-फलत बतलाते रहे लेकिन कुछ ही दिनों में पंडिताइन के सामने नतमस्तक हो गए। और अब पंडित मिश्र अपने उसी शास्त्र ज्ञान के बल पर जिन्दगी मजे में काट रहे हैं।

"अबे त जाना कहाँ है, कौनो लइका देखा है क्या?" पंडित मिश्र ने स्वीकृति देते हुए पूछा।

"हाँ, शेखपुरा में एगो लइका क पता त चला है।"

"और आप भी त अपना नजर दौड़ाइये। आपके पास तो एतना आदमी हैं।" नागो ने यह कहके अपनी चाहत को विस्तार दिया था।

"ल देखा हो, उँगली पकड़ के अब पहुँचा पकड़ रहा है।" पंडित मिश्र ने पंडिताइन की तरफ देखा लेकिन पंडिताइन ने बस मुस्कुराकर जवाब दिया। पंडिताइन इतनी देर में दो गिलास में चाय डाल के ले आई। पंडिताइन, पंडित जी की तुलना में कम मोटी थी।

नागो चौकी पे बैठा था। पंडिताइन इतना भी धर्म नहीं मानती कि गिलास में फर्क कर ले। दोनों गिलास एक ही थे। नागो ऐसा जब भी देखता है तो उसका दिल खुश हो जाता है। उसने कहा कुछ नहीं लेकिन पंडिताइन की तरफ देखा और अपनी आँखों से आभार प्रकट किया। पंडिताइन उसकी ओर देख नहीं रही थी।

"अपनी शादी के बारे में भी त सोच भोला बाबू। तेरे लिए भी लड़की देख लें का। बोल!" पंडित जी के चेहरे पर थोड़ी चुहल थी।

नागो थोड़ा झेंप गया लेकिन क्यूँ—पता नहीं। नागो झेंपा उसका दूसरा कारण था लेकिन उसने सोचा जब पंडित जी को मालूम ही नहीं है तो इस झेंपने का क्या औचित्य।

"जरा बहनों का निपटा लें पंडित बाबू।" नागो ने चाय के गिलास को चौकी के नीचे धीरे से रखते और एक लम्बी साँस लेते हुए कहा और उठकर चलने को हुआ।

"सुने हैं आजकल स्टेशन पर पूजा-पाठ बढ़िया चल रहा है तुमरा।" नागो धक से रह गया। उसे लगा खबर यहाँ तक कैसे? उसे लग तो यह भी रहा था कि पता नहीं पंडित मिश्र इसे लेकर कैसी प्रतिक्रिया दें? लेकिन पंडित जी के चेहरे पर मुस्कान थी तो उसे बहुत सुकून मिला।

"सुने हैं कि बहुते सुन्दर है एकदम चिड़िया के माफिक।" यह पंडिताइन थी जो अब चुहल के मूड में थी। नागो ने झट से आगे बढ़ के पंडित मिश्र और पंडिताइन के पाँव छू लिये और बाहर निकल आया।

नागो वहाँ से उठकर चला तो आया लेकिन उसके दिमाग में यह पंक्ति छप सी गई—'एकदम चिड़िया के माफिक सुन्दर।'

उसके दिमाग में यह वाक्य घूमता रहा। वह रास्ते पर चल रहा था और आसमान की तरफ देख रहा था, पेड़ की तरफ देख रहा था, पेड़ पर बैठी चिड़ियों की तरफ देख रहा था। फिर अनायास उसके मुँह से निकला, "उ चिड़िया नहीं, नागिन है नागिन...उसका डसा तो पानी भी नहीं माँगे कोई।"

नागो रात में सोता है और सोचता है पंडित मिश्र ठीक ही कहते हैं—अपना भी घर बसा लेना चाहिए। नागो सोचता है, चिड़िया उसके घर आ जाए तो उसकी जिन्दगी बन जाएगी। वह सोचता है, चिड़िया के लिए रोज सुबह वह उड़हुल फूल तोड़कर लाएगा। वह अँधेरे उठेगा और चिड़िया को नहीं जगाएगा। फिर वह घूमते हुए उसके लिए उड़हूल फूल लेकर आएगा। वह उस उड़हूल के फूल को रोज उसकी आँखों के सामने रखेगा। चिड़िया रोज उस उड़हूल के फूल की खुशबू से ही उठा करेगी।

नागो सोने की कोशिश करता है लेकिन यह जो नागिन है वह आँखों से हटती कहाँ!

गहरी रात में वह पल भर को सोया तो पल भर में ही अपने को उस पोखर पर पाया। पोखर के किनारे वह अपनी चिड़िया के साथ बैठा है। दोनों के पैर उस पोखर के भीतर हैं। पानी में तरंग है। और पोखर के सारी बत्तखें उसके पैर को चूम रही हैं। चिड़िया के पैर उस पानी में चमक रहे थे। चिड़िया नागो के कन्धे पर अपना सिर रखे हुई है और बीच पोखर में खिले कमल के फूल को दिखलाती है। 'हमको तो वह चाहिए ही चाहिए।' 'हमारे लिए का एगो कमल का फूल नहीं ला सकते हो मेरे भोलेनाथ।' फिर क्या था नागो कूद जाता है उस पोखर में। छपाक से पोखर में कूदे नागो से उछले पानी की छींट नागो के चेहरे पर पड़ी और नागो अपनी नींद से बाहर। और फिर नींद कहाँ? फिर आँखों के सामने ही उजाला होता है।

नागो उठता है और सूरज को अपनी बाँहों में भरता है। सूरज सो रहा है। नागो सूरज के कान में कहता है—"भगजोगनी।" सूरज अलसाता है लेकिन मुस्कुराता है।

नागो ने अपने मन में यह ठान लिया है कि अब चिड़िया से अपने मन की बात वह कह के रहेगा। लेकिन वह चिड़िया के पास जाता है और मिट्टी का माधो बन जाता है। वह चिड़िया के पास जाता है, चिड़िया उसे देखती है और उसका हलक सूखने लगता है। चिड़िया आँखों से मुस्कुराती है। नागो अपने टमटम में आके दुबक के बैठ जाता है।

दिनकर की कविता, शिकायती खत और लोकतंत्र

"अब घुटर यादव का बोरिया-बिस्तर समेटने का टाइम आ गया भाई। इ लोकतंत्र लाठी में लटका के चलनेवाला जुत्ता नहीं है गुरू।" सुबह-सुबह लोगों ने आँख खोली ही थी कि पूरे तेतरी गाँव में यह खबर आग की तरह फैल गई।

"अबे सार, विदवा त उ चीज है कि अपन मुतास से हरिहर घास क जला क राख कर दे।"

"अभी त पन्द्रह दिन बचा है इलेक्सन का। पन्द्रह दिन त बहुते होता है भाई। इ चिट्ठी कमाल करेगा और देख लेना चाहे जेतना अपना पोस्टर घुमवा ले लेकिन इ घुटर यादव का इ चुनाव में ठेकान लगना निश्चित है।"

"बाबा ने अबकी ब्रहमास्त्र फेंक दिया है। और भाई कब तक अपना ब्रहमास्त्र बचा के भी रखते। अरे, कोई तो हिम्मत करेगा। कब तक इ लोकतंत्र में हम डर के जीवन बिताएँगे।"

"अरे, मान भी लेते हैं कि चुनाव आयोग से कौनो दिक्कत न भी हो लेकिन इ तो समझिए लो बाबू कि पूरा माहौल त बिगाड़ ही दिया गया है। और बाबू चुनाव में माहौल बिगाड़ने के लिए एके गो चिंगारी काफी होता है।"

फूलो बाबू सड़क बनने से बहुत खुश हैं लेकिन घुटर यादव को वापस वह भी नहीं चाहते। फूलो बाबू दिनकर की कविता सुनाते हैं—

दो राह समय के रथ का घर्घर-नाद सुनो,
सिंहासन खाली करो कि जनता आती है।
सबके भाग्य दबा रखे हैं किसने अपने कर में?
उतरी थी जो विभा, हुई बन्दिनी बता किस घर में?
समर शेष है, यह प्रकाश बन्दीगृह से छूटेगा,
और नहीं तो तुझ पर पापिनी, महावज्र टूटेगा।

फूलो बाबू दिनकर के बड़े प्रशंसक हैं। कहते हैं अपने समय की धड़कन थी उनमें। और आवाज में वह ओज था कि सामनेवाले का पसीना छूट जाए। फूलो बाबू खुद सुन चुके हैं दिनकर को कविता पढ़ते। वे दिनकर के उस कविता पाठ की कहानी को लोगों को सुनाते हैं। छह फीट लम्बे दिनकर के मुख की आभा को अपने चेहरे पर लाने की कोशिश करते हैं।

यह खबर एक लहर की तरह उठी और पूरे गाँव में खरमास में लगी आग की तरह फैल गई। जिसने उस खत को पढ़ लिया या जिसके पास वह खत था उसके पास सुननेवालों की भीड़ थी।

इस खत ने इस पूरे इलाके में एक भूकम्प-सा ला दिया था। लेकिन कुछ लोग ऐसे भी थे जिन्हें घुटर यादव और भारत के लोकतंत्र पर पूरा भरोसा था।

मामला गरम हुआ तो रामसजन की दुकान पर इसको लेकर सरगर्मी भी बढ़ी। राजन ने साफ कहा, "सार सब ऐसे कूद रहे हैं जैसे इ चिट्ठी न होकर चुनाव आयोग से आया कौनो फरमान है। और ऐसन-ऐसन बहुते शिकायत हुआ, कौनो फायदा नहीं है इससे। जो सच और सही है वह सामने हैइये है।"

लल्लनमा बोला 'अरे घुटर यादव कोई ऐसेही नहीं बन जाता है। ऐसे-ऐसे केतना रोड़ा आया रास्ते में घुटर दादा सबका निपटान कर देते हैं।' लल्लन के इस निपटान में कुछ धमकी भी छिपी थी शायद। या शायद लोगों ने ऐसा मान लिया।

कुछ लोगों ने दबे स्वर में यह जरूर कहा कि विदो बाबू जानबूझ के पीछे पड़ गए हैं। अब कौन सी सरकार काम करती है जो। अब तो चुनाव एक रस्म है, बस निभाये जाओ। उम्मीद ही गलत है। एक को गलत साबित कर दोगे तो कौन सा दूसरा सही हो जाएगा।

लेकिन लल्लन ने साफ घोषित किया कि यह सब रामचरित्तर सिंह का षड्यंत्र है। "यह सब उस रामचरित्तर सिंह का फड़फड़ाहट है। जब साला लगा कि अब मुँह दिखाने लायक नहीं रहा तो साला इ गन्दा खेल खेल रहा है। अरे, हिम्मत है तो सामने आकर लड़ो। इ डाक्टर के कन्धे पे बन्दूक काहे रख रहा है।"

फिर लल्लनमा ने हिन्दी में अपने मुँह को चमकाकर कहा, "विरोधी को भी सम्मानजनक तरीके से ही लड़ना चाहिए।"

इस शोरगुल में एक धीमी सी आवाज यह भी आई कि विदो बाबू इतने भी बेवकूफ नहीं हैं कि वे बिना किसी फायदे के रामचरित्तर सिंह के पक्ष में इतना बड़ा काम करेंगें। कुछ लोगों ने कहा, "मुफत में काहे करेंगे! सुना है कि डील पाँच लाख में हुआ है।"

जब यह खबर धीरे से फैली तो राजन ने कहा, "माय के दूध से पेट नांय भरा त कि बाप के लाड़ चाटने से पेट भरेगा जी।"

"अरे, पाप के पैसा खाएगा त एक दिन बुरा हश्र होगा।"

लेकिन विदो बाबू जैसे धरमात्मा आदमी पैसा ले सकते हैं ऐसा मानने में लोगों को तकलीफ हो रही थी।

गाँव के बुजुर्ग कहते हैं, "जब तक इ चुनाव नहीं खतम होगा यह गन्दगी चलती रहेगी। अरे, उ आदमी को पैसा कमाना था तो इस तरह घूम-घूम के तुम्हारे लिए धमार्थ नहीं कर रहा होता। तुम गाँव वाले यही तो दिए उसके कर्मों का फल। कोई तुम्हारे लिए करे तो तुम सालों उसी की मार लो। उ त विदवे पागल है जो अपनी जिन्दगी तुम्हारे लिए बरबाद कर रहा है।"

रामसजन की दुकान पर जो भी आता सबसे पहले उस शिकायती खत को पढ़ना चाहता। रामसजन को उस खत में बहुत रुचि नहीं थी। लेकिन उसके काउंटर पर बिस्कुट के मोइयम के नीचे वह चिट्ठी फड़फड़ा रही थी। लोग आते और उस फड़फड़ाते हुए खत को एक साँस में पढ़ जाते।

विदो बाबू ने यह खत मुख्य चुनाव आयुक्त को लिखा था। यह खत नहीं, वास्तव में एक शिकायत थी। इसमें कोई नई बात नहीं थी कि विदो बाबू ने किसी की शिकायत की थी। नया इसमें भी नहीं था कि यह शिकायत घुटर यादव के खिलाफ की गई थी। नया यह था कि पहली बार विदो बाबू ने उस शिकायती खत की फोटोकॉपी घूम-घूमकर बाँटना शुरू कर दिया था। वह खत यूँ था—

श्रीयुत मुख्य चुनाव आयुक्त
भारत निर्वाचन आयोग, नई दिल्ली

महोदय,

मैं बिन्देश्वरी सिंह, तेतरी गाँव का निवासी हूँ और यह शिकायती खत अपने विधानसभा क्षेत्र टोनिया की राजनीति से आहत होकर आपको लिख रहा हूँ। जैसा कि महाशय को यह ज्ञात है कि अभी पन्द्रह-सत्रह दिन में ही इस विधानसभा में चुनाव होनेवाला है तो यह खत कुछ तथ्यों से महाशय को अवगत कराने के लिए लिखा जा रहा है।

इस विधान सभा क्षेत्र से वर्तमान विधायिका श्रीमती छुई देवी हैं जिनका यह दूसरा कार्यकाल है। यानी दस वर्षों से छुई देवी यहाँ की विधायिका हैं। एक महिला के रूप में वे यहाँ से लगातार दो बार से जीत रही हैं, यह खुशी की बात है। अगर एक महिला के रूप में देखें तो इस बार फिर से उन्हें टिकट मिल जाना अच्छा ही लगता है, परन्तु छुई देवी यहाँ की विधायिका हैं और वे यहाँ से फिर से चुनाव लड़ रही हैं यह सिर्फ कागजों में ही उल्लिखित हैं। वरना उनसे यह पूछा जाए कि इस विधान सभा क्षेत्र में कितने गाँव हैं या एक विधायक का फंड कितना होता है तो वे अपने पति की तरफ ही मुँह करेंगी। खैर यह तो बहुत ज्यादा है, विधायिका महोदया से सिर्फ यह पूछ लिया जाए कि एमएलए का पूरा मतलब क्या होता है तो वे भक्क रह जाएँगी। वर्तमान में हालत यह है कि छुई देवी के पति श्री घुटर यादव ही यहाँ के विधायक हैं और चुनाव भी घुटर यादव ही लड़ रहे हैं। आप इस क्षेत्र में औचक आकर इसे देख सकते हैं कि चारों तरफ सिर्फ घुटर यादव का पोस्टर चिपका हुआ है और वही यहाँ के नायक बने हुए भी हैं।

इन दस वर्षों में विकास के नाम पर सिर्फ यह सड़क है वह भी इसलिए कि ऐसा लगने लगा था कि इस बार टिकट तक मिलना मुश्किल हो जाएगा।

नहीं तो इन दस वर्षों में किसी ने इस गाँवों में एक चिड़िया को भी खुशी में चहचहाते नहीं देखा होगा। हम एक ऐसे गाँव में रहने को अभिशप्त हैं जहाँ एक बासीपन है। यह रुका हुआ पानी है जिससे दुर्गन्ध आने लगी है। यहाँ के लोगों का चेहरा कैसा तो काला पड़ गया है।

घुटर यादव अपनी पार्टी और अपने प्रधान के चहेते हैं क्योंकि प्रदेश सरकार की सारी लम्पटई के वे राजदार हैं। भ्रष्टाचार, लम्पटई और गुंडागर्दी का तो खैर इस देश में अब कुछ हो नहीं सकता है और न ही इन मुद्दों के बल पर अब इस देश में किसी को कटघरे में खड़ा ही किया जा सकता है। परन्तु यह एक स्त्री का अपमान है। एक स्त्री उम्मीदवार के रूप में छुई देवी इस योग्य होतीं तो उनकी उम्मीदवारी पर सवाल उठाया नहीं जाता। लेकिन वे यहाँ एक डमी कंडीडेट के रूप में हैं। घुटर यादव उसकी आड़ में अपनी सारी गुंडागर्दी छुपा रखे हैं।

चूँकि घुटर यादव बहुत सारे गलत कामों में फँसे हुए हैं और उन पर ढेर सारे आरोप हैं इसलिए यह एक आसान रास्ता है उनके लिए।

महाशय से यह अनुरोध है कि एक स्त्री के अपमान से इसे जोड़ते हुए इस क्षेत्र के चुनाव को जाँच होने तक तत्काल रोक दिया जाए। क्योंकि जब एक स्त्री, पुरुष के द्वारा डमी रूप में उपयोग कर ली जाती है तो पूरे महिला वर्ग और पूरे समाज के लिए यह निन्दनीय है। या फिर चुनाव आयोग को यह घोषित कर ही देना चाहिए कि इस स्वतंत्र देश में महिलाएँ सिर्फ आटा गूँथने के लिए बनी हैं।

अतिशीघ्र निर्णय की प्रतीक्षा में।

बिन्देशरी प्रसाद सिंह
भूतपूर्व पशु चिकित्सक
ग्राम—तेतरी
विधानसभा क्षेत्र—टोनिया

प्रति

1. महामहिम राष्ट्रपति, भारत सरकार
2. माननीय प्रधानमंत्री, भारत सरकार
3. माननीय मुख्यमंत्री, फलना राज्य
4. राष्ट्रीय अध्यक्ष, फलना पार्टी

इस खत के सामने आते ही लोग असमंजस की स्थिति में आ गए थे। लगता था कि इतना कड़ा पत्र लिखने के बाद सरकार कुछ एक्शन नहीं ले ऐसा हो नहीं सकता है और दूसरी तरफ इस पत्र को पढ़ने के बाद घुटर यादव इस गाँव में तांडव न करे—यह भी हो नहीं सकता है।

लोगों को लगने लगा था कि इस खत के पहुँचते ही यहाँ तुरन्त एक आदेश आ जाएगा कि इस चुनाव को अगली तारीख के लिए मुल्तवी किया जाता है। या फिर कम-से-कम यह तो होगा ही कि घुटर यादव भरे चैराहे पर विदो बाबू को थकुच देंगे।

दिन बीत रहे थे। विदो बाबू अपने काम में लगे हुए थे। चुनाव प्रचार में कोई रुकावट नहीं आई। दिनोंदिन चुनाव प्रचार में और तेजी आने लगी।

तीन-चार दिन गुजर गए तो लोग पत्र को भूलने लगे और चुनाव की सरगर्मी का आनन्द लेने लगे। जब सब शान्त हुआ तब एक दिन सुबह-सुबह विदो बाबू के दरवाजे पर घुटर यादव की गाड़ी पहुँची।

नागो का दुख और पीछे छूटती सड़क

लौटते हुए नागो का मन उदास था लेकिन इस चमचमाती सड़क पर अपनी उदासी को थोड़ी देर के लिए वह भूल जाना चाहता था। सड़क के बनने के बाद वह पहली बार सवारी के रूप में टमटम पर बैठा था।

पंडित जगन्नाथ मिश्र टमटम पर आगे बैठे थे और नागो पीछे। नागो के सामने चमचमाती सड़क पीछे छूटती जा रही थी। नागो को पहली बार महसूस हुआ कि घोड़ा हाँकनेवाले की तुलना में सवारी को ज्यादा बढ़िया से यह सड़क और यह हरियाली महसूस होती होगी।

"पंडित जी, देखे इ चुनाव ने पूरे इलाके का रंगे बदल दिया है।" नागो अपने चेहरे को हल्का-सा पीछे पंडित जी की ओर घुमाते हुए कहा। पीछे छूटती सड़क को चूँकि नागो छोड़ना नहीं चाहता था इसलिए उसने अपने चेहरे को बस उतना ही उस तरफ घुमाया जितने में उसकी आवाज पंडित जी को सुनाई दे जाए। लेकिन पंडित जी को नागो की आवाज सुनाई दी नहीं होगी क्योंकि चारों तरफ चुनाव का शोर था।

नागो आज अपनी बहन के लिए लड़का देखकर शेखपुरा से लौट रहा था। पंडित जी को साथ ले गया था। सुबह अँधेरे उठकर पहली ट्रेन पकड़ ली थी। पहले तो मन किया कि अपना टमटम स्टेशन पर ले चलें। लेकिन फिर सोचा दिन भर सूरज वहाँ धूप में तपता रहेगा। इसलिए सुबह सूरज को खाना देकर वह उससे विदा लेकर निकला। अभी लौटते-लौटते अँधेरा हो आया था।

नागो को इन सब बातों का बहुत अनुभव नहीं था, लेकिन हाँ, उसने सोचा था कि बस लड़का दो पैसा कमाता हो और कुछ खाता-पीता न हो। बाद बाकी तो जीवन चल ही जाता है। यह सब नागो को उस लड़के में मिल गया था। लड़का खाते-पीते घर से था। पान की अपनी एक गुमटी थी। वह भी बीच बाजार में। सबसे बड़ी बात यह कि लड़का बहुत शरीफ। पान की दुकान चलाकर भी मजाल कि गुटखा का एक टुकड़ा भी मुँह में रख ले।

पंडित जगन्नाथ मिश्र ने खूब खुलकर बातें कीं और छककर खाना खाया। लेकिन बात बनते-बनते लटक गई। जिस बात का डर नागो को था अन्त में वही हुआ। चालीस हजार रुपये की माँग नागो के लिए बहुत भारी थी। पंडित जी ने अपनी ओर से बहुत कहने की कोशिश की, "अरे, इसी पे सारी जिम्मेदारी है। बाप तो खटिया पे पड़ा है। ऐसा भाई अब होता कहाँ है जो अपनी बहन की शादी की जिम्मेदारी ले रहा है। अरे भाई, कुछ मदद कीजिए। इतना रुपया कहाँ से ला पाएगा। अपनी शादी भी इसी चक्कर में वह कर नहीं रहा है।" लेकिन लड़के के पिता टस से मस नहीं हुए।

"देखिए पंडित जी, बेटी की शादी में आदमी कर्जा में तो डूबिये जाता है न। अब अपना शादी नहीं किया तो हम का करें। हमरा बेटा रोजगार में सेट है।"

बात शुरू तो चालीस हजार से हुई थी जो पच्चीस हजार पर आकर अटक गई थी। इसलिए नागो पंडित जी को दोषी भी नहीं मान सकता था। पंडित जी के कारण ही लड़के का पिता पन्द्रह हजार रुपये नीचे उतरा था। लेकिन पच्चीस हजार नागो के लिए एक बड़ी रकम थी।

नागो टमटम से उतरा तो अभी उसकी घर जाने की इच्छा नहीं हुई। वह उदास था और अभी वह अकेला रहना नहीं चाहता था।

पंडिताइन दोनों को आता हुआ देख बहुत खुश हुई। लेकिन पूरी बात सुनकर काफी दुखी हुई, "इहे लिए त बेटा लइकी पैदा होने पर लोग दुखी होत हैं न।" पंडिताइन नागो को बहुत प्यार करती थी इसलिए उसके दुख को समझ पा रही

थी। लेकिन इतना भी प्यार नहीं करती थी कि अपनी ओर से कुछ रुपयों की मदद कर देती। पंडिताइन चाय बनाकर ले आई तो पंडित जी ने कहा, "अब किस्मत में नहीं है त का तुम्हारे मुँह लटकाने से हो जाएगा क्या। अरे, एतना पैसा कहाँ से लाओगे।"

"अरे, दस-पन्द्रह हजार तो शादी में भी खर्चा होगा।" पंडिताइन ने भी पंडित जी की बात का समर्थन किया। "मन दुखी न करो बाबू कोई और होगा। कौनो एके लड़का थोड़े न है धरती पे।"

"अब बहन के शादी न हो पा रहा है तो तब तक तू ही कर ले बाबू।" पंडिताइन को लगा शायद इस बात से नागो को कुछ अच्छा लगेगा।

नागो को यह बात इस समय अच्छी लगी या नहीं, पता नहीं लेकिन अचानक उसे चिड़िया की याद आ गई। इस उदास और मुश्किल समय में उसे लगा कि उसे इस समय चिड़िया के पास होना चाहिए था। उसने सोचा, अभी घर जाकर अपना टमटम निकाल लाए और स्टेशन चला जाए। लेकिन उसने बाहर की तरफ देखा, बाहर अँधेरा था।

नागो चाय का कप जमीन पर रख दुखी मन से उठ गया।

नागो की कशमकश इस बात को लेकर थी कि वह जानता था कि बहन की शादी वह कहीं भी करेगा तो इतना खर्चा तो आएगा ही। वह किसी ऐसे लड़के से बहन की शादी नहीं करना चाहता था जो न तो कुछ कमाता हो और न ही शरीफ हो। नागो अपने मन के भीतरी कोने से इस लड़के को छोड़ना नहीं चाहता था। वह यह भी सोच रहा था कि शादी के लिए बची हुई दो बहनों में से कम-से-कम एक की भी शादी हो जाए तो वह अपनी शादी के बारे में सोच सकता है। उसे ऐसा लगता था कि दोनों बहनों को सामने कुँवारी बैठे छोड़ अगर वह अपनी शादी करता है तो लोग-समाज क्या कहेंगे। माँ-पिता क्या कहेंगे। लेकिन चिड़िया से अब और बहुत दिनों तक दूर रहने में मन कचोटता था। रात को सीने में एक हूक सी उठती थी जो बाएँ हाथ से दर्द बनकर कलेजे तक जाती थी। नागो को रात भर नींद नहीं आई। नागो के बगल में सूरज गहरी नींद में सो रहा था। नागो सुबह की प्रतीक्षा में था। वह चिड़िया से सारी बातें कह के कम-से-कम अपने मन को हल्का कर लेना चाहता था।

गुल्लर का पेड़ और पेड़ पर बैठी चिड़िया

विदो बाबू दिशा-फरागत से मुक्त होकर नहा-धोकर पूजा-पाठ करके अपने मचान पर बैठे थे। उनके हाथ में एक डायरी थी जिसमें उनका दिन भर का कार्यक्रम था।

यह डायरी उनको उनके अवकाश प्राप्ति पर मिली थी। वैसे तो उनके विभाग के सारे लोग इस बात से बहुत खुश थे कि उनकी अवकाश प्राप्ति हो रही थी और उनके जाने का दुख वहाँ आनेवाले जानवरों के अतिरिक्त किसी को नहीं था इसलिए उनकी अवकाश प्राप्ति पर इच्छा तो किसी को नहीं थी कि उन्हें कुछ दिया जाए। लेकिन मामला ऑफिशियल था तो लोगों ने कहा, रिवाज को काहे तोड़ रहे हैं भाई। और अब जा ही तो रहे हैं एगो गिफ्ट न देने से अब कोई हमारी जवानी वापस तो नहीं आ जाएगी। इसलिए सब लोगों ने मिलकर न चाहते हुए भी जो गिफ्ट उनके लिए चुना था वह यह डायरी थी। उस डायरी में कोई शुभकामना सन्देश तो नहीं लिखा था लेकिन तारीख लिखी थी। और यह भी कि पशु चिकित्सा विभाग, पटौना की तरफ से यह डायरी भेंट स्वरूप उन्हें दी जा रही है।

विदो बाबू इसी डायरी में कुछ-कुछ लिखा करते थे। इस डायरी में देश भर के न जाने किनके-किनके पते थे। इधर पिछले कुछ दिनों से जबसे इस चुनाव की सरगर्मी तेज हुई है और विदो बाबू जिद की तरह इस चुनाव को ले चुके थे तो वे इस डायरी में पूरी अपनी योजना लिखते थे कि कब किस तारीख को कितने बजे किस गाँव में जाना है। वे मानते थे कि अपनी ओर से कोई कोताही नहीं की जानी चाहिए। रोज सुबह को उसी डायरी में लिखित अपने कार्यक्रम के अनुसार वे निकल जाते थे। अभी विदो बाबू उसी डायरी को पलटकर आज का कार्यक्रम देख रहे थे कि तभी उन्हें भूख का अहसास हुआ, उन्होंने घर की दरवाजे की तरफ देखा और थोड़ी देर देखते रहे! अचानक पर्दा हिला। छोटी बहू थाली लेकर अभी निकली ही थी कि तभी घुटर यादव की गाड़ी विदो बाबू के दरवाजे पर आकर साँय से लग गई। थाली को देखकर विदो बाबू की अँतड़ियों में एक ऐंठन-सी उठी थी लेकिन घुटर यादव की गाड़ी के अचानक दरवाजे पर आ जाने से बहू वापस हो गई। और बहू के साथ वह थाली भी।

घुटर यादव सिर्फ एक गाड़ी से आए थे। एक स्कॉर्पियो विदो बाबू के दरवाजे पर लगी। विदो बाबू अपने मचान पर बैठे थे और वहीं से उन्होंने उस स्कॉर्पियो को देखा और वे मचान में थोड़े अन्दर की तरफ धँस गए। स्कॉर्पियो रुकने के

बाद घुटर यादव ने उससे उतरने में कुछ सैकेंड का वक्त लिया। उन कुछ सैकेंड में उसने उस मचान की तरफ दबी आँखों से देखा। उसकी आँखें विदो बाबू की आँखों से नहीं मिली। मचान खाली नहीं था, वहाँ विदो बाबू के होने का अहसास था। घुटर यादव ने अपनी आँख को मचान से नीचे उतारना चाहा और ठीक उन्हीं चन्द सैकेंड में उसकी निगाह पहुँचते ही मचान के ऊपर गुल्लर के पेड़ की टहनियों पर बैठी चिड़िया उड़ गई।

घुटर यादव जब तक अपनी गाड़ी से नीचे उतरा उससे पहले ड्राइवर की सीट के साथ वाली सीट पर बैठा एक मोटा आदमी उतर गया था। उस मोटे आदमी ने शर्ट-पैंट पहन रखी थी और गले में गमछा था। लोग कहते हैं कि वह मोटा आदमी हमेशा अपनी शर्ट के नीचे पिस्तौल रखता है। लेकिन उसकी पिस्तौल उसकी शर्ट से बाहर दिख नहीं रही थी। जब तक में घुटर यादव गाड़ी से बाहर निकला घर के भीतर से विदो बाबू के दोनों बेटे बाहर निकल आए। घुटर यादव के घर तक आने की आशंका उन्हें पहले से नहीं थी, ऐसा नहीं है। लेकिन वे सचमुच आ जाएँगे ऐसा सामने देखकर वे घबरा से गए। दोनों ने झुककर घुटर यादव के पाँव छुए। मचान पर से विदो बाबू ने इसे देखा। उनके बाएँ हाथ में एक हल्का-सा दर्द उठा। घुटर यादव ने दोनों बेटों को अपने पैर पर से उठाकर गले लगा लिया। ऐसा करते हुए घुटर यादव ने मचान पर से एक जोड़ी आँखों को अपने ऊपर महसूस किया।

विदो बाबू के घर के दरवाजे पर घुटर यादव की गाड़ी लगते ही यह खबर पूरे गाँव में फैल गई और भीड़ जुटने लगी। विदो बाबू के सारे कारनामे भूलकर लोग अभी सिर्फ उस चिट्ठी को याद कर रहे थे।

"और लिखो हो विदो बाबू चिट्ठी।"

"छतिया पे चढ़ के हुमचेगा न तब डैस से निकलेगा सारा क्रान्ति।"

"अरे, चुपचाप अपना जीवन बिताने में का साला कुत्ता काट रहा था?"

लेकिन अलग-अलग तरह के लोगों में अलग-अलग तरह की बातें भी थीं।

"आज चाहे जेतना खुश हो लो बाबू लेकिन लोकतंत्र के लिए यह कोई अच्छी बात नहीं है। जब कोई अवाजे नहीं उठा सकता है तो साला इ लोकतंत्र है काहे के लिए?"

"सार, इ कौन है जो लोकतंत्र की बात कर रहा है। इ होता क्या है? जैसे लगता है कि दोसरा आ जाएगा तो बड़का लोकतंत्र बहाल हो जाएगा। अरे, चुपचाप खाना खाके अपनी पत्नी के साथ रात के रोमांस करो बाबू।"

लेकिन कुछ बुजुर्गों ने बात को समझने और उसे समझाने की कोशिश की।

"तू लोग हमेशा आग ही काहे मूतता है जी। अरे, ऐसा कुछ नहीं है। देखो घुटरा को एक भी आदमी लाया है। त का बातचीत करने भी लोग एक-दूसरे के यहाँ नहीं जा सकता क्या। हमेशा खूने-खराबे पे दिमागे काहे रहता है तू लोगों का।"

लोग भौचक होकर देख रहे थे। लेकिन थोड़ा दूर-दूर से।

दरवाजे पर एक कुर्सी और एक चौकी रखी थी। कुर्सी पर घुटर यादव बैठ गए।

"बाबूजी कहाँ गए? आशीर्वाद लेना था उनसे।" सवाल का जवाब जानते हुए भी घुटर यादव ने उनके बेटों से अपनी महीन आवाज को भी और धीरे करके यह सवाल किया।

"बाबूजी ने तो हमलोगों को त्याग ही दिया है। उ त मचाने पर रहते हैं। बस दिशा-फरागत और खाना खाने ही यहाँ आते हैं।" विदो बाबू के बड़े बेटे ने अभी इतना ही कहा था कि घुटर यादव अपनी कुर्सी से झटके में उठकर उस मचान की तरफ यह कहते हुए चल दिए—

"अरे, उ महात्मा आदमी को तुम लोग कभी समझ नहीं पाओगे।"

"विदो बाबू प्रणाम! इ कैसा घोर कलयुग है, आप घर-द्वार छोड़के मचान पे बैठे हैं। वैसे तो खैर साधु-महात्मा इसी तरह पहाड़-पर्वत, जंगल मचान पर ही होते हैं। लेकिन नीचे उतरते डॉ साहब! आपका आशीर्वाद लेने आए थे।" घुटर यादव मचान के ठीक नीचे खड़ा था।

"हम तो ऊपरे आते आपसे आशीर्वाद लेने लेकिन आप त जानते ही हैं कि अब इतना ऊपर चढ़ने का अभ्यास कहाँ रह पाया। अब जवानी वाला शरीर भी कहाँ रहा। नीचे उतर आइए।"

विदो बाबू ने कुछ नहीं कहा, बस नीचे उतर आए।

घुटर यादव ने नीचे उतरते ही उनके पाँव छुए और फिर उनको साथ लिए दरवाजे की तरफ बढ़ा। घुटर यादव ने सामने भीड़ की तरफ देखा और विदो बाबू को छोड़ पहले उस भीड़ की तरफ बढ़े, भीड़ के सामने विनम्रता से हाथ जोड़ते हुए कहा, "अरे, आप लोग जाइए। अब क्या इस गाँव में हम इ महात्मा से मिलने भी नहीं आ सकते हैं। इ हमरा आदर्श हैं और इ हम सब जानते हैं कि इनके आशीर्वाद के बिना कोई चुनाव जीत नहीं सकता है। आप लोग जाइए।" घुटर यादव ऐसा कहते हुए भी यह चाहता था कि भीड़ यहाँ से खत्म न हो। और हुआ भी ऐसा ही। भीड़ थोड़ी तितर-बितर तो हुई लेकिन उसमें से गया कोई भी नहीं।

दरवाजे पर कुर्सी पर विदो बाबू को बैठाकर खुद घुटर यादव चौकी पर बैठा। विदो बाबू के दोनों बेटे वहीं दीवार से सटकर लगभग हाथ जोड़े या कह लें हाथ बाँधे खड़े थे।

"काफी दुबला गए हैं विदो बाबू आप।" घुटर यादव विदो बाबू की तरफ झुक से गए थे। विदो बाबू चुप थे।

"सोचे आपसे आशीर्वाद ले लें। आपसे आशीर्वाद लिए बिना किसी कार्य के सम्पन्न होने की कहाँ गुंजाइश है।"

"इ तो हमारे इलाके का भाग्य है कि यहाँ पे आप जैसे जोगी आदमी हैं। इ बात त हम सच कहते हैं जब इ दुनिया में सब माल बटोरने के चक्कर में रहता है वहाँ आप जैसे जोगी आदमी भी हैं जो सबकुछ त्याग के लगे हुए हैं समाज सेवा में।"

"इ समाज सेवा बहुत कुर्बानी माँगता है दादा, सारा घर-द्वार सब छोड़ना पड़ता है। आपका इ छोटा भाई भी तो समाजे सेवा करना चाहता है। बस आपका हाथ सिर पे रहना चाहिए।"

"दादा आपको काहे लगता है कि सब गलत ही हो रहा है। कुछो गलत नहीं है।"

"और मान लीजिए थोड़ा-बहुते गलत है भी तो हम तो आपके घरे के छोटा बच्चा हैं नां। छोटों से गलती होती ही है। घर की शिकायत बाहर थोड़े न किया जाता है। आप हमको बुला के चार जुत्ता मार लेते। हमसे बड़े हैं, अधिकार है आपका हमरे ऊपर। लेकिन इ बाहर वालों को इसमें शामिल करना मेरे ख्याल से ठीक नांय है।" सिर्फ एक तरफ से घुटर यादव ही बोल रहे थे। विदो बाबू चुप थे। इस बीच पर्दा हिला और विदो बाबू के छोटे बेटे ने बढ़कर चाय की ट्रे को अपने हाथ में थाम लिया। एक स्टूल घुटर यादव और विदो बाबू के बीच रख दी गई। स्टूल पर चाय की ट्रे और एक प्लेट में आलू के तले हुए कुछ चिप्स थे।

विदो बाबू कुछ नहीं बोले तो घुटर यादव ने चाय का कप उठाकर चाय पी ली। और फिर उठते हुए कहा—

"फिर भी हम यहाँ आपसे कोई शिकायत करने नहीं आए हैं। आप बड़का भाई हैं इसलिए अधिकार से अपनी नराजगी जताने आ गए थे। आपको अगर यहे ठीक लगता है तो कोई बात नहीं। आप हमसे बड़े हैं और अनुभवी हैं। आप मेरा बुरा नांय सोच रहे होंगे कुछ अच्छा ही सोच रहे होंगे। कहते हैं बड़का के गाली भी आशीर्वादे होता है।" विदो बाबू चुपचाप बैठे थे। उन्होंने चाय के कप को हाथ भी नहीं लगाया था।

विदो बाबू बैठे रहे, घुटर यादव उठकर चल दिए। घुटर यादव ने विदो बाबू का पाँव छुआ। गाड़ी के पास आए, देखा भीड़ अभी भी खड़ी है। गाड़ी के पास खड़े होकर अपने हाथ को ऊपर उठाकर भीड़ की तरफ देखा और कहा, "कौनो बात नहीं है। हमरा तो आदर्श हैं विदो बाबू, बस आशीर्वाद ले लिए। उन्होंने आशीर्वाद दे दिया है। अब सब भोले बाबा के हाथ में है। आप लोग विदो बाबू का ख्याल रखा कीजिए। हमारे गाँव की सम्पत्ति हैं वे। हजारों-हजार बरस में कोई ऐसा आदमी पैदा लेता है जो दूसरों के बारे में सोचे। यह उनका बड़प्पन है कि सारी शिकायतों को छोड़कर उन्होंने अपना आशीर्वाद हमको दिया है। बस अब सब आप लोगों के हाथ में है, देख लीजिएगा।" बिना माइक के बोलना था और भीड़ गाड़ी से थोड़ी दूर थी इसलिए अपनी महीन आवाज को अपने हद तक ऊँची करके बोला घुटर यादव। आवाज को ऊँची करने से उसके गले में खराश हुई और उसे कई बार थूक घोंटना पड़ा।

गाड़ी में चढ़ने से पहले फिर एक बार विदो बाबू के दोनों बेटे घुटर यादव के पैर पर गिर गए। बड़े बेटे ने धीरे से कहा, "माफ कर दीजिए हमको, हमरे कारण आपको परेशानी हो रही है।"

"अरे, ऐसी बात नहीं कहते। महात्मा हैं वे।" अपनी आवाज को धीमे करते हुए बोले घुटर यादव।

"तू लोग अपना जीवन देखो। कुछ धन्धा शुरू करो। सीमेंट-खाद का काम शुरू कर लो। चुनाव जीत गए तो सरकारी खरीद करवा देंगे।" ऐसा कहते हुए घुटर यादव के चेहरे पर एक खिंचाव आ गया था।

घुटर यादव ने गाड़ी में घुसने से पहले उस मचान की तरफ फिर से देखा। मचान खाली था। मचान पर एक टाइपराइटर रखा हुआ था। मचान के ऊपर गुल्लर का पेड़ था। उसकी निगाह उस गुल्लर के पेड़ पर गई और वहाँ बैठी चिड़िया फिर से उड़ गई।

गाड़ी जाने के बाद दोनों बेटे दरवाजे पर आए। दरवाजे पर कुर्सी पर विदो बाबू अभी भी वैसे ही बैठे हुए थे। सामने स्टूल पर ट्रे में दो कप और चिप्स की थाली रखी थी। विदो बाबू के कप में चाय ज्यों की त्यों पड़ी हुई थी। छोटे बेटे ने अन्दर जाते हुए उस ट्रे को हाथ में उठा लिया।

विदो बाबू कब तक अकेले बैठे रहते। वे उठे और अपने मचान पर चढ़ गए। थोड़ी देर सुस्ताए और फिर झोला लेकर अपने काम पर निकल गए। मचान से नीचे उतरे तो उन्हें लगा जैसे मचान के चारों तरफ गुल्लर के पेड़ से ढेर सारे पत्ते

झड़े हुए हैं। उनका एक बार मन किया कि उन सूखे पत्तों को समेट दें लेकिन फिर वे रास्ते पर सीधा निकल गए।

नागो की उदासी और चिड़िया के पंख जैसे कोमल हाथ

नागो उदास था और उसे कोई रास्ता सूझ नहीं रहा था।

वह पंडित जगन्नाथ मिश्र के घर से अपने घर आया तो घर में सब उसकी राह देख रहे थे। लेकिन उदास चेहरे को देखकर किसी ने कुछ पूछा नहीं। माँ ने उसके सामने खाने की थाली रखी। दोनों बहनें पीछे वाले कमरे में बन्द थीं। कमरे में शान्ति थी, वहाँ से कोई आवाज नहीं आ रही थी। नागो ने खाना खा लिया और पिता के पास बैठ गया। नागो चुप था तो पिता भी शान्त थे। नागो उठकर जाने लगा तो पिता ने कहा, "सब तुमरे ऊपर है बेटा। अब तुम ही उ दोनों के लिए बाप दाखिल हो। इ बाप तो अब किसी लायक रहा नहीं। देख लो बेटा। बस नाव पार लगा दे बेटा।" पिता ने कहा और नागो ने सुना। नागो ने सुनते हुए महसूस किया कि आखिरी पंक्ति कहते-कहते पिता की आवाज रुआंसी सी हो गई थी। वह बिना कुछ कहे उठने लगा और उसने तिरछी निगाह से देखा कि पिता की आँखों के कोर से आँसू की धार बह रही थी।

नागो रात भर सो नहीं पाया। वह आँख बन्द करता और बार-बार पिता का बेबस शरीर और उनकी आँखों से बहते आँसू उसके सामने आ जाते। वह डरकर फिर अपनी आँखें खोल लेता।

सुबह अँधेरे उसकी आँख लगी और वह अपने सपने से घबराकर उठ बैठा।

उसने देखा, नदी का किनारा है और दूर-दूर तक कोई नहीं है। वहीं नदी के किनारे जमीन पर उसके पिता औंधे पड़े हुए हैं और पानी की लहर उन्हें बार-बार धक्का दे रही है। पिता हिल नहीं रहे हैं। नदी के किनारे एक खपरैल का घर है, उसमें दोनों बहनें बन्द हैं। सपने में कुछ गड्डमड्ड है। वह अपने पिता को देखता है और पिता की तरफ दौड़ता है। वह पिता के पास पहुँचता है तो देखता है वहाँ पिता के पास पंडित जगन्नाथ मिश्र पहले से ही बैठे हुए हैं। वह वहाँ पहुँचता है और पंडित जी उसे एक पर्ची पकड़ा देते हैं कि वह जाए और हवन सामग्री ले आए। वह पलटता है और देखता है उस खपरैल के घर में उसकी बहनें बड़ी होती

जा रही हैं। इतनी बड़ी कि उन्होंने छप्पर को फाड़ दिया है। छप्पर फाड़कर उनका शरीर आसमान की तरफ बढ़ता जा रहा है। वह उस घर की तरफ बदहवास दौड़ता है और उसकी नींद खुल जाती है।

वह नींद से घबराकर, जगकर अपने बिस्तर पर बैठ गया, उसकी साँसें तेज चल रही थीं और उसके कान के बगल से पसीने की बूँदें चू रही थीं।

वह बहुत हताश था लेकिन पता नहीं क्यों उसके मन के भीतरी कोने में मीठा सा अहसास था। उसे लगता था कि वह सुबह चिड़िया से मिलेगा। वह जगते हुए आँखों-आँखों में सुबह होने का इन्तजार कर रहा था। वह जानता था कि उसकी समस्या का निदान चिड़िया के पास भी क्या होगा लेकिन उसका मन उड़कर बस चिड़िया के पास जाने का कर रहा था।

वह रात भर जगा रहा इसलिए सुबह उठने में उसे देर हो गई। उसके पूरे शरीर में दर्द हो रहा था और आँखें जल रही थीं। उसे लगा कम-से-कम पिछले दो घण्टे से वह बिस्तर पर यूँ ही पड़ा हुआ था। उसने अपने शरीर को जबरदस्ती बिस्तर से बाहर निकाला। उसने मन में सोचा, अब सूरज को भी सुस्ती से निकालना पड़ेगा। वह इसके लिए बिलकुल तैयार नहीं था। सूरज का दुलराना आज उसे बिलकुल अच्छा नहीं लगता। उसने अपने मन में कहा—सूरज को भी समझना चाहिए।

वह सूरज के पास गया। सूरज एकदम मुस्तैद था। उसे ऐसा देखकर बहुत आश्चर्य हुआ। सूरज ने उसकी तरफ देखा और ऐसा लगा जैसे उसने नागो के मन के पूरे दुख को समझ लिया हो। नागो आगे बढ़ा और सूरज को गले लगा लिया। सूरज नागो की बाँहों में था और नागो को बहुत सुकून मिल रहा था।

नागो जब स्टेशन पहुँचा तब तक चिड़िया नहीं आई थी। वह अपने टमटम को लगाकर उसी पर लेट गया और चिड़िया का इन्तजार करने लगा। गाड़ी आई तो चिड़िया आई और सवारी भी आई। सवारी उस टमटम पर बैठ गई। नागो न नहीं कह पाया। उसने चिड़िया को देखा और बेमन से फिर टमटम को लेकर चल दिया।

दुपहर में जब नागो टमटम लेकर आया तो चिड़िया अपने ग्राहकों में व्यस्त थी। चिड़िया ने नागो को देखा। नागो का चेहरा उदास था। उदास ही नहीं, ज्यादा उदास था।

चिड़िया अपने ग्राहकों को छोड़ नागो की तरफ बढ़ी।

चिड़िया को मालूम है कि नागो के आते ही यहाँ सभी लोगों की निगाह बस उन पर आ कर टिक जाती हैं। लेकिन वह कहाँ लोगों की चिन्ता करनेवाली। लेकिन

इन लोगों से भी ज्यादा उसकी दुश्मन पीपल के पेड़ के पत्ते और उस पर बैठा मैनों का झुंड है। चिड़िया नागो की तरफ आगे बढ़ी तो एक बार फिर पत्तों में सरसराहट आ गई, मैनों के झुंड ने टकटकी लगाकर अपनी निगाह उस पर टिका दी। चिड़िया आगे बढ़ी और पीछे पलटकर पीपल के पेड़ की तरफ मुँह करके खड़ी हो गई।

"का पटर पटर! दिखाय नहीं पड़ रहा है कि उ मुँह लटका के बैठा है। अरे, तो का उससे हाल पूछने भी न जाएँ। यहाँ कौनो लैला-मजनूं का रोमांस नहीं चल रहा है। हमेशा हमारे पीछे ही काहे लगे रहते हो। अपना काम नहीं है कोई का।" चिड़िया ने झिड़का और पीपल के पत्तों ने सरसराना छोड़ दिया। मैनों के झुंड ने जैसे उसे माफ कर दिया। वे आपस में बतियाने लगीं। चिड़िया ने इधर-उधर नजर घुमायी। मिठाई की दुकान पर से महन्त ने देखा कि चिड़िया झिड़कने के मूड में है तो उसने अपनी नजरों को वहाँ से हटाकर तुरन्त गल्ले में से रुपये निकालकर गिनना शुरू कर दिया। फुत्तन हजामत बना रहा था, उसने चिड़िया को इस तरफ अपने चेहरे को घुमाते देखा तो उस्तरा लेकर हजामत करनेवाले के गाल को छीलना शुरू कर दिया। चिड़िया की निगाह पंडित जी की निगाह से मिल ही गई। चिड़िया ने कहा, "का पंडित जी मन में लड्डू तो न फूट रहा है।" पंडित झा जी ने मंत्र बुदबुदाना शुरू कर दिया।

फुत्तनमा उस्तरा चलाते हुए बोला, "इ तो रोजे का ड्रामा है यहाँ। सालों ने यहाँ धन्धा शुरू कर दिया है। रोमांस का ठेकाना हो गया है यहाँ।" सैलून में दो-तीन लोग अपनी बारी के इन्तजार में थे फिर सबने चिड़िया के बारे में पूछना शुरू किया और फिर फुत्तन को मौका मिल गया।

चिड़िया नागो के पास गई तो नागो एकदम चुप था। नागो टमटम के पास खड़ा था, चिड़िया उसके सामने खड़ी थी। सूरज खाना खा रहा था। चिड़िया ने पास आकर सूरज को प्यार किया तो सूरज ने लाड़ में मुस्कुरा दिया। चिड़िया की पीठ पीपल के पेड़ और उन दुकानों की तरफ थी जिधर से आँखें घूरती थीं। वे दुकानें नागो की आँखों के ठीक सामने थीं। चिड़िया थोड़ी देर खड़ी रही। फिर चिड़िया ने ही चुप्पी को तोड़ा, "का हुआ, काहे मुँह लटकाए हैं?" नागो चुप रहा। नागो ने मन में सोचा, कहाँ तो शाम से ही इस घड़ी का इन्तजार कर रहा था और यहाँ तो जुबान ही नहीं खुल रही।

"अरे भोलेबाबा, काहे मौनव्रत लिये हैं? कुछ तो कहिए।" चिड़िया ने इस बार थोड़ा झुँझलाकर कहा तो नागो ने नजर उठाकर सामने दुकानों की तरफ देखा।

चिड़िया ने नागो की दोनों बाहों को पकड़कर घुमा दिया। अब नागो की पीठ के पीछे लोगों की आँखें थीं।

"अब ठीक। अब तो बोलिए महराज।"

नागो चिड़िया की झल्लाहट से डर गया। फिर उसने अपनी समस्या बतलाई कि कैसे वह बहन के लिए लड़की देखने गया था और वह किस तरह चाहता है कि उसकी बहन की शादी एक अच्छे कमानेवाले लड़के से हो जाए और यह कि किस तरह उस लड़के के पिता ने दहेज के रूप में उससे पच्चीस हजार माँग लिया है। अब वह पैसे इकट्ठा नहीं कर पाएगा और उसकी बहन कुँवारी रह जाएगी।

ऐसा नहीं है कि चिड़िया के लिए यह कोई ऐसी स्थिति थी कि नागो को वह कोई ठोस उपाय बतला दे। लेकिन वह जानती थी कि नागो बहुत कमजोर महसूस कर रहा है और उसे अभी ढाँढ़स बँधाने की जरूरत थी।

"तो क्या हुआ? भोले बाबा हैं ऊपर। जिनके पास पैसा नहीं होता है तो क्या उनके बहन-बेटी का ब्याह नहीं होता है।"

"इतनी सी बात के लिए मुँह काहे लटकाए हो भोलेबाबा? रास्ता जरूरे निकलेगा।" चिड़िया ने इतना जोश में कह दिया। नागो शान्त होकर सुन रहा था। लेकिन फिर चिड़िया को ही लगा कि यह कोई समाधान नहीं है।

"इ दुनिया बहुत जालिम है बाबू! अगर ऊपर भगवान न हो तो इ सब मिलके तो हमको खा जाएँ। लेकिन ऊपर भगवान बैठे हैं उ सब देखते हैं।"

"देखिए अभी जरूरत यह है कि पहले लड़की की शादी हो। लड़की को कुँआरे रखना कोनो समाधान नहीं है। बाप कोई काम का नहीं है तो बेटी घर में कुँआरी बैठी रह गई, इ कोई अच्छी बात नहीं है।"

"और खराब लड़के के संग तो कभियो नहीं भेजना चाहिए लड़की को। औरत का दुख बहुत बड़ा होता है बाबू। मरद तो मरद है, यही क्या कम है। अगर वह बुरा भी हो जाय फिर तो औरत का क्या होगा इ तो औरते जानती है।"

चिड़िया ऐसा कहते हुए कहीं खो गई। उसकी आवाज कहीं गहराई से निकलकर आ रही थी। नागो चुपचाप सुन रहा था और उसकी आवाज की गहराई को समझ भी रहा था।

नागो एकटक चिड़िया को देख रहा है। वह मन में सोचता है, इतनी समझदार कैसे है वह। नागो आज चिड़िया का एक अलग ही रूप देख रहा है। उसे चिड़िया में एक ऐसी स्त्री का रूप दिख रहा था जो उसके जीवन का सारा दुख हर ले।

"अभी जरूरी है कि कहीं से रुपया जुगाड़ करके शादी कर दिया जाए। बहन चली जाएगी तो एक खानेवाली भी तो कम हो जाएगी। सब दिन एक जैसा नहीं न रहता है। फिर आगे क्या पता कुछ रुपया बढ़ भी जाए।" चिड़िया ने इस पंक्ति को यूँ ही बोला था या अपने को उस परिवार में जोड़कर बोला था पता नहीं लेकिन नागो ने ऐसा सोंचा और उसके शरीर में एक सिहरन सी आ गई।

"सड़क ऐतना बढ़िया बन गया है, जमकर मेहनत कीजिए और रुपया जल्दिए चुका दीजिए। अभी जरूरी है कि पहले शादी तय कर लिया जाए।"

"थोड़े दिन अपने को कष्ट में रखकर भी अगर बहन बढ़िया घर में चली जाय तो बहुते सुकून है जीवन में। एक औरत के जीवन में खुसी देना बहुते बड़ा पुण्य का काम है बाबू। इसलिए बिना हिचके अगर लड़का बढ़िया है तो बस फाइनल कर आइए।"

"अभी तो इ इलैक्शन का बहुते शोर है। इ जरा निपट जाए तो जाके फाइनल कर आइए। जहाँ तक पैसा का सवाल है तो आगे तो बढ़िये फिर ईश्वर तो हैइये हैं न।" चिड़िया ने ऐसा कहकर नागो का हाथ पकड़ लिया। नागो ने महसूस किया चिड़िया के हाथ वाकई चिड़िया के पंख जैसे कोमल हैं।

नागो को ऐसा लगा जैसे वह एकदम छोटा सा बच्चा है और वह अभी चिड़िया की गोद में दुबक जाए। उसकी आँखें भर आईं। नागो ने अपने को रोका। उसने अपनी पीठ पर कई जोड़ी आँखों को महसूस किया।

चिड़िया चली गई। नागो उसे जाते देखता रहा। चिड़िया धुँधली दिख रही थी। नागो ने अपनी आँखें बन्द कीं और आँसू की बूँदें टपक पड़ीं। नागो ने मन में सोचा, "इ काली नागिन डस के ही मानेगी।" परन्तु मुँह से निकला, "लेकिन इहे हमारी जिन्दगी है।"

जीत, जश्न और मचान पर बारिश

जिय हो बिहार के लाला, जिय तू हजार साला।

शाम का समय है। पूरा दिन सब लोग टीवी, रेडियो से चिपका रहा है। शाम के

समय राजन की पान दुकान पे फुल वॉल्यूम में यह गाना बज रहा है। रामसजन की दुकान पर आज फिर मंडली बैठी हुई है।

लल्लनमा को तो आज फुरसत ही कहाँ है! वह तो घुटर यादव के घर पर है। फूल और मिठाई लेके आनेवालों का ताँता जो लगा हुआ है। छुई देवी अन्दर बैठी है। घुटर यादव बोले, "उसके घुटने में बहुते दर्द है। अरे भाई, चुनाव में का कोई कम मेहनत लगता है। औरत जात है, थकावट तो हो ही जाता है।"

रामसजन की दुकान पर गर्मागर्म बहस चल रही है। आज फिर रामसजन की मोइयम के नीचे एक मुड़ा-तुड़ा सा कागज फड़फड़ा रहा है। इसमें सारे प्रत्याशियों को मिले वोटों की गिनती लिखी हुई है क्रम से। सबसे ऊपर छुई देवी, फिर रामचरित्तर सिंह और अन्त में कुछ निर्दलीय। चुनाव की लम्बी सरगर्मी के बाद कुछ शान्ति के दिन बीते और आज फिर गिनती के दिन की सरगर्मी थी। दोपहर तक रिजल्ट तय हो गया था। रामसजन के दुकान का यह शाम का नजारा था।

"पचास हजार वोट का अन्तर कौनो मामूली अन्तर है जी। इ रामचरित्तर सिंहवा, सार, का लाँड़ चाट रहा था? जब साला डैस में दमे नहीं था तो काहे को चुनाव में उतरा था।"

"अरे, इ राज्य में फॉरवॉर्ड का कौनो औकात है जी।"

"फॉरवॉर्ड, बैकवॉर्ड का मुद्दा उठाकर चाहे जेतना उड़ लीजिए लेकिन इ मान लीजिए कि इ घुटर भैया का जादू है। इ लहर है घुटर भैया का। न तो कोई ऐतना वोट के मार्जिन से थोड़े न जीतता है गुरू?" यह राजन था जो काफी बढ़िया विश्लेषण कर रहा था घुटर यादव की जीत का।

"और इ विदो बाबू का तो सारा प्रयास ही व्यर्थ हो गया। चले थे गांधी जी बनने। अरे, इ कौनो 1940 का भारत है का जी! लगे अंग्रेज से भारत को मुक्ति दिलवाने! अरे यार, इ देश का यही चरित्र है, इसी में जीना है तो जी लो नहीं तो चल जाओ तेलहंड में।" यह आवाज आई तो लोगों ने एक सुर में इसका समर्थन किया। लेकिन राजन विदो बाबू का नाम आते ही अपनी भड़ास निकालने में लग गया।

"ऐसा मत कहिए भाई, वहे तो हमारे हीरो हैं। वहे तो जिताये हैं हमारे घुटर भैया को। जान लीजिए राजनीति में जेतना बदनामी होगा उ सब बदनामी और उल्टा वोट में कनभर्ट हो जाता है। इसलिए अपने मन का जेतना कचरा निकालिएगा उतने वोट बरसेगा।"

"अरे, इ रामचरित्तर सिंह का तो सारा दाँव ही उलटा हो गया। सोचा था साला

कि विदो बाबू को मोहरा बना के कुर्सिया हथियाएँगे। लेकिन राजनीति के लिए बदनामी तो खाद है बाबू।" राजन ने पहले तो सोचा था घुटर दादा के घर चला जाए लेकिन अपनी दुकान का लोभ छोड़ नहीं सका। उसने सोचा, जरूर शाम में मजमा लगेगा तो दुकानदारी जम जाएगी।

"अरे इ डॉक्टर को कुछ ज्यादे ही क्रेडिट नहीं दे दिया है तुमलोगों ने। चुनाव में ऐसे-ऐसे विरोध से कुछौ नहीं होता है।" एक आवाज यह उठी।

"इ सब गलतफहमी में मते रहिएगा बाबू साहेब लोग कि विदो बाबू कौनो छोटा-मोटा चीज है। अरे, इ त घुटरे यादव थे जो मैनेज कर लिये। नहीं तो दुसरा कोई रहता तो पत्ता कैंसिले था समझिए।"

"अरे बाबू, यहाँ से लेकर पटना और दिल्ली तक हिलाकर रख दिए थे और कहते हैं सार ज्यादा क्रेडिट मत दीजिए। केतना जवाब देना पड़ा है पार्टी में ऊपर तक इ घुटर यादव को मालूम है आप लोगों को? उ त अगर जान नहीं बचाये होते मुख्यमंत्री का और यहाँ जाति का समीकरण नहीं बैठा रहता तो टिकटे गायब था। और आप लोगों को मालूम भी है कि दिल्ली में इस सरकार के खिलाफ भी लिख-लिख करके केतना परेशान कर रखा है यह आदमी।"

"जीतने के बाद बाबू चाहे जो कह दो लेकिन फटी तो घुटर की भी हुई थी। चुनाव जीतना कोई आसान काम नहीं है।"

"और अभी भी क्या लग रहा है कम मुश्किल है रास्ता का? विदो बाबू शान्त बैठनेवालों में से हैं का। ऊपर से नीचे तक हिला के रख देंगे। उ इ लोकतंत्र में सवाल उठाना अपना धर्म मानते हैं। इसलिए उ त अपना धर्म निभाते ही जाएँगे।"

और दिन रहता तो शायद राजन यह बरदाश्त कर भी लेता लेकिन आज तो जश्न का दिन था इसलिए वह बरदाश्त नहीं कर पाया।

"ज्यादा धर्म निभाएँगे तो हमको सैंतना (ठंडा करना) भी आता है।"

वैसे तो फूलो बाबू कम ही निकलते हैं पर आज निकले हैं। काफी बूढ़े हो चुके हैं लेकिन स्मृति अभी भी साथ दे रही है। बैठे और इशारा किया मोइयम की तरफ जहाँ कागज फड़फड़ा रहा था। फिर चश्मा लगा के सारे वोटों का अध्ययन किया। धीरे से अपने मन में बुदबुदाया, "सीपीआई को 332 वोट पड़ा है।" फिर जोर से बोला—"ठीक है, घुटर को हमारी ओर से भी बधाई है लेकिन लोकतंत्र में चेंज होना चाहिए। इमरजेंसी के बाद अगर इंदिरा गांधी चुनाव नहीं हारती तो का लगता है तुम लोगों को कि बाद में वह इस तरह की प्रधानमंत्री बनती? उसी हार

ने उस निरंकुशता से उन्हें बाहर निकाला था।" फूलो बाबू अपने ज्ञान को थोड़ा हल्का करके लोगों के सामने परोसते हैं। उन्होंने यहाँ बैठते-बैठते विदो बाबू वाली बात सुन ली थी लेकिन उन्होंने वोटों की सही गिनती पहले पढ़ लेना चाहा।

'और कम-से-कम इ विदो को तो गालियाँ तुम लोग मत दो भाई। अरे, विदो जैसा आदमी ही तो इस लोकतंत्र की खुशबू है। लोकतंत्र में आवाज उठते रहना चाहिए। To raise a voice is fragrance of democracy.

फूलो बाबू ने अंग्रेजी में यह पंक्ति बोलकर माहौल को थोड़ा गम्भीर बना दिया तो लोग धीरे-धीरे वहाँ से खिसकने लगे। जब सब चले गए तब फूलो बाबू ने भी वहाँ से उठ चलना ही बेहतर समझा। उन्होंने रामसजन की तरफ देखा। रामसजन ने शायद सोचा होगा कि वे चाय पिएँगे। गुना ने बेंच पर ठीक उनके बगल में चाय का गिलास रख दिया। फूलो बाबू ने मना भी नहीं किया। वे चाय को कुछ देर तक घूरते रहे। थोड़ी ही देर में चाय के गिलास में एक मोटी परत जम गई। फूलो बाबू फिर उठ गए और बिना चाय पिये ही चल दिए। रामसजन ने फूलो बाबू को देखा, उस भरे हुए चाय के गिलास को भी देखा पर चुप रहा।

शाम का समय है और अँधेरा घिर आया है। विदो बाबू के दरवाजे पर एकदम अँधेरा है। लालटेन अन्दर जल रही है। दरवाजे और मचान के बीच इतना अँधेरा था कि मचान पर से दरवाजे पर रखी कुर्सी नहीं दिख रही थी और दरवाजे पर से मचान पर रखा टाइपराइटर नहीं दिख रहा था। विदो बाबू उस घुप्प अँधेरे में मचान पर बैठे थे। चुपचाप। हवा नहीं चल रही थी इसलिए गुल्लर के पेड़ के पत्तों में भी कोई आवाज नहीं थी। विदो बाबू सीधा बैठे थे, उन्होंने कोई टेक नहीं लगा रखी थी। उनके सामने कुछ कागज रखे थे। उन कागजों में अलग-अलग गाँव, अलग-अलग तारीख, अलग-अलग समय लिखा था। विदो बाबू उदास थे और उन्होंने उन कागजों को बढ़िया से तह लगाकर अपने तकिये के नीचे रख लिया। उन्होंने अपने सिर को ऊपर की ओर उठाया और शायद सोचा कि आसमान को देखने से थोड़ा मन हल्का हो जाए। लेकिन सिर उठाने के बाद याद आया कि मचान पर एक छत भी है। छत से सिर को बाहर निकालकर आसमान को देखा जा सकता था लेकिन उन्होंने ऐसा नहीं किया। उन्होंने दरवाजे की तरफ देखा वहाँ कुछ दिख नहीं रहा था।

उमस बहुत थी। ऐसा लग रहा था कि बारिश होगी। विदो बाबू के चारों ही ओर अँधेरा था। उन्होंने नजर उठाकर चारों तरफ देखना चाहा लेकिन अँधेरे की वजह से कुछ भी देख नहीं पाए। फिर थोड़ी देर में बारिश शुरू हो गई। वे मचान पर बैठे

थे और बारिश की बूँदें मचान के चारों ओर गिर रही थीं। कुछ ही देर में बारिश की बूँदों ने मचान के अन्दर उनके बिस्तर को भिगोना शुरू कर दिया। विदो बाबू ने अपने बिस्तर को चारों ओर से समेट लिया और उस बिस्तर के साथ मचान के ठीक बीच में आ गए। वे उस समेटे हुए बिस्तर पर बैठ गए। लेकिन बारिश बहुत तेज हो चुकी थी इसलिए उनका पूरा बिस्तर गीला हो चुका था और साथ ही वे खुद भी। विदो बाबू पूरा गीला होते रहे लेकिन उनकी हिम्मत नहीं हो रही थी कि वे उस मचान से उतरकर घर में चले जाएँ।

इसी बारिश के बीच उन्हें भूख का अहसास हुआ। कड़कती हुई बिजली में उन्होंने घर के दरवाजे की तरफ देखा, उस पर पर्दा था। बारिश कम हुई तो विदो बाबू ने उस भीगे हुए बिस्तर पर सो जाना चाहा। बारिश के छूट जाने के बाद उन्होंने पहले बिस्तर को और फिर अपने कपड़ों को निचोड़कर पानी को उससे बाहर करना चाहा और फिर उसी बिस्तर पर लेट जाना चाहा। लेकिन भूख और गीलेपन के कारण उन्हें नींद नहीं आई। उनके शरीर में कँपकँपी थी और पेट में ऐंठन।

बारिश खत्म होने के बाद उनके छोटे बेटे ने उनकी मचान पर थाली को सरकाया तो वे अवचेतन-सी स्थिति से बाहर आए। उन्होंने थाली को पकड़ा। उन्हें यह उम्मीद थी कि बेटा थाली सरकाकर चला जाएगा लेकिन वह खड़ा रहा। विदो बाबू मचान पर थे और बेटा नीचे इसलिए मचान पर से उन्हें नीचे देखना पड़ रहा था। बेटा बहुत पास था इसलिए उसकी शक्ल उस अँधेरे में भी दिख रही थी। विदो बाबू ने कुछ नहीं कहा। वे बेटे को देखते रहे। बेटा जमीन की तरफ देख रहा था। फिर बेटे ने उनकी तरफ देखा और कहा, "सचमुच आपने जी लिया अपना पूरा जीवन, अब आपको मर ही जाना चाहिए।"

बेटा इतना कहकर चला गया। विदो बाबू शान्त बैठे रहे। फिर उन्होंने खाना खाया और फिर उस गीले बिस्तर पर अपने आप में सिकुड़कर सो गए।

चिकनी सड़क, रिक्शा और नदीम-श्रवण का संगीत

नागो को यह कभी नहीं लगा कि विदो बाबू हर कुछ का इतना विरोध क्यों करते हैं। जानता-सुनता वह भी सबकुछ था क्योंकि उसकी टमटम पर अलग-अलग तरह की

सवारियाँ बैठती थीं इसलिए हर तरह की खबरें उस तक तो आ ही जाती थीं। उसे हमेशा लगता था कि विदो बाबू पढ़े-लिखे और होशियार आदमी हैं इसलिए वे जो कर रहे हैं, कुछ सोच-समझकर ही कर रहे होंगे। वह यह भी मानता था कि आवाज उठाने और विरोध करने का तो अधिकार कम-से-कम सबके पास होना ही चाहिए। वह मानता था कि अगर आप सही हो तो कोई विरोध कर रहा है फिर आप डरते क्यों हो।

नागो, विदो बाबू के बहुत करीब नहीं है लेकिन वह विदो बाबू का बहुत सम्मान करता था। उसने घुटर यादव के विरोध पर कई बार विचार भी किया। उसने कई बार सोचा कि घुटर यादव को वोट दिया जाए या नहीं लेकिन इस चमचमाती सड़क के सामने वह लाचार था। उसने अपना वोट छुई देवी को ही दिया। लेकिन घुटर यादव की जीत-हार से उसे कोई खास सरोकार नहीं था। इसलिए आज जब घुटर यादव की जीत हुई तब भी उसके लिए यह एक खबर भर थी।

घुटर यादव के चुनाव जीतने के अगले ही दिन जब सुबह-सुबह ही पिंटुवा ने अपने ई-रिक्शा को पटौना रेलवे स्टेशन पर लगा दिया तो लोग इसे संशय भरी निगाह से देखने लगे।

जब सुबह सतबजिया ट्रेन के लिए नागो टमटम में सवारी को लादकर लाया तो यहाँ पूरे स्टेशन पर इस बात की कानाफूसी थी कि पता नहीं पिंटुआ यहाँ उस गाड़ी को लेकर क्यों खड़ा है जिससे कि घुटर यादव का चुनाव प्रचार हुआ।

नागो ने कानाफूसी पर बहुत ध्यान दिए बगैर देखा कि पिंटुआ का वह ई-रिक्शा स्टेशन के मुख्य दरवाजे के ठीक सामने लगा हुआ था। अभी तक चूँकि सभी ने इस ई-रिक्शा को पोस्टरों से ढँका हुआ ही देखा था इसलिए उसका असली चेहरा क्या है—किसी को पता ही नहीं था। पिंटुआ ने उस रिक्शे को झालरों से सजा दिया था और पीछे बैठनेवाली सीट की छत पर एक स्पीकर टाँग दिया था जिसका बजानेवाला आधा हिस्सा आगे ड्राइवर के पास था। रिक्शा खड़ा था और उसमें नदीम-श्रवण का संगीत बज रहा था—

तुमसे मिलने का दिल करता है रे बाबा, तुमसे मिलने का दिल करता है।
तुमही हो जिस पे ये दिल मरता है रे बाबा, तुमसे मिलने का दिल करता है।

पिंटू के वहाँ स्टेशन पर रिक्शा लगाने का सन्दर्भ अभी तक किसी को समझ में नहीं आ रहा था। किसी ने कहा, "सुबह वह रिक्शा में सवारी लेकर आया था और अब वह इस रिक्शा से यहाँ सवारी ढोएगा।"

लेकिन किसी ने कहा, "झूठों बात का बतंगड़ काहे बना रहे हैं भाई। वे सब तो कार्यकर्ता थे। रात लेट हो गया और इतना तेज बारिश हो रहा था तो सभे सो गया घुटरे दा के यहाँ। उसे ही यहाँ छोड़ने आया था पिंटुआ।"

"लेकिन इ रिक्शा तो घुटर बाबू का था तो इसको कैसे मिल गया?"

"घुटर यादव अपने जीत से खुश होके दे दिया है इ रिक्शा इ पिंटुआ को। अरे, भाई, आप का समझते हो। घुटर यादव को जिताने में इ पिंटुआ का कम बड़ा योगदान है क्या। साला अभियो तक हमारे दिमाग में बज रहा है—एक दो तीन चार, घुटर यादव अबकी बार।"

पिंटू पान चबाते हुए अपने रिक्शा पर बैठा है। और नदीम-श्रवण का संगीत बज रहा है—

इसमें दिल का मेरे दिल का क्या कसूर।

नागो सचमुच में भोले बाबा है। वह पिंटू के पास पहुँचता है और पिंटू बहुत ही अदब से रिक्शा से नीचे उतर जाता है। नागो सामने खड़ा है और सीधे पूछता है, "का पिंटू, अब इ नया काम शुरू किए हो का?"

पिंटू सकपका जाता है और कहता है, "पता नहीं, आज तो आए हैं अब देखिए बड़ भाई के आशीर्वाद से का होता है?"

"अच्छा है अब तो सड़क बन गया तो इ रिक्शा दौड़ेगा। सब घुटर दादा का किरपा है, नहीं तो कहाँ खड्डर रास्ता में इ रिक्शा चलता?"

"हाँ नागो दा, अब घुटर दा फिर आए हैं तो देखिएगा केतना काम होता है?"

नागो को बहुत अच्छा लगा कि पिंटू नया काम शुरू कर रहा है। उसने मन से उसे शुभकामनाएँ दी।

'बढ़िया है मन लगाके काम करिहो। खूब तरक्की करो।'

लेकिन नागो को पिंटुआ का यह कहना कि 'फिर घुटर दा आए हैं देखिएगा केतना काम होगा', न जाने क्यों अच्छा नहीं लगा। तब उसके सामने विदो बाबू का उदास चेहरा आ गया। उसने इस पर अपनी कोई प्रतिक्रिया नहीं दी और वहाँ से चला गया।

जब दूसरी गाड़ी आई तो लोगों का शक-शुबहा जाता रहा। पिंटू ने सवारी के आते ही जोर-जोर से आवाज लगाना शुरू किया, "मक्खन रोड पे मक्खन गाड़ी। एकदमे सुपरफस्टाना गनवा सुनते चलिए तेतरी, झुनरी तक।"

आज पहला दिन है तो लौंडे-लपाटे ने ई-रिक्शा को चुना। एक मिनट में रिक्शा भर गया और पिंटुआ उसे लेकर निकला। निकलते हुए उसने नागो की तरफ देखा। नागो सवारी के इन्तजार में था। पिंटू ने उसकी तरफ देखा तो नागो ने हाथ उठाकर उसे आनन्दित रहने का आशीर्वाद दिया।

चिड़िया ने पिंटुआ के इ चमचमाते रिक्शा को देखा तो उसका चेहरा खिंच आया। उसे लगा कि आगे आनेवाले तूफान का यह पहला झोंका है।

मचान, गुल्लर का पेड़ और विदो बाबू की अनुपस्थिति

विदो बाबू गायब हो गए।

अभी चुनाव का रिजल्ट आए मुश्किल से पन्द्रह दिन ही गुजरे होंगे कि यह खबर पूरे गाँव में आग की तरह फैल गई।

गायब हो गए, मतलब? पूरे गाँव में जो सुनता उसके मुँह से पहला सवाल उठता, "अरे सार, उ कौनो बच्चा हैं कि गायब हो जाएँगे। सुतल-पटायल होंगे यहाँ-वहाँ कहीं...और का।" परन्तु ऐसा नहीं था। वे सचमुच गायब हो गए थे।

एक दिन, दो दिन तक तो इन्तजार होता रहा फिर पुलिस तक बात पहुँची लेकिन कुछ पता नहीं चला। पुलिस आती रही, पूछताछ होती रही लेकिन कोई खास मतलब निकला नहीं।

"इ तो साला होना ही था।" जब यह तय हो गया कि विदो बाबू सचमुच में गायब हो गए हैं तब सबसे पहली प्रतिक्रिया लोगों की यही थी। लेकिन आगे बात बढ़ी तो बात में से बात भी निकली। अब इतना बड़ा इलाका है तो कौन सा एक बात ही रह जाएगी। जितने लोग उतनी तरह की बातें।

"उ जो चिट्ठिया लिख दिए थे न वही काल बन गया उनके लिए। उ तो चुनाव था तो घुटर यादव खून का घूँट पी के रह गया था लेकिन छोड़ कैसे देता!" लोग कहते इसे दबी जुबान से थे लेकिन कानाफूसी के मारफत मालूम सबको था।

लेकिन लल्लनमा फाड़ा कसके लड़ने के लिए तैयार हो जाता है, "सार, इ गाँव में एगो कबूतरो उड़ जाएगा तो का उसका दोषी घुटरे दा होंगे। घुटर दा को यह सब करना होता तो बाबू इ चुनाव से पहले ही कर लेते। घुटर दा तो इ खबर

सुनके खुदे बहुत दुखी हैं। उ तो खुदे दरोगा को फोन किए हैं कि विदो बाबू को तुरन्ते ढूँढ़िये।"

कई तरह की बातें चल रही थीं। किसी ने कहा कि यह चुनाव वाला सदमा वे बरदाश्त नहीं कर पाए। जब से रिजल्ट आया है, बहुते उदास थे।

"अबे सार, त उ खुश कब रहते थे। उ त उदासे रहते थे। उ त दुर्गा-दिवाली-होलियो में उदासे रहते थे। उससे आगे कुछ है त बताव।"

लेकिन लोगों ने कहा, "नांय-नांय, इ बार का उदासी थोड़ा डिफरेंट था। रिजल्ट के बाद उ ज्यादाहि उदास हो गए थे। उदास एतना कि लगा चेहरवे फट जाएगा।"

रिजल्ट के बाद किसी ने उन्हें गाँव में घूमते कभी नहीं देखा। उसके बाद वे मचान पर जो चढ़े तो कभी उतरे ही नहीं।

"खाली दिशा-फरागत के लिए ही उतरे तो उतरे नांय तो चुपचाप वहीं पर बैठे रहते थे।" बेटे ने पहले लोगों को बतलाया फिर बाद में पुलिस को भी यही बतलाया। कई लोगों ने भी इस बात की पुष्टि की कि वे वास्तव में मचान पर ही बैठे रहते थे और कभी भी कहीं नहीं जाते थे।

"नहीं-नहीं, एक दिन तो मन्दिर पर आए थे। वही दस मिनट के लिए। लेकिन गमछा से अपना मुँह छिपाए हुए थे। दुक्खन से मिले थे। कह रहे थे, साँस लेने में तकलीफ हो रही है। कह रहे थे कि ऐसा लग रहा है जैसे साँस के बदले काला धुआँ भीतर ले रहे हैं।" दुक्खन से पूछा गया तो दुक्खन ने सहमति जताई कि हाँ, वे मन्दिर पर आए थे और उससे उन्होंने ऐसा कहा भी था।

किसी ने कहा कि वे घुटर यादव के जीतने से इतने आहत थे कि वे बार-बार कहते थे कि अब यह जगह रहने लायक नहीं है। वे अपने मन में कुछ-कुछ बड़बड़ाते रहते थे। सदमा को बरदाश्त नहीं कर पाए थे।

किसी ने कहा, दो दिन पहले सुबह-सुबह ही जब अँधेरा ठीक से छंटा भी नहीं था तब वे उधर स्टेशन की तरफ जाते दिखे थे। लोगों ने पूछा, कन्फर्म हो कि वही थे तो वह बतानेवाला पीछे हट गया, "लग तो ऐसे ही रहा था लेकिन अँधेरा था तो बढ़िया से देख नहीं पाए।"

बेटे ने कहा, "रात को खाना खाके सोये थे, भोरे जब बहुत देर तक नहीं उठे तो लगा कुछ हो तो नहीं गया फिर मचान पे चढ़के देखे तो हइये नहीं थे। सोचे कहीं गए होंगे लेकिन तब से लौटे ही नहीं।"

बेटे ने सफाई दी तो लोगों ने एक शक यह भी जाहिर किया कि कहीं बेटों ने ही तो नहीं मार दिया।

"बहुते परेशान रहता था उनसे। घुटर यादव से कुछ चाहिए तो बिना विदो बाबू के हटाये तो सम्भव था नहीं। बस सारों ने कर दिया काम तमाम!"

"इ घटना में पूरा परिवार साथ है इसलिए देखते नहीं हो कि कैसे सब एक सुर में बात कर रहा है। अरे, कहीं गायब हो गए या कोई कुछ कर दिया तो तुम लोगों को पता कैसे नहीं चला?"

"नहीं-नहीं, आज तक इ गाँव में तो ऐसा कभी नहीं हुआ। अरे, कोई भी कितना भी परेशान क्यों न हो लेकिन एतना अनर्थ नहीं हो सकता है। अरे, झगड़ा-झंझट कौन सा घर में नहीं होता है, इसका मतलब इ थोड़े न है कि एतना बड़ा अनर्थ हो जाएगा!"

"भैया, अब वह जमाना नहीं रहा। सब बदल गया। इ दुनिया अब वह दुनिया नहीं रहा जहाँ सुकून से लोग रहते थे। अब बहुते अविश्वास है इ दुनिया में।"

फूलो बाबू को पता चला तो बोले, "अरे, ये तो कुछ भी नहीं है। इ सालों ने तो सफदर हाशमी को दिन दहाड़े मार दिया था। जो भी आवाज उठाएगा वह मारा ही जाएगा। सवाल यह है ही नहीं कि किसने मारा, किसने गायब किया, कब मारा, कब गायब हुआ। सवाल इ सब नहीं है। बस जो बोलेगा वह ऐसे ही गायब हो जाएगा। और जो करता है उसका कोई शक्ल थोड़े न होता है। बिना शक्ल के लोग हैं। अब भैया शक्ले नांय है तो पकड़ोगे किसको? सालों पूछोगे किसको?" आहत थे फूलो बाबू तो काफी लम्बा बोल गए बिना इस बात की चिन्ता किए कि लोगों को क्या समझ में आया होगा। इतना लम्बा बोलने से या फिर दुख से उन्हें खाँसी आ गई। वे खाँसने लगे और इसी बीच लोग यह सोचने लगे कि इ सफदर कौन था? और किसने मारा था उ सफदरवा को?

"घनघोर पाप है यह। बस यही होना बाकी था। अब कौन सा मुँह दिखाएगा इ गाँव का लोग।"

जब से विदो बाबू गायब हुए हैं पूरे इलाके में यही खबर चल रही है। मुँह खोलकर कोई कुछ नहीं कहता लेकिन अपनी ओर से अन्दाज लगाने की कोशिश सब कर रहे हैं। हाँ, यह जरूर है कि पूरे गाँव में एक उदासी का माहौल छा गया है। कम-से-कम एक महीना तक मन्दिर में कीर्तन मंडली नहीं बैठी। इकट्ठे होते तो बस यही चर्चा चल निकलती। लेकिन इनसान हैं तो अवसाद में कब तक रह सकते। कहीं-न-कहीं तो दिल लगाना ही था।

नागो यह जानकर बहुत दुखी हुआ कि विदो बाबू कहीं गायब हो गए हैं। नागो विदो बाबू को बहुत पसन्द करता था। वह इस बात को जानता था कि विदो बाबू ने घुटर यादव का बहुत विरोध किया था तो वह भी इस घटना को इस चुनाव से जोड़ के ही देख रहा था। घुटर यादव ऐसा कर भी सकते हैं यह सोचकर भी नागो को अपने ऊपर बहुत शर्म आ रही थी कि उसने भी घुटर यादव को जिताने में साथ दिया था।

चिकनी सड़क, टमटम और नागो की उदासी

चिड़िया का अन्देशा सही निकला। यह भयानक तूफान से पहले का एक झोंका था और इस झोंके को अभी तूफान की शक्ल लेना था। तूफान आया और नागो उस तूफान का शिकार हो गया।

चुनावी रिजल्ट के ठीक दूसरे दिन पिंटू ने जो ई-रिक्शा स्टेशन पर लगा दिया था उसके बाद यह सिलसिला थमा नहीं। डेढ़ से दो महीने मुश्किल से गुजरे होंगे कि इस स्टेशन पर बैट्री से चलनेवाले इन रिक्शों की बाढ़-सी आ गई।

"जब इ मक्खन जैसा रोड बना है तो सवारी भी तो मक्खने जैसा होगा भैया। इ तो आपको वही दिन बूझ जाना चाहिए था जिस दिन इ रोड बनने के लिए गिट्टी और अलकतरा गिरा दिया गया था।" पिंटुआ यहाँ का हीरो है क्योंकि इस तकनीक से सबसे पहले जुड़ने का श्रेय उसे ही जाता है।

"घुटर भैया तो तकनीक पर विश्वास करनेवाले और रोजगार को पैदा करनेवाले इनसान हैं। देखिए, हमारे जैसे कितने लड़के को रोजगार दे दिए। नहीं तो सब यहाँ-वहाँ चेंचिया रहा था। बकलोली कर रहा था।" पिंटुआ भक्त हो गया है घुटर यादव का। कमीज के ऊपर के दो बटन खोलकर रखता है। सीना को चौड़ा कर लेता है। सीने में चौड़ाई नहीं है इसलिए उसे बार-बार सीने को थोड़ा आगे की ओर निकालकर चलना पड़ता है। लेकिन हमेशा वह इसे याद रखने की कोशिश करता है कि उसे अपने छाती को बाहर निकालकर रखना है।

बहन की शादी के सन्दर्भ में चिड़िया के हिम्मत देने के बाद नागो ने अभी सँभलना शुरू ही किया था कि उसके ऊपर यह वज्रपात हो गया। उसने सोचा था

कि जरा यह चुनाव की सरगर्मी खत्म हो जाए तो वह पैसे के इन्तजाम में लगे। लेकिन उसे क्या पता था कि उसके सामने इतनी बड़ी आफत मुँह बाये खड़ी है।

शुरू में कुछ दिनों तक तो एक से दो और दो से तीन रिक्शा हुआ तो टमटम वालों को बाद में ही सही लेकिन सवारी मिल जाती थी। लेकिन धीरे-धीरे रिक्शों की संख्या बढ़ने लगी और टमटम को मिलनेवाली सवारी कम होते-होते एक दिन खत्म ही हो गई।

धीरे-धीरे लोगों को रिक्शा पर चढ़कर जल्दी चलने की आदत-सी हो गई। फिर जल्दी चलने की आदत ने लोगों के समय को खत्म कर दिया। लोग स्टेशन से उतरते तो या तो वे मोबाइल में व्यस्त होते या फिर घड़ी देखकर कहते, "बहुते लेट हो रहा है।"

सबसे आखिर तक संघर्ष करते हुए खड़ा रहनेवाला नागो ही था। जब सारे रिक्शे खत्म हो जाते तो कभी-कभी कुछ सवारी नागो को मिल जाती। नहीं तो नागो स्टेशन पर या फिर तेतरी चौक पर खड़ा ही रह जाता। कई बार तो यह भी हुआ कि नागो सुबह सूरज को लेकर निकला और सुबह से शाम तेतरी गाँव में ही हो गया। वह शाम को वापस घर आ गया। लेकिन यह सिलसिला भी कितने दिनों तक चल सकता था!

मुश्किल से डेढ़ से दो महीने इस पूरी प्रक्रिया में लगे होंगे। मात्र दो महीने के भीतर नागो ने टमटम को अपने दरवाजे पर लगा दिया। सूरज को उस झोपड़ी के भीतर खड़ा कर दिया।

नागो संघर्ष कर रहा था इसलिए उसे भागने में दो महीने लगे, नहीं तो कई ने तो और पहले हार स्वीकार कर ली थी। या यूँ भी कह लें कि नागो को और कोई रास्ता सूझ नहीं रहा था इसलिए जब तक एक भी सवारी की सम्भावना बची रही वह जूझता रहा।

चिड़िया वहाँ खड़े होकर अपने सामने नागो को बर्बाद होते देख रही थी। इन दो महीनों में नागो इन्तजार करते-करते हार गया था। वह अपने आप से झल्लाने लगा था। उसे अब कुछ भी अच्छा नहीं लगता था। न ही यह चिकनी सड़क, न यह हरियाली, न सूरज से बतियाना और न ही चिड़िया की तरफ देखना। चिड़िया ने कई बार कोशिश की कि वह नागो के दुख को थोड़ा कम करे लेकिन नागो उदासी की गर्त में धँसता चला जा रहा था।

ट्रेन आती और सवारियों का झुंड बाहर निकलता और फिर शुरू होता नए-नए

रिक्शे वालों की जोश भरी आवाज में सवारियों की हाँक। और कुछ ही मिनटों में सारे रिक्शे सवारियों से लद जाते। फिर एक-एक कर रिक्शे के वहाँ से निकलने की आवाज फिर एक लम्बी शान्ति। जो टमटम के साथ थे, वे वहीं खड़े इस शान्ति को महसूस करते। एक ऐसी शान्ति जैसी किसी के घर में मृत्यु के बाद होती है। नागो ने सवारी के लिए कभी बहुत मारामारी नहीं की लेकिन ऐसा भी कभी हुआ नहीं कि उसकी टमटम खाली रह जाए। उसने सवारी के लिए कभी हाँक नहीं लगाई, न ही उसे इसकी कभी जरूरत ही पड़ी। इस बूरे वक्त में नागो ने हाँक लगाने का भी प्रयास किया। वह अभ्यस्त नहीं था, उसकी आवाज उसके कंठ में दबी-सी रह जाती थी।

नागो ने बेबस निगाहों से चिड़िया की तरफ देखा और हाँक लगाई। चिड़िया ने उस आवाज को सुन लिया और अपनी नजर को नागो के चेहरे पर जाने से बरबस रोक लिया। लेकिन नागो की हाँक उस बेतरतीब शोर के भीतर दब-सी गई।

सारे रिक्शों के चले जाने के बाद नागो वहीं अपने टमटम पर लेट जाता और फिर अगली गाड़ी का इन्तजार कर रहा होता। सूरज नागो को देखता और ढाँढ़स बँधाने की कोशिश करता। सूरज नागो को उदास और हारा हुआ देखता और उसकी आँखों के कोर भीग जाते।

नागो धीरे-धीरे खाली हाथ घर लौटने लगा। वह घर लौटता और उसकी माँ और खाट पर लेटे पिता उसकी ओर देखते और समझ जाते। उसके पिता अब यह जान गए थे कि अब ज्यादा दिन जाने और लौटने की नौबत नहीं रहनेवाली है। इसलिए एक दिन सुबह जब नागो जाने को तैयार हो रहा था तब माँ के द्वारा पिता ने उसे बुलाया और उसका हाथ पकड़ लिया और फिर उस दिन से नागो ने टमटम निकालना छोड़ दिया।

अब नागो घर पर था और उदास था। वह दिन भर घर के दरवाजे पर बैठा रहता था। उसे रात भर नींद नहीं आती थी। वह सुबह बिस्तर पर से उठकर बाहर आता और दरवाजे पर बैठ जाता। सामने जलेबी के पेड़ को देखता और चिड़ियों का इन्तजार करता और जब चिड़िया उस पेड़ पर आ जातीं तो उसे खीझ हो जाती। मन करता ढेला मारकर चिड़ियों को उड़ा दे। कहीं जाने का मन नहीं करता। ऐसा लगता जैसे सब उसे ही घूर रहे हैं। ऐसा लगता जैसे उसने कोई बहुत बड़ी गलती कर दी हो।

ऐसा लगता जैसे लोग कह रहे हैं जब सड़क बननी शुरू हुई तब नाच तो तुम बहुत रहे थे उस दिन, अब भुगतो साले। ऐसा लगता जैसे हाथ की उँगली पकड़कर

लोग वह निशान दिखाने लगेंगे जिससे उसने घुटर यादव को वोट दिया था। नागो न तो किसी से बात करता और न ही सोता।

एक दिन उसकी माँ ने उसकी हालत को देखकर जबरदस्ती उसे बाहर जाने को कहा। नागो मन्दिर के पीछे के पोखर तक पैदल गया और वहाँ सीढ़ियों पर बैठ गया।

उसने उस पोखर में पेड़ों की परछाई देखी और फिर अपनी। उसने बतखों को देखा, बतखों ने भी उसे देखा। और फिर नागो को ऐसा लगा कि सारी बतखें उसको देखकर हँस रही हैं। उसने बतखों को घूरकर देखा और बतखों ने एक साथ नागो को हुड़क दिया, नागो उलटे पाँव वहाँ से भाग आया।

नागो घर बैठ गया तो घर में खाने के लाले पड़ गए। अब घर कैसे चलेगा और खाना कहाँ से आएगा—समझ नहीं आ रहा था। नागो की माँ कहीं काम पे जा नहीं सकती थी क्योंकि उसके पिता को कभी भी उसकी जरूरत पड़ जाती थी। इसलिए दोनों बहनों ने यहाँ-वहाँ घूमकर घरों का काम करना शुरू किया। वह छोटा सा गाँव था इसलिए घरों में काम भी कौन करवाता। लेकिन मजबूरी क्या न करवाए। उन दोनों बहनों ने यहाँ-वहाँ घूमकर कुछ-न-कुछ काम, किसी-न-किसी प्रकार का काम ढूँढ़ लिया। नागो दिन भर वहीं बिस्तर पर लेटा होता और वहीं बगल से उसकी बहनें काम पर जा रही होतीं। नागो को ऐसा महसूस होता जैसे यह धरती फट जाए और वह उसमें समा जाए। लेकिन न तो धरती ही फटी और न ही वह उसमें समा ही पाया।

नागो ने अपनी जिन्दगी से अब कोई भी उम्मीद छोड़ दी थी। इस गाँव में उसके करने लायक अगर अब कोई काम बच भी गया था तो वह थी मजदूरी। खेत की मजदूरी और वह भी तब जब फसल कटने का समय हो। मुश्किल से एक महीने का काम। वह कोई छोटी सी चाय-पान की दुकान खोलने के बारे में सोचता भी लेकिन न तो उसके पास एक भी रुपया था और न ही इस वक्त उसके अन्दर इतनी हिम्मत बची ही रह गई थी। नागो इस वक्त डर के गर्त में पूरी तरह डूबा हुआ था। इसलिए उसने अपनी जिन्दगी से लगभग उम्मीद छोड़ दी थी। बहनें कमाती थीं और पूरा घर उसी से खाना खाता था। नागो की माँ उसके सामने खाना रख देती थी और वह चुपचाप खा लेता था।

लेकिन सबसे बड़ी दिक्कत आ गई सूरज की। जिस घर में अपना ही खाना नसीब नहीं हो रहा था वहाँ घोड़े का खाना कहाँ से आएगा—यह सवाल उस घर के लिए अब सबसे बड़ा सवाल बन गया था।

इस दुनिया में घोड़े के साथ वह और अँधेरा

नागो सूरज को बहुत प्यार करता था। उसने सूरज को बड़े ही नाजों से पाला था। उसे नहलाना, धुलाना उसका खाना-पीना, उसकी थकान, उसकी तबीयत—सब नागो की जिन्दगी में बहुत मायने रखता था। लेकिन अब चुपचाप खड़े-खड़े सूरज मुरझाने लगा था। और सूरज को यूँ मुरझाते हुए देखना नागो की जिन्दगी का एक बहुत ही गहरा दुख था।

नागो को यह मालूम था कि इसी सूरज ने पिछले छह-सात वर्षों से उसका और उसके परिवार का पेट पाला था। और आज वही घोड़ा नागो के दरवाजे पर खड़ा-खड़ा मरने को अभिशप्त था। नागो सुबह उठता और सूरज को प्यार करता। सूरज को नहलाता। अपनी ओर से पूरी कोशिश करता कि सूरज को दुख न हो। परन्तु ऐसा हो नहीं सकता था। घोड़े को स्वस्थ रहने के लिए बढ़िया खाना, बढ़िया उपचार और सबसे ज्यादा उसकी एक अच्छी उपयोगिता चाहिए थी। सूरज धीरे-धीरे बीमार और अनमना-सा रहने लगा था। धीरे-धीरे वह दुबला होने लगा, उसकी हड्डिया उभरने लगीं। नागो सूरज के शरीर पर हाथ फिराता और उसका हाथ हड्डियों से टकराता।

नागो सुबह उठता और सूरज को देखता। नागो उसके पास जाता, उसे सहलाता लेकिन सूरज सुस्त-सा पड़ा रहता। नागो याद करने की कोशिश करता कि इसी सूरज को सुबह का आलस्य कितना पसन्द था। सुबह उसे उस सुस्ती से बाहर निकालने के लिए कितने नाटक करने पड़ते थे। लेकिन क्या पता अब वह रात में भी एक छोटी सी झपकी लेता है या नहीं। सूरज अब धीरे-धीरे एक चुप्पा घोड़ा बनता जा रहा था।

नागो की टमटम उसके घर के ठीक सामने सड़क किनारे खड़ी थी। बहुत दिन हो गए थे उसके वहाँ से हिले हुए इसलिए उसके नीचे कुछ घास और कुछ पौधे उग आए थे। उसके दोनों चक्के मिट्टी में धँस गए थे। अगर कभी उस टमटम को वहाँ से हटाया जाता तो उसके आकार का निशान वहाँ छूटा रह जाता। धूप और बारिश के कारण उसका पर्दा फटता चला जा रहा था। उस पर धूल-मिट्टी थी। बच्चे उस पर चढ़कर खेलते थे और नागो उन्हें रोकता भी नहीं था क्योंकि उसे मालूम था कि अब यह कभी काम आनेवाला भी नहीं है।

टमटम तो बेजान-सी चीज थी इसलिए नागो उसके लिए बहुत चिन्तित नहीं था। लेकिन सूरज! उसमें तो जान बसती थी उसकी। वह सूरज को देखता था और

उसका मन दुखी हो जाता। नागो अपने दरवाजे पर जमीन पर बैठा रहता और उस जलेबी के पेड़ को देखकर सोचा करता कि वह कितना मनहूस दिन था जब यह सड़क बनने की शुरुआत हुई। उस दिन पर उसे बहुत खीझ होती थी जब वह इस खुशी में मन्दिर में नाचने लगा था। उस दिन से तो नागो को घृणा हो गई थी जब उसने घुटर यादव को वोट दिया था। नागो बैठे-बैठे अपनी उस उँगली की तरफ देखता था जिस पर अब कोई भी निशान नहीं था। वहाँ कोई निशान नहीं था लेकिन उसे वहाँ निशान दिखता और उसे मन करता कि वह जमीन में घिस-घिसकर उस निशान को मिटा ले। नागो जब-जब अपनी उँगली पर उस निशान को ढूँढ़ता तब-तब उसे विदो बाबू की याद आती। विदो बाबू जो अब गायब थे। विदो बाबू जिन्हें नागो बहुत पसन्द करता था। विदो बाबू को वह याद करता तो उसे अपने आप से और कोफ्त होती।

विदो बाबू की याद आती तो वह सोचता कि पता नहीं कहाँ है अब विदो बाबू? क्या अब जिन्दा भी हैं वे?

ऐसा नहीं है कि नागो ने सूरज का मन बहलाने के लिए उपाय नहीं किए। जितनी उसकी क्षमता थी उसने सारे प्रयास किए। वह सूरज को उदास और अनमना देखता तो उसे बहुत दुख होता। इस मनहूस माहौल से निकालने के लिए उसने कई बार कोशिश की। उसने कई बार कोशिश की कि वह सूरज को लेकर कहीं घूम आए। वह सूरज को लेकर निकलता तो उसे ऐसा लगता जैसे वह इस समाज, इस दुनिया के लिए बना ही नहीं।

उसे अजीब लगता कि यह दुनिया है और इस दुनिया में वह एक घोड़े के साथ है।

वह घोड़े को लेकर चलता तो उसे लगता कि एक घोड़े के साथ एक आदमी का चलना कितना अटपटा है इस समाज में! एक समय था जब अपनी टमटम में इसी घोड़े को जोतकर नागो गर्व अनुभव करता था लेकिन आज उसी घोड़े के साथ चलने में उसे बहुत ही अजीब लग रहा था। उसने कई बार कोशिश की लेकिन वह ऐसा कर नहीं पाया।

लेकिन सच यह है कि उस झोपड़ी में सूरज धीरे-धीरे खत्म होता चला जा रहा था। नागो सूरज से बात करना चाहता लेकिन सूरज नागो से बात नहीं करता। नागो को ऐसा लगता जैसे सूरज इस पूरे प्रकरण के लिए उसे दोषी मानता है इसलिए वह उससे बात नहीं करना चाहता। नागो बाहर बैठा रहता और घोड़ा अन्दर बूढ़ा हो

रहा होता। वह रास्ते से गुजरनेवाले लोगों को पकड़ता और खींचकर अन्दर लाता और कहता, "बस थोड़ी देर इससे बतिया लीजिए। इसका मन लग जाएगा।" लोग खीझकर भाग जाते। नागो लोगों से कहता, "तनि इ घोड़ा से बतिया न लीजिए।" तो लोग ऐसा समझने लगे कि काम नहीं होने के कारण सही में नागो पगला गया है। यह प्रयास भी बहुत दिन चलता रहा। वह बात करता तो भी सूरज उससे बात नहीं करता और कोई उससे बात करने को तैयार नहीं होता।

ऐसा नहीं है कि नागो ने इन सारे विकल्पों पर विचार नहीं किया कि जब अब इस घोड़े की उपयोगिता उसके यहाँ नहीं बची तो वह इसे किसी और ठिकाने पर दे दे। परन्तु उसके सारे प्रयास व्यर्थ गए। नागो को उस घोड़े को, जिसे वास्तव में उसने दोस्त से कम नहीं माना, न चाहते हुए भी दूसरे को बेच देना चाहा जो कम-से-कम उसे खाना खिला सके, उसे एक स्वस्थ माहौल दे सके। लेकिन सवाल यह था कि घोड़ा कौन लेता? नागो ने बहुत प्रयास किए। लेकिन वह जहाँ जाता लोग उस पर हँसते और कहते, "कौन जमाने में रहता है रे नगवा। अब घोड़ा लेके लोग क्या करेगा? लोग रॉकेट लेके चन्द्रमा पे पहुँच गया और तुम सार अभी घोड़े पर ही अटके हो।" और फिर नागो बैरंग वापस आ गया।

अब अपनी आँख के सामने अपने प्यारे घोड़े को मरते हुए देखना नागो की नियति थी।

और फिर हारकर नागो अपने दरवाजे पर फिर से वहीं जमीन पर बैठ जाता जलेबी का पेड़ देखते हुए अपनी उँगली पर निशान ढूँढ़ते हुए।

नागो विदो बाबू पर विचार करता तो उसे साफ लगता कि विदो बाबू, घुटर यादव के शिकार हुए हैं। उसे न तो यह इतनी बड़ी बात लगती कि विदो बाबू के बेटे ने उनके साथ ऐसा कुछ किया हुआ हो सकता है। वह मन में सोचता, 'अरे, कितना भी था तो बाप था भाई कोई बेटा ऐतना बड़ा अनर्थ थोड़े ही न कर सकता है।' हाँ, नागो इस बात से बहुत हद तक सहमत था कि ऐसा हो सकता है विदो बाबू इस सदमा को बरदाश्त नहीं कर पाएँ हों और पागल हो गए हों। विदो बाबू पागल हो गए हो—ऐसा सोचकर भी नागो के शरीर में सिहरन हो जाती है। कहाँ होंगे इस समय विदो बाबू?

नागो के जीवन में इस समय दो ही बातें सोचने के लिए थीं—एक उसका घोड़ा सूरज जो उस झोपड़ी में बन्द है और धीरे-धीरे बूढ़ा हो रहा है और दूसरे विदो बाबू जो इस वक्त पता नहीं कहाँ हैं? लेकिन एक दिन ऐसा आया जब उसने दोनों बातों

को मिला दिया। उसने विदो बाबू को याद किया और उसे सूरज को इस बन्धन से आजाद करने का उपाय मिल गया।

घोड़ा, वोट देने का अधिकार और बारिश की बूँदें

"लिखना आता है जी।" जब उस सरकारी मुलाजिम ने रजिस्टर को आगे करके पूछा तो नागो को अपने ऊपर गर्व हो गया। उसे अपने पिता पर गर्व हुआ जिन्होंने अपने सारे बच्चों को कम-से-कम उस क्लास तक तो पढ़वाया ही जिस क्लास तक का स्कूल गाँव में मौजूद था। नागो ने गर्व से सिर को हाँ में झुकाया तो उस सरकारी मुलाजिम ने रजिस्टर को उसकी ओर घुमा दिया। नागो ने अँगूठा लगानेवाली स्याही को खिसकाकर कलम उठा लिया।

"अपना नाम पता के साथ विस्तार से अपनी समस्या लिखिये। और आपका नम्बर है 96। इसे भर करके आप जाके बैठिये वहाँ जाकर, जब आपका नाम पुकारा जाएगा तब आइएगा।"

नागो रजिस्टर को अपनी ओर घुमाकर अपनी नजर को चारों तरफ घुमाता है। यहाँ बहुत शोर है। एक शामियाना लगा हुआ है। प्लास्टिक की ढेर सारी कुर्सियाँ रखी हुई हैं। लेकिन फिर भी आदमी इन कुर्सियों की तुलना में लगभग तिगुना हैं। यह कुर्सी-टेबुल बरामदे पर रखी हुई हैं जिसके सामने अभी नागो खड़ा था। उस कुर्सी पर वह सरकारी कर्मचारी बैठा था। इस बरामदे के पीछे एक बड़ा सा हॉल है। उसमें भी कुछ कुर्सियाँ रखी हुई हैं। एक बड़ा सा टेबुल और एक कुर्सी हॉल के मुख्य जगह पर रखी हुई है। उस कुर्सी पर एक सफेद मेजपोश है और उस पर एक गुलदस्ता रखा हुआ है। अभी उस कुर्सी पर मुख्यमंत्री बैठे नहीं थे। इस कुर्सी-टेबुल के साथ एक और कुर्सी-टेबुल रखा हुआ था जिस पर एक कम्प्यूटर रखा था। उस कुर्सी पर एक लड़का बैठा था और उस कम्प्यूटर पर कुछ कर रहा था।

"ओ महाशय, ऐतना टाइम नहीं है। नजारा बाद में देख लीजिएगा, पहले यहाँ अपना ब्याह के लिए डिटेल भर दीजिए।" नागो ने देखा कि उस सरकारी कर्मचारी के मुँह में पान है और वह उससे गिरने-गिरने को है। उसने बहुत ही कलाकारी से उसे सँभाल रखा था।

"अरे हटिए भाई, जब कुछ समस्या ही नहीं है तो काहे आ जाते हैं यहाँ पर?" यह आवाज पीछे से आई। नागो ने पीछे पलटकर देखा—अरे बाप रे, इतनी लम्बी लाइन कब बन गई?

"समस्या कैसे नहीं है? बहुते विकराल समस्या है। उ वहाँ खड़े-खड़े मरा जा रहा है और आप कहते हैं समस्ये नहीं है।" नागो ने अपने हद तक इतनी तेज बोला था कि वहाँ खड़े लोगों को सुनाई पड़ जाए लेकिन वहाँ शोर बहुत था और सारे लोग इस जनता दरबार में अपनी समस्या के साथ थे इसलिए किसी की रुचि भी नहीं थी उसे सुनने में।

नागो ने कलम से उस रजिस्टर को भरना शुरू कर दिया। नाम पता के साथ समस्या पर लिखा—'सूरज के पास काम ही नहीं है। उ खड़े-खड़े मर रहा है। नां ही काम है, नां ही खाना। क्या करें उसका, कुछ समझ में नहीं आता।"

नागो रजिस्टर पर अपनी समस्या लिखकर आकर बैठ गया। कुर्सी कोई खाली नहीं थी। वह नीचे जमीन पर बैठा। बाहर बारिश जैसा मौसम था। रौशनी कम हो गई थी। बहुत सारी औरतें घूँघट ओढ़े वहाँ बैठी थीं। छोटे-छोटे बच्चे उन घूँघट काढ़े औरतों के शरीर से चिपके हुए थे। वे रो रहे थे और पूरे माहौल में एक चिल्ल-पों मची हुई थी। लोग जो वहाँ मौजूद थे उनमें से कुर्सियों पर बहुत सारे बूढ़े बैठे हुए थे। बहुत सारे ऐसे लोग जो अब जवान रहे नहीं और अभी बूढ़े हुए नहीं हैं वे या तो जमीन पर बैठे थे या फिर वे इधर-उधर खड़े थे। जो शामियाने के अन्दर बैठे थे उनमें से बहुत सारे लोग उस दरवाजे की तरफ टकटकी लगाए थे जिधर वह बड़ा सा हॉल था और जहाँ मुख्यमंत्री बैठनेवाले थे। बहुत सारे लोग जो उस दरवाजे पर टकटकी लगाए बैठे थे वे बीच में कभी-कभी अपना सिर ऊपर उठाकर आसमान की ओर देख लेते थे। लेकन ऊपर आसमान नहीं, शामियाना था—ऐसा उन्हें हर बार अहसास होता होगा लेकिन थोड़ी-थोड़ी देर पर ऐसा बहुत से लोग करते ही रहे।

जब मुख्यमंत्री आकर बैठे और लोगों को अन्दर बुलाया जाने लगा तब यह चिल्ल-पों वाला शोर फुसफुसाहट में बदल गया। लोग आपस में अपनी समस्याओं पर विचार करने लगे कि उसे मुख्यमंत्री के सामने किस तरह रखा जाना चाहिए। तभी एक चपरासीनुमा आदमी ने नागो का नाम पुकारा। नागो को उम्मीद नहीं थी, उसका नम्बर इतनी जल्दी आ जाएगा। वह उठा और उस व्यक्ति के पीछे चल दिया। वह आदमी उसे मुख्यमंत्री के पास नहीं बल्कि फिर से उस टेबुल के पास ले

आया जहाँ नागो ने रजिस्टर में अपने बारे में सारी जानकारियाँ लिखी थीं। नागो ने देखा अब उस टेबुल के पास बिलकुल भी भीड़ नहीं थी। वह आदमी जो उस समय बहुत व्यस्त था अब वह वहाँ खाली बैठा हुआ रजिस्टर का निरीक्षण कर रहा था।

"कवि महोदय, यहाँ इ कविता काहे लिखे हैं। अपनी समस्या लिखनी थी, कविता नहीं।" नागो इस बार सचमुच उसकी बात को समझ नहीं पाया था। उसने बहुत ही आश्चर्य से उस सरकारी मुलाजिम की ओर देखा। उस आदमी के मुँह में अब पान नहीं था। और वह अब साफ-साफ बात कर पा रहा था।

"और यहाँ बेरोजगारी का हल नहीं निकलता है। रोजगार नहीं है, काम नहीं है त इस समस्या का हल अगर मुख्यमंत्री साहब निकालने लगे फिर तो पूरा राज्य अगले जनता दरबार में यहीं खड़ा दिखेगा। किसको-किसको नौकरी देते फिरेंगे। अरे, नौकरी तो हर को चाहिए। कोई और समस्या है तो लिखिए। नहीं तो यहाँ से उत्तर दिशा का ट्रेन पकड़ लीजिए।" उस कर्मचारी ने उत्तर दिशा का ही ट्रेन क्यों बोला—नागो समझ नहीं पाया। नागो ने सोचा, हो सकता है यह गुस्से में बोला गया उसका तकियाकलाम हो।

'अरे, कैसी बात कर रहे हैं? वहाँ उ बिना काम-धाम के मरने की हालत पे आ गया है और आप कहते हैं कि सरकार हमारा बात ही नहीं सुनेंगे। इ लोकतंत्र है। हमारा बात तो उनको सुनना ही पड़ेगा।" नागो की आवाज में तल्खी आ गई और उसकी आवाज थोड़ी ऊँची हो गई।

"अच्छा सुनना ही पड़ेगा! बराती बुलाएँ आपको ले जाने के लिए यहाँ से या आप ऐसे ही चले जाएँगे।" उस सरकारी मुलाजिम ने इसे बहुत ही सामान्य रूप से बोला, इससे ऐसा लगा जैसे इस तरह की समस्या से वह अक्सर निपटता ही रहा है। उसने ऐसा कहते हुए अपनी निगाह उस बरामदे से बाहर उसी अहाते में खड़ी पुलिस पर जमा ली।

नागो पुलिस के नाम से नहीं, इस बात से डर गया कि उसे बिना अपनी समस्या को रखे यहाँ से जाने को कहा जा रहा है। नागो का गुस्सा एकदम से झड़ गया और उसकी आँखों से आँसू बहने लगे। उसने हाथ जोड़ लिए।

"ऐसा जुलुम मत कीजिए साहब। आप नहीं जानते हम केतना कष्ट में हैं। एक बार प्रयास तो कर लेने दीजिए। आपका बहुते एहसान होगा। नहीं तो उ मर जाएगा।"

वैसे तो इस तरह के जितने भी अवसर आए होंगे उनमें एक-दो को ही उस सरकारी मुलाजिम ने बख्शा होगा और शायद नागो उन्हीं एक-दो में से था।

"चल-चल, समस्या को कुछ और लिख दे। इ समस्या के साथ तो तू नहीं जा पाएगा वहाँ तक। वहाँ जाके साहब को अपनी समस्या कह लेना, बाद बाकी तुम्हारी किस्मत।" अभी तक वह नागो को आप कह रहा था लेकिन अब वह तुम पर उतर आया था।

नागो को अजीब लगा लेकिन वह शान्त रहा।

"यहाँ लिख दो लड़का का तबीयत खराब है। और इलाज के लिए पैसा नहीं है।"

"बताओ लड़का का उमर कितना है?" उस आदमी ने नागो को कहा तो नागो कुछ समझ नहीं पाया। वह चुप्प होकर उस बात को समझने की कोशिश करने लगा।

"अरे, बेटवा का उमर बताओगे तभी तो कुछ बिमारी सोच के लिखेंगे महोदय।"

"अरे साहेब, उ मेरा बेटा नहीं है, उ त हमरा घोड़ा है।" वहाँ पर उस सरकारी कर्मचारी के साथ जो दो-तीन लोग थे सब भौचक रह गए थे।

"मतलब?"

"हाँ साहब, उ तो हमरा घोड़ा है जो हमारे साथ ही रहता है।' अब उन तीनों-चारों लोगों के मन में इस कहानी को जान लेने के लिए जिज्ञासा सी जग गई।

नागो ने अपनी सीमा तक पूरी कहानी को संक्षेप में सुनाया कि किस तरह उस घोड़े ने वर्षों तक उसके परिवार का पेट पाला है और कैसे एक दिन वहाँ चुनाव से ठीक पहले सड़क बननी शुरू हुई और कैसे सड़क बनते ही वहाँ ई-रिक्शा चलने लगे और कैसे सारे घोड़े बेकार हो गए। और कैसे अब उसके घर की हालत बहुत ही जर्जर है। कैसे वह उस घोड़े को खाना नहीं खिला पाता। कैसे वह उसका इलाज नहीं करवा पाता, कैसे वह एक झोपड़ी के नीचे पड़े-पड़े गलता चला जा रहा है।

नागो ने जब इन घटनाओं को सुनाना शुरू किया था तब उसने अपने मन में सोचा था कि बहुत संक्षेप में वह सुनाकर निकल लेगा लेकिन जब उसने देखा कि सारे लोग उसमें रुचि ले रहे हैं तब उसने उसे थोड़ा विस्तार दे दिया था। वह सुना रहा था और वे तीनों लोग बहुत ध्यान से उसे सुन रहे थे। नागो को लगा कि उसकी समस्या उन लोगों को समझ में आ गई है।

तभी हुआ इसका ठीक उलटा। वह सरकारी मुलाजिम जो बहुत ध्यान से सुन रहा था, इस कहानी के खत्म होने के बाद थोड़ी देर तक शान्त रहा। फिर अचानक लगभग चिल्लाते हुए कहा, "सार, भाग यहाँ से। घोड़ा, बकरी, गदहा, साँप, छुछुन्दर

की बात सुना रहा है। हमको का सार, चूतिया समझ रखे हो। यहाँ चीफ मिनिस्टर बैठे हैं तुमरा साँप-छुछुन्दर की कहानी सुनने।"

"छुछुन्दर नहीं, उ घोड़ा है। और उ क्या इ राज्य में नहीं रहता?" नागो के पहले वाक्य में जवाब था और दूसरे में प्रश्न।

"रहता है तो का करें। उ वोट तो नहीं न देता है। पहले उसका वोट देने का नियम बनवा लीजिए धर्मराज महराज फिर ले आइएगा अपने अश्व को। तब तक के लिए अपनी तशरीफ को यहाँ से ले जाइए।"

"अब उ मर रहा है त हम कहाँ जाएँ?"

"आप भगवान विष्णु के पास जाइए—वही आपका समाधान निकालेंगे।" ऐसा कहकर वह सरकारी मुलाजिम अपने फाइल को समेटकर वहाँ से चलता बना। उसने नागो को डाँटते हुए उसे भगवान विष्णु के पास ही जाने को क्यों कहा—नागो यह भी समझ नहीं पाया। परन्तु नागो के पास अब कोई उपाय बचा नहीं रह पाया था। कोई उम्मीद नहीं देखकर नागो एकदम हताश हो गया।

नागो ने बाहर देखा, अँधेरा और घना हो गया था। कुछ बूँदें भी गिरने लगी थीं। उसके पेट में मरोड़ उठा। दर्द की एक लहर। उसने अपने पेट को पकड़ लिया और शामियाने से बाहर नीचे जमीन पर बैठ गया। बारिश की बूँदें उसके शरीर पर गिर रही थीं।

मचान और विदो बाबू की अनुपस्थिति

विदो बाबू गायब हुए तो पुलिस कई बार आई लेकिन इस मद में उस दिन एक विराम लगता सा दिखा जिस दिन दरोगा रामचन्द्र सिंह ने विदो बाबू के बेटों को साफ कह दिया, "काहे फालतू में मगजमारी किए हुए हो। अरे, का करना है ढूँढ़ के। कौन सा बड़का धर्मात्मा थे कि उनका गायब हो जाना कौनो बहुते बड़का अधर्म का काम हो गया? अरे, जानेवाले को कौन रोक सकता है भाई!"

दरोगा रामचन्द्र सिंह का यह कहना एक तरह से इस पड़ताल को एक विराम दे रहा था। विदो बाबू के बेटों को पिता से छुटकारे की खुशी तो थी लेकिन उनकी पेंशन के हाथ से छूट जाने का दुख भी था। बेटों ने लोगों के सामने रोना-पीटना

खूब मचाया कि पुलिस उन्हें ढूँढ़ना ही नहीं चाहती है। लेकिन बेटों ने कभी भी घुटर यादव या किसी का भी नाम भूलकर भी नहीं लिया।

दरोगा रामचन्द्र सिंह का कहना रामसजन की दुकान और मन्दिर पर इस बहस को एक बार फिर से लहका दिया था।

"अरे, तो का हर आदमी के पीछे एक पुलिस रख दिया जाए का कि साला कौन कब पगला जाए और कौन कब पगला के घर से भाग जाए। लोकतंत्र का मतलब इ थोड़े न है कि सार तुम दामादे हो गए।" लल्लनमा एकदमे मुँहफट हो गया है।

"अब होने का तो यह भी हो सकता है कि तुम सार रामचरित्तर सिंह के लिए इहे इलैक्शन में काम किए और उ हार गया तो पैसा न देना पड़े इहे लिए उ गायब कर दिए हों। होने को तो कुछ भी हो सकता है बाबू। दूसरे पर उँगली उठाना बहुते आसान है।" राजन ने हमेशा लल्लनमा का साथ दिया है।

सच्चाई चाहे जो भी हो लेकिन यह तय है कि विदो बाबू के गायब होने से गाँव में कई लोग बहुत दुखी हैं। फूलो बाबू कम ही निकलते हैं लेकिन वे दुखी हैं। घुटर यादव के जीतने से बहुत आदमी ने इस मद में चुप्पी साध ली है। लेकिन कुछ लौंडे-लपाटे हैं जो दबी जुबान में कहते हैं, "इसमें पूछनेवाला कौन सी बात है। गला का कांटा कौन नहीं निकाल फेंकेगा? केतना सवाल का जवाब देते रहिएगा? एक ही बार में टंटा ही खतम।"

"अरे, घुटर यादव के जुलुम के लिए कुछ पूछने की जरूरत बची रह गई है क्या?"

रामचरित्तर सिंह इस मुद्दे पर शान्त बैठे हुए हैं। ऐसे जैसे कुछ हुआ ही न हो।

विदो बाबू के गायब होने से सबसे ज्यादा जो दुखी है, वह है दुक्खन। जब से विदो बाबू गायब हुए हैं दुक्खन ने मन्दिर पर ढोल बजाना छोड़ दिया है। वह कीर्तन मंडली में बैठता है लेकिन उसने प्रण कर लिया है कि अब कभी ढोल को छूएगा भी नहीं। कहता है, "का करेंगे ढोल बजाके! ऐतना दिन बजा लिए तो का हो गया! हमरे भगवान क त मार दिया सालों ने!"

दुक्खन उस दिन को याद करता है जब विदो बाबू आहत होकर उस मन्दिर पर आए थे। दुक्खन उस दिन को याद करता है और विदो बाबू की याद में आँसू बहाता है, "इ प्रजातंत्र की रक्षा के लिए विदो बाबू ने अपना प्राण न्यौछावर कर दिया है।"

जब से मुख्यमंत्री के जनता दरबार से वापस आया है नागो, उसे विदो बाबू की बहुत याद आती है। वह सोचता है, विदो बाबू होते तो इस समस्या से छुटकारा

पाने का जरूर कोई-न-कोई उपाय बतलाते। वह रात में सोता है और उसके सपने में आते हैं विदो बाबू। सपने में घुप्प अँधेरा है और साइकिल लिए खड़े हैं विदो बाबू। साइकिल में दोनों पहिये नहीं है। लेकिन विदो बाबू साइकिल को पकड़े खड़े हैं। घुप्प अँधेरा है तो विदो बाबू का चेहरा नहीं दिख रहा है। लेकिन जब बोलते हैं तो विदो बाबू की आवाज से उनका चेहरा पहचान में आता है।

"अगर अभी चुप रहोगे तो एक दिन नम्बर तुम्हारा भी आएगा।"

फिर अचानक दूसरा दृश्य सामने आ जाता है। नागो दौड़ रहा है, उसके पीछे तूफान का एक गोला चलता चला आ रहा है। नागो दौड़ रहा है बहुत तेज। दौड़ते-दौड़ते उसकी साँसें फूलने लगती हैं। लेकिन हवा का वह गोला उसका पीछा नहीं छोड़ता। और अचानक उसके सामने एक गड्ढा आ जाता है। वह बस गिरने ही वाला है कि अचानक विदो बाबू आ जाते हैं और उसे खींच लेते हैं। नागो विदो बाबू को देखता है, विदो बाबू की दोनों आँखों से पानी की धार बह रही है।

नागो की नींद खुल जाती है। उसका चेहरा पसीने से भीग जाता है।

नागो सुबह उठता है और विदो बाबू के घर जाता है। वहाँ एकदम सूनापन है। गुल्लर के पेड़ पर बना हुआ मचान वैसे ही है। उस पर कोई नहीं है। नागो ने उस मचान की तरफ देखा वहाँ विदो बाबू नहीं, उनकी अनुपस्थिति थी। उस मचान के नीचे ढेर सारी घास उग आई है। उसे देखकर ऐसा लग रहा था जैसे बहुत दिनों से उधर कोई गया नहीं हो।

"डाक्टर साहब का डायरी चाहिए था।" नागो ने विदो बाबू के छोटे बेटे से कहा।

"का रे नगवा, तू भी बौरा गया क्या? क्या करेगा लेके डायरी?" विदो बाबू का बड़ा वाला बेटा कहता है। नागो 'भी' को ध्यान से सुनता है और समझता भी है।

"कुछ सरकारी चिट्ठी भेजना था। विदो बाबू तो डायरिया हमेशा साथे रखते थे तो सोचे उसमें लिखते होंगे पता भी।"

"तो का तू भी घुटर दा के विरोध में चिट्ठी लिखेगा।" विदो बाबू का छोटा बेटा बहुत शातिर है।

"अरे नहीं भैया, हमारा क्या औकाद! और वैसे भी घुटर भैया ने हमारा क्या बिगाड़ा है। उ त इ गाँव के लिए भला ही किए कि इ चमकौआ रोड बनवा दिए। अब उ हमरा किस्मते खराब है त घुटर भैया का करेंगे।" नागो घुटर यादव के विरोध में कुछ भी कहने की हिम्मत नहीं कर पाया।

"हम त भैया बस अब अपनी जिन्दगी को ठेकान लगाने का सोच रहे हैं।" नागो जमीन में अपनी नजर धँसाए हुए था।

"इ सब करने से जिन्दगी आबाद नहीं, बरबादे होता है। काहे जिन्दगी बरबाद कर रहा है अपना।" बड़े बेटे ने बड़े भाई की तरह नागो को समझाना चाहा।

नागो ने विदो बाबू के बेटों के सामने खड़े होकर एक बार फिर से मचान की तरफ देखा। वहाँ अब भी सूनापन था। मचान खाली था लेकिन ऐसा लग रहा था जैसे ठीक उसी रूप में जिस रूप में विदो बाबू वहाँ बैठते थे। वहाँ पर खाली जगह थी।

"ऐसे कौन सा जिन्दगी बहुते बढ़िया है। जिनगी तो बरबादे है। बस एतना-सा मदद कर दीजिए।" नागो ने लगभग गिड़गिड़ाते हुए कहा।

छोटा वाला बेटा अन्दर से डायरी उठाकर ले आया। अन्दर से डायरी उठाकर बाहर लाने में उसे वक्त नहीं लगा, इससे यह साफ हो गया कि डायरी को ढूँढ़ने की जरूरत नहीं पड़ी। नागो ने डायरी को आर-पार उलट-पलटकर देखा, उसमें ढेर सारे पते लिखे हुए थे। चुनाव का हिसाब-किताब था। यहाँ-वहाँ आने-जाने का नियत कार्यक्रम। और कुछ नहीं था।

"ठीके है ले जाओ लेकिन पता उतार के ले आना। बाबू अगर आए त ढूँढ़ेंगे।" बड़े बेटे ने अपने छोटे भाई से डायरी लेकर उसे नागो की तरफ बढ़ाते हुए काफी शालीनता से कहा। और ऐसा बोलते हुए न जाने क्यूँ वह उस मचान की तरफ न देखकर सामने रास्ते की तरफ देखने लगा। नागो को एक क्षण को ऐसा लगा जैसे उस रास्ते पर विदो बाबू आते हुए अचानक दिख गए हैं। नागो ने पलटकर उस रास्ते की तरफ देखा। उस रास्ते पर कई लोग जाते हुए दिख रहे थे परन्तु आता हुआ कोई भी नहीं। नागो ने इस बार विदो बाबू की अनुपस्थिति को उस मचान पर नहीं, उस रास्ते पर देखा था।

नागो उस रास्ते से अपनी निगाह को हटाकर फिर से पलटा तो इस बार छोटे बेटे ने थोड़ी कड़क आवाज में कहा, "सुन नहीं रहा क्या?"

नागो ने सहमति में सिर हिलाया। और फिर खुद ही सोचने लगा कि उसने सहमति नहीं सुनने के लिए दिया है या फिर डायरी लौटाने के लिए। छोटे बेटे ने इस बार डपटकर बोला, "अरे मुँह से बोल ना।"

नागो ने धीमे से कहा, "कैसी बात करते हैं भैया, आपसे बाहर थोड़े न हैं?"

नागो जाने लगा। उसने जाते-जाते इस बार मचान की तरफ देखा। उसके कदम भारी हो गए। वह मुड़ा और वापस आया। छोटा बेटा घर के अन्दर दाखिल

होनेवाला था। बड़ा बेटा वहीं खड़ा था। नागो बड़े बेटे के सामने आया और कहा, "डॉक्टर साहब आवेंगे न?"

बड़ा बेटा कुछ कहता इससे पहले ही छोटा बेटा बोलते हुए वापस लौट आया, "काहे नही आवेंगे। कौनो मर गए हैं जो नहीं आवेंगे? सार, तुम काहे एतना बकवादी कर रहे हो। जाओ चुपचाप अपना काम करो।" नागो मुँह लटकाये वहाँ से चला आया।

नागो की स्मृति, मूसलाधार बारिश और आज का दिन

नागो की नींद इस बार बारिश की मोटी धार से टूटी। अगड़ी से पानी की मोटी धार गिर रही थी। नागो ने अपनी खटिया पर लेटे-लेटे ही बाहर देखा। दिन एकदम काला हुआ पड़ा था और मूसलाधार बारिश हो रही थी। दिन इतना काला था कि अभी बहुत देर तक बारिश के कम होने के आसार नहीं थे।

नागो आजकल कब सोता है और कब जगता है—खुद उसे भी पता नहीं चलता। वह सुबह अँधेरे जब दिशा फरागत के लिए उठा था तब दिन काला तो था लेकिन बारिश शुरू नहीं हुई थी। वह जब उधर से दातुन करते हुए वापस लौटा था तब भी बारिश की सिर्फ एक-दो मोटी बूँदें ही गिरी थीं और जो देखते-देखते खत्म भी हो गई थीं। वह अपनी खटिया पर लेटा तो बाहर का मौसम उसके मन को और दुखी कर गया। वह मौसम के साथ-साथ अपने दुख में गहराता चला गया और कब उसे नींद आ गई, उसे पता ही नहीं चला। और फिर उसकी नींद अगड़ी से गिरनेवाली इस मोटी धार से ही टूटी।

नागो ने उठकर सबसे पहले सूरज को देखा, सूरज अपनी जगह पर खड़ा-खड़ा काँप रहा था। उसने खटिया से अपने बिस्तर को उठाकर सूरज के शरीर पर रख दिया। सूरज ने काँपना कम कर दिया लेकिन उसने नागो से कहा कुछ नहीं। नागो ने सूरज की आँखों को देखा वहाँ पानी की धार थी। नागो ने अपने हाथों से उसे पोंछा। लेकिन पानी की वह धार वहाँ फिर आ गया। नागो अपनी खटिया पर बैठ गया और अगड़ी से गिरनेवाली पानी की धार को एकटक देखने लगा। उसे लगा यह पानी की धार अगड़ी से नहीं, उसकी आँखों से गिर रही है।

उस मूसलाधार बारिश में उसकी दोंनों बहनों ने बोरे से सिर को ढँककर निकलना चाहा। पीछे खाट पर नागो चुपचाप बैठा था और जहाँ उस झोपड़ी की अगड़ी से पानी की मोटी धार गिर रही थी ठीक उससे थोड़ा-सा ही पीछे वे झोपड़ी के भीतर खड़ी थीं। बारिश बहुत तेज थीं। शायद वे सोच रही होंगी कि बारिश की रफ्तार थोड़ी कम होगी लेकिन थोड़ी देर खड़ा रहने पर भी उन्हें लग गया कि बारिश अभी खत्म नहीं होनेवाली है। तब वे दोनों अपने शरीर को सिर पे ढँके बोरे में समेटे उस बारिश में उतर गईं। नागो ने अपनी बहनों को देखा, उसका मन किया कि अपनी बहनों को रोक ले, लेकिन ऐसा वह कर नहीं सका। उसकी बहनें निकलीं और सबसे पहले अगड़ी से गिरनेवाली पानी की धार ने ही उन्हें लगभग भिगो दिया।

बहनों के निकलने के बाद नागो ने आँगन में झाँककर देखा कि आँगन में रहनेवाली पिता की खटिया अब कहाँ है? उसने देखा पिता की खटिया अब पीछे वाले कमरे के बाहर जो बरामदा है उस पर पड़ी हुई है। उसकी माँ शायद बहनों के निकलने के बाद उस कोठली में बैठी होगी। नागो ने याद करना चाहा कि रात में माँ के खाँसने की बहुत तेज-तेज आवाज आ रही थी। उसने इस मौसम को देखकर समझ लिया कि मौसम में थोड़ी ठंडक है इसलिए माँ का दमा बढ़ गया होगा। नागो आँगन में देख रहा था और माँ ने खाँसना शुरू कर दिया था। माँ के दमे की आवाज एक दबी हुई आवाज थी। ऐसा लग रहा था जैसे उसने अपनी साड़ी के पल्लू को अपने मुँह में लगभग ठूँस रखा है। नागो का मन एक बार ऐसा किया कि वह बारिश में भीगकर माँ को देख आए। लेकिन फिर पता नहीं क्यों उसका मन ऐसा नहीं किया। उसने लौटते-लौटते ही देखा कि बारिश की जो बूँदें आँगन में गिर रही थीं उसमें फफोले बन रहे थे फिर उसने अपने मन में सोचा—'इ बरसा तो अभी और बरसेगा।'

वह लौटकर आया और अपनी खाट पर लेट गया। खटिया पर बिस्तर नहीं था। नागो को थोड़ी ठंड महसूस हुई और वह उठकर बैठ गया। उसने बाहर जलेबी के पेड़ को देखा, उसके पत्तों पर बारिश की तेज धार ऐसे पड़ रही थी जैसे अभी सारे पत्ते उससे गिरकर बर्बाद हो जाएँगे। उसी मूसलाधार बारिश के बीच नागो ने उन्हीं पत्तों के बीच तीन पक्षियों को देखा जो पानी की मोटी धार से बचने के लिए उन्हीं पत्तों की खोह में घुस जाना चाह रहे थे। वे अपने डैनों से अपने पूरे शरीर को ढँकने की कोशिश कर रहे थे।

नागो को उन पक्षियों को देखकर अभी-अभी घर से काम के लिए निकली उसकी बहनें याद आ गईं जो एक बोरे में अपने पूरे शरीर को समेट लेना चाह रही

थीं। फिर अचानक उसे बारिश का वह दिन याद आ गया जब पटौना रेलवे स्टेशन पर बारिश गिर रही थी। और ठकुरवारी में छिपे नागो से चिपककर चिड़िया खड़ी हो गई थी। नागो को चिड़िया के कन्धे पर पानी की बूँद दिखने लगीं और वह बेचैन हो गया। उसने अपने ध्यान को वहाँ से हटाना चाहा और फिर वह उन पक्षियों को देखते हुए गुनगुनाने लगा—

अगड़िया से गिरे हो पनिया के धार भोर-भोर
जैसे हमरे अंखिया से गिरे हो लोर भोर-भोर
कौनो नांय है देखेला हमरा करेजवा पे राखल बा पाथर कठोर
बारिसवा में बैठी है सजनी छुपावे ल आपन लोर
इ बारिसवा क मोट-मोट फुकवा मारे दिलवा में कचोट
अगड़िया से गिरे हो पनिया के धार भोर-भोर
खिड़की से उ झाँके ला कि हो जा कहीं पे इंजोर
पर हमरे राजा ने तोड़ के हमरे करेजवा को किया है अन्हार
इहे अन्हरिया में ओकरे दिलवा मारे है जोर
बारिश के इ पनिया में मिल गेला हमरा लोर
अगड़िया से गिरे हो पनिया के धार भोर-भोर

नागो गीत गुनगुनाते-गुनगुनाते वहीं अपनी खाट पर लेट गया। खाट पर बिस्तर नहीं था इसलिए उसे नीचे से हल्की ठंडक लग रही थी। वह खाट पर लेटे-लेटे अपने बचपन की स्मृतियों में लौट गया।

उसने सोचा जहाँ वह अभी खाट पर लेटा है वहीं पर कभी आग की भट्ठी हुआ करती थी। पिता उसी भट्ठी में भाती चलाते थे और आग से लोहा गरम हो जाता था। नागो ने सोचा कि कितने अच्छे दिन थे वे भी। वह उन मधुर स्मृतियों में खो रहा था जब भाती की आवाज एक कोरस बनाती थी। उससे एक खास तरह की ध्वनि निकलती थी। दादी, माँ या बहन उस भाती की जंजीर को खींचती थी और आग लहक जाती थी। ग्राहक आते थे और पिता उस लोहे को आग में रखकर उसे लाल कर किसी भी आकार में ढाल लेते थे। नागो को तब अपने पिता के लिए गर्व महसूस होने लगा। उसे लगा पिता के हाथ में कैसा तो जादू था। उसके मुँह से अचानक निकला—'जादूगरे थे बाबू'।

लेकिन फिर उसी स्मृति में उसी आग की भट्ठी पर पिता औंधे मुँह गिरे हुए

दिखे। और सब कुछ एक क्षण में तबाह। उसने सोचा, क्या पता अगर वह दिन नहीं आया होता तो शायद आज जिन्दगी ऐसी नहीं होती। आग की भट्ठी पर गिरे हुए पिता तड़प रहे थे और नागो की आँख में आँसू आ गए। बाहर मूसलाधार बारिश अभी भी आ रही थी और नागो की आँखें भीग गई थीं। नागो अभी उन स्मृतियों में खोया था कि उन्हीं स्मृतियों की अतल गहराई से ऐसा लगा जैसे कोई उसे आवाज लगा रहा हो। उस आवाज ने उसे उन स्मृतियों से बाहर निकाला। इस मूसलाधार बारिश के बीच भी नागो ने अपनी माँ की आवाज सुन ली। उसकी माँ जोर-जोर से उसका नाम पुकार रही थी। नागो ने जब सुना तब ऐसा लगा जैसे उसकी माँ कई बार उसे आवाज लगा चुकी थी क्योंकि माँ की आवाज में थोड़ी खीझ थी।

आँगन को पार करते हुए जब तक वह पिता के बिस्तर तक पहुँचा तब तक ही वह लगभग भीग चुका था। पिता खाट के बगल में जमीन पर वैसे ही औंधे मुँह गिरे हुए थे जैसा कि नागो ने अभी-अभी अपनी स्मृति में देखा था।

इतनी जल्दी यह घटा कि नागो कुछ समझ नहीं पाया। उसे एक क्षण को लगा कि कहीं वह अभी भी स्मृति में ही तो नहीं। लेकिन पिता जमीन पर औंधे मुँह गिरे हुए थे और उनके मुँह से गूँ-गूँ की आवाज आ रही थी। वहीं बगल में बैठी माँ अपने मुँह में कपड़ा ठूँसे अपनी खाँसी को रोकने की कोशिश कर रही थी। चूँकि उन्होंने नागो को ऊँची आवाज में हाँक लगाई थी इसलिए उनकी खाँसी उखड़ गई थी।

पहली नजर में नागो को यही लगा कि पिता सामान्य रूप से खाट से गिर गए होंगे। उसने जब पिता को उठाकर खाट पर लिटाना चाहा तब उसे लगा कि यह कोई सामान्य स्थिति नहीं है। पिता का पूरा शरीर अकड़ा हुआ था और दोनों आँखें बाहर निकल आई थीं। चेहरा एकदम डरावना सा हो गया था। मुँह से लार की धार गिर रही थी। नागो बहुत मुश्किल से अपने पिता को उठाकर खाट पर लिटा पाया।

नागो के पिता दूधेसर जब से उस आग की भट्ठी पर गिरे थे तब से आज तक उठ नहीं पाए थे। जब वे आग पर गिरे थे तब भी अपने स्वास्थ्य के अलावा दुखी होने के लिए उनके पास उनका बेरोजगार बेटा था, लेकिन तब वे उस तरह हताश नहीं थे। उन्हें लगता था कि एक न एक दिन बेटा सब सँभाल लेगा। और एक दिन ऐसा हुआ भी था। परन्तु बेटे की इस बार की हताशा ने पिता को अन्दर से तोड़ दिया था। वे बिस्तर पर लेटे-लेटे घुलते जा रहे थे। यह दिल का आघात बहुत जबरदस्त था और उनका कमर के ऊपर का पूरा हिस्सा इसकी चपेट में था।

हाथ, मुँह जीभ सब अकड़ गई थी और सब अजीब तरह से घूम गया था।

"मर गेलखुन कि? (मर गए क्या?)" नागो की माँ ने अपने मुँह में ठूँसे कपड़े को निकालकर धीरे से यह पूछा और फिर अपने मुँह में साड़ी का पल्लू ठूँस लिया। माँ के यह पूछने पर नागो घबरा गया। उसे अचानक पिता लाश जैसे लगे। नागो ने सीने को देखा लेकिन अभी दिल धड़क रहा था।

नागो बाहर आया और बाहर वाले कमरे से बाहर झाँका। बाहर तेज बारिश अभी भी हो रही थी। नागो की माँ ने देखा कि बेटा बाहर चला गया है तो वह भी भीतर उस कमरे में जाकर लेट गई। नागो ने उस बारिश में अपने टमटम को देखा उसके दोनों पहिये मिट्टी में धँसे हुए थे। दोनों पहियों की धुरी जंग खा चुकी थी। उसने वहीं से खड़े होकर सूरज को देखा। सूरज मुरझाकर सुस्त बैठा हुआ था। उसका एक बार मन किया कि वह टमटम को मिट्टी से खींच ले और उसमें सूरज को जोतकर पिता को हस्पताल तक ले दौड़े। लेकिन ऐसा सोचते ही कि वह दुबारा टमटम चलाएगा, उसका शरीर कँपकँपा गया। उसने टमटम को दुबारा देखा, उसकी हालत इन बीते दिनों में एकदम जर्जर हो चुकी थी। उसने दुबारा से सूरज को देखा, वह दुबला पतला-सा एक मरियल जानवर जैसा उसे दिखा।

उसने बारिश को देखा, बारिश बहुत तेज थी। उसने अपने पैरों की तरफ देखा, वे काँप रहे थे। नागो वहीं अपनी खाट पर बैठ गया और बारिश के छूटने का इन्तजार करने लगा। बारिश के छूटे बिना वह मोटर वाला रिक्शा मिलेगा भी तो नहीं!

नागो बारिश के छूटने का इन्तजार करने लगा। भीतर से पिता की गूं-गूं की आवाज आ रही थी।

उड़हुल, करेटन और बेला की खुशबू और नागो की हताशा

नागो विदो बाबू की डायरी ले तो आया था लेकिन उसे समझ नहीं आ रहा था कि खत में उसे लिखना क्या है? उसने डायरी को उलट-पलटकर देखा कि विदो बाबू द्वारा लिखी गई किसी चिट्ठी का कोई नमूना शायद मिल जाए, लेकिन उस डायरी में ऐसा कुछ भी नहीं था। वह उलझन में था और नींद उससे कोसों दूर थी।

"ल पानी पी ल।" पंडिताइन ने देखा कि नागो मुँह लटकाए बैठा है तो उसने पानी लाकर नागो के सामने रख दिया।

नागो जब बहुत उलझन में था कि वह पत्र में लिखे क्या तब अब उसके जीवन में पंडित मिश्र के अलावा कोई और नहीं था जिनसे वह सलाह कर सकता था। अगर विदो बाबू होते तो नागो को कुछ सोचने की जरूरत ही नहीं थी।

नागो एकदम सुबह-सुबह ही पंडित मिश्र के यहाँ आ धमका था। जब वह उठा तो अभी दिन ठीक से निकला भी नहीं था। उसका मन बहुत खिन्न था इसलिए पहले तो उसने यही सोचा कि वह अभी ही पंडित जी के यहाँ चला जाए लेकिन फिर उसे लगा कि पंडित जी अभी सो रहे होंगे और उन्हें वह यूँ परेशान करना नहीं चाहता था। लेकिन जब भी वह गया तब सुबह हुए अभी बहुत वक्त नहीं गुजरा था।

नागो को प्यास थी या नहीं- पता नहीं, लेकिन पंडिताइन ने पानी का गिलास सामने रखा तो नागो ने उस पानी को एक झटके में अपने गले में उड़ेल लिया।

पंडिताइन नागो के कष्ट को जानती थी इसलिए उसने उससे कुछ पूछा नहीं। वह सीधे पंडित जी के पास गई। पंडित मिश्र नहाकर आए थे और सिर्फ धोती पहने पूजा पर बैठे ही थे कि उसे नागो की आवाज सुनाई दे गई थी। यूँ तो पंडित मिश्र नागो को बहुत स्नेह करते थे परन्तु अभी जो उसकी हालत थी, पंडित जी उससे बचना चाहते थे।

"बोल न दीजिए कि घर में नहीं हैं।" पंडित जी ने पंडिताइन को झूठ बोलने को कहा। पंडित जी ने सोचा कि अभी नागो पैसा माँगने के अलावा और किसलिए आया होगा।

"ऐसे कैसे बोल दें? ऐसे झूठ थोड़े न बोला जाता है!" पैसों के नाम पर तो खैर पंडिताइन भी तैयार नहीं थी, लेकिन एकदम से झूठ बोलकर दुखी नागो को अपने दरवाजे पर से भगाने की हिम्मत उनमें नहीं थी। इसलिए उसने पंडित जी से दरख्वास्त किया—

"अरे, मिल न लीजिए। हो सकता है और कौनो काम से आया हो! और पैसा माँगे तो कह न दीजिएगा कि इस बार हम बछिया खरीदनेवाले हैं इसलिए हम खुदे पैसा जुगाड़ कर रहे हैं।" पंडिताइन ने यह बोलकर अपना पलड़ा झाड़ लिया जबकि वह यह जानती थी कि पंडित जी के लिए भी झूठ बोलना इतना आसान नहीं है।

"सुबहे सुबह काहे चला आया?" इस सवाल का वैसे कोई खास मतलब नहीं था तब भी पंडित मिश्र ने अपने मुँह से अनायास यह निकालकर अपनी पूजा में लग गए।

नागो बाहर बरामदे पर चुपचाप अकेला बैठा रहा और उसके कान में पंडित मिश्र के मंत्र पड़ते रहे। पंडित मिश्र के घर का अहाता बहुत बड़ा था। यह घर पुश्तैनी था इसलिए इतनी जमीन पंडित जी के पास थी। उस अहाते में आम, केला और अमरूद के अलावा फूलों के पेड़ और पौधे थे। नागो चुपचाप बैठ उन पेड़ों की तरफ देख रहा था जिधर बहुत हरियाली थी। पेड़ों की जड़ों के पास बारिश से हो जानेवाले काई के निशान थे। उस बगीचे में एक मटकुंइयाँ भी थी जिससे कभी पंडित जी पानी निकालकर बगीचे में पानी देते होंगे। लेकिन अब तो वह बेकार पड़ी हुई थी।

लगभग आधा घंटा के बाद पंडित मिश्र बाहर आए। बाहर आते हुए पंडित मिश्र ने रुककर एक बार नागो को पीछे से देखा। नागो शान्त बैठा हुआ था और दरवाजे की तरफ उसकी पीठ थी। पता नहीं क्यों लेकिन अभी पंडित मिश्र को नागो पर बहुत खीझ हुई। उनका मन किया कि उलटे पाँव लौट जाएँ। परन्तु ऐसा वे कर नहीं पाए। पंडित मिश्र उदास मन से बाहर आए। नागो ने देखा कि पंडित जी पूजा से सीधे उठकर यहीं आए थे इसलिए अभी सिर्फ धोती ही पहने हुए थे।

"क्या हाल-चाल है हो नागो? आज सुबहे-सुबह इधर। कौनो खास बात?"

"काहे बिना कौनो खास बात के लिए इ दरवाजा हमारे लिए नहीं है का? और हाल-चाल आपसे कुछौ छिपा है क्या पंडित जी?" नागो के इस जवाब पर पंडित जी को लगा जैसे उन्होंने सवाल ही गलत पूछ लिया। उन्हें यह पूछना ही नहीं चाहिए था कि हाल-चाल कैसा है। इसमें पूछना क्या है, सबको मालूम ही है कि उसका हाल-चाल कैसा है।

"क्या करें तुम्हारे लिए, बताव?" पंडित जी ने अपने जनेउ को अपने दोनों हाथों से शरीर के ऊपर गोलाई में घुमाया। उनके जनेउ में एक चाभी खुँसी हुई थी। पंडित जी की उँगली उस चाभी पर जाकर अटक गई। वह चाभी इतने दिनों से उनके जनेउ में खुँसी हुई थी कि वे खुद ही भूल गए कि यह चाभी है किसकी।

"प्रधानमंत्री को एगो चिट्ठी लिखना है। कैसे लिखें—समझे नहीं आ रहा है। अब विदो बाबू तो रहे नहीं। वही बूझने के लिए हिंया आपके पास आए थे। अब आपसे ज्यादा समझदार कौन है यहाँ?"

"मतलब!" पंडित जी सचमुच नहीं समझ पा रहे थे। उन्होंने चाभी पर से झटके से हाथ हटा लिया।

"मतलब कि, जब दुख-तकलीफ होगा तब प्रधानमंत्री, राष्ट्रपति, मुखमंत्री को ही त चिट्ठी लिखेंगे। आखिर देश त इहे लोग चला रहे हैं न!"

"तुम्हारे चिट्ठी लिखने से तो क्या प्रधानमंत्री तुमको नौकरी दे देंगे! ऐसे अगर प्रधानमंत्री नौकरिया देने लगें तो यहाँ तो करोड़ों लोग बेरोजगार हैं, किस-किस को देते फिरेंगे नौकरी। बहुत भोला है रे तू नगवा!"

"हम कबे बोले कि हमको नौकरी चाहिए। हमरा क्या है हम त एक दिन मरेंगे ही। और उ तो कैसेहूँ मर ही जाएँगे। और अभिये कौन-सा जिन्दा रहके बड़का पहाड़ खोद रहे हैं जो!"

पंडित जी नागो को देख रहे थे और समझने की कोशिश कर रहे थे। उन्हें लगा इधर कुछ-कुछ सुनाई दिया तो था कि कुछ काम नहीं होने से नगवा कुछ-कुछ खिसक गया है। सही ही लग रहा है।

"उ प्रधानमन्तरी को तो हम चिट्ठी इ खातिर लिखना चाहते हैं कि हमसे हमारे घोड़ा का दुख देखा नहीं जाता है। उसने ऐतना दिन हमरा घर चलाया, आज हमरे दलान पर उ इस तरह मर रहा है, इ हमसे देखा नहीं जाता है। उ तो कुछ नहीं बोलता है लेकिन हम जानते हैं, उ अन्दर से बहुते दुखी है। किसी से कुछ बात भी नहीं करता है।"

"एकदमे बौरा गए हो क्या? अरे, ठीक है विपत का समय है। इ भी कट जाएगा लेकिन पगला की तरह मत करो बाबू।" पंडित मिश्र ने नागो को बच्चे की तरह समझाना चाहा। चूँकि पंडित मिश्र को तब तक में यह लग गया था कि नागो पैसे के लिए उसके दरवाजे पर नहीं आया है तो वे अब राहत में थे। इसलिए वे नागो को दुलार कर रहे थे।

"हम समझ सकते हैं तुम बहुते परेशान हो लेकिन धीरज से काम लो। भोले बाबा रास्ता जरूरे निकालेंगे।" पंडित जी ने अपने जनेउ को घुमाकर अबकी उसे अपने माथे से लगाया।

"हम कौनो बौरा-औरा के नहीं कह रहे हैं यह सब। हम एकदमे होशोहवास में हैं। हमसे उसका दुख देखा नहीं जाता है। उ एकदमे मुरझा गया है। उ मर जाएगा। उसने हमारा पेट पाला है तो क्या हमारा कोई फर्ज नहीं बनता है उसके लिए?"

"त का अपने बाप के प्रति तुम्हारा कोई फर्ज नहीं बनता है। उ तुम्हारा बाप वहाँ बिछौना पर हग-मूत रहा है उसके प्रति तुम्हारा कोई जिम्मेदारी नहीं है।"

"हमने कब कहा कि हमारा जिम्मेदारी नहीं हैं। हम सब जिम्मेदारी समझते हैं लेकिन अभी सबसे पहले सूरज है। इ सूरजवा को पहले ठेकान लगा देंगे तब हम कमाने के लिए कहीं भी चल जाएँगे। लेकिन जब तक इ सूरजवा यहाँ पर मर रहा है हम इसको छोड़ के नहीं जा सकते हैं।"

"तो छोड़ दो उसको कहीं ले जाके। अपने आप ही मर जाएगा।"

"कैसी बात करते हैं पंडित जी? उ हमरा परिवार का अंग है। ऐसे कैसे छोड़ दें उसको। और इ मरनेवाली बात क्यों कहते हैं उसके लिए? यह आपके मुँह से शोभा नहीं देता है।" नागो का मन यह सुनकर एकदम कसैला हो गया। उसे पंडित मिश्र से यह उम्मीद नहीं थी।

"सच कहें पंडित जी तो हमारे सिवा उसका और कौन है? हम उसके दुख तकलीफ को नहीं समझेंगे तो और कौन समझेगा?" नागो ने अपने मन के कसैलेपन को दूर करके फिर से समझाना चाहा।

पंडित मिश्र को लगा कि नागो में विदो बाबू की आत्मा घुस गई है।

"उ डागडर की आत्मा तुममे घुस गया का रे नागो!"

"उ डागडर साहेब मरे नहीं हैं जो उनकी आत्मा हममें घुस जाएगी। उ एक दिन लौट के जरूर आवेंगे।" नागो विदो बाबू के नाम पर एकदम से प्रतिवाद पर उतर आया।

"आप हमारा मदद करेंगे या नहीं, सीधा-सीधा कहिए। नहीं त हम जाएँ यहाँ से।" पहली बार नागो पंडित मिश्र से यूँ बेअदबी से बात कर रहा था।

पंडित जी को लगा कि अभी यह होश में नहीं है इसलिए उन्होंने अपनी बुद्धिमत्ता का प्रयोग किया। पंडित जी अपनी आवाज को थोड़ा कोमल बनाते हुए बोले—

"तो तुमको क्या लगता है कि प्रधानमंत्री तुम्हारी शिकायत पर तुम्हारे इस घोड़े को क्या अपनी शाही सवारी में रख लेंगे।"

"हम ठहरे सीधा-साधा आदमी, हमको नहीं पता कि उ क्या करेंगे। लेकिन हम इतना जरूर जानते हैं कि इस देश के सब जीव की जिम्मेदारी उन्हीं के ऊपर है। सब की रक्षा वही करते हैं।"

"प्रधानमंत्री को चिट्ठी लिखोगे तो पुलिस पकड़ ले जाएगी तब क्या करोगे?"

"हम कोई गलत बात थोड़े न लिखेंगे जो पुलिस पकड़ ले जाएगी। हम तो सिर्फ उनसे विनती करेंगे।"

"अपना इ पागलपन फिर खुदे करो। खुदे भुगतना। और कोई दुख हो तो आना। अभी तो जाओ।" पंडित जी अन्दर से झल्लाते हुए भी ऊपर से शान्त दिखने की कोशिश करते रहे। लेकिन अपने मुँह से ही निकली हुई पुलिस का नाम सुनकर पंडित जी खुद ही डर गए। उन्हें लगा कि प्रधानमंत्री को लिखने का मसला है, क्या पता पुलिस-वुलिस का सही में चक्कर पड़ जाए। उन्होंने धीरे से नागो को यहाँ से टरका देने में ही अपनी भलाई समझी।

नागो वहाँ आया था तो उसके पास उम्मीद की यह एक किरण थी लेकिन जा रहा है तो खाली हाथ। उसने उठते हुए महसूस किया कि वह कमजोर हो रहा है। जमीन पर से उठने में थोड़ी दिक्कत हुई और आँखों के आगे कुछ बिन्दू-बिन्दू-सा बन गया। सिर एक बार चकरा गया। पंडित जी ने उसकी ओर देखा।

"एक गिलास चाय तो पी लेते।" यह पंडित जी ने नहीं, नागो ने कहा। नागो ने उस घर में अपने अधिकार को बनाए रखना चाहा।

लेकिन पंडित जी अपनी बात नहीं मानने के कारण खिन्न थे, "जाओ अभी। अभी हमारा पूजा खतम कहाँ हुआ था? उ त हम तुम्हारे लिए बीच में उठकर आ गए थे। चाय फिर कभी पी लेना।"

नागो वहाँ से चला तो पंडित मिश्र के घर के अहाते में फूल के कई पौधों से खुशबू आ रही थी। उड़हुल, करेटन और बेला। नागो को मालूम था कि उड़हुल से खुशबू नहीं आती लेकिन वहाँ सारी खुशबू गड्डमड्ड थीं। नागो ने उसे देखा और उनकी खुशबू को अपने नथुनों में भर लेना चाहा, लेकिन उसके प्रयास के बावजूद उसके नथुनों में खुशबू आ नहीं पाई।

नागो का खत और नागो की विनती

नागो दिन भर उलझन में रहा और यहाँ-वहाँ भटकता रहा। रात को भी उसे नींद नहीं आ रही थी। रात के घुप्प अँधेरे में उसे उस झोपड़ी की बल्लियाँ और फूस साफ-साफ दिख रही थीं। सूरज के गले में लटके सूरज की हल्की-फुल्की रुनझुन आवाज आ रही थी। नागो समझ रहा था कि आधी रात हो गई है, उसकी बेचैनी और सूरज की उदासी यहाँ साथ-साथ है। नागो के लिए टस समय झोपड़ी की छत

कोरा कागज हो गया था जिस पर वह रात भर लिखता रहा और फाड़ता रहा। उसे लगता रहा कि कितने कागज उसने इस खत के चक्कर में फाड़कर फेंक दिए! पूरी झोपड़ी कागजों से भर गई है। सहसा उसे चिड़िया की याद आई। चिड़िया होती तो इस खत का मजमून समझाती। चिड़िया होती तो मदद माँगने की तरकीब सिखला देती। नागो सोना चाह रहा था लेकिन नींद है कि आँखों से कोसों दूर थी।

लेकिन अन्ततः नागो ने पत्र लिखा। जितना उसे समझ में आया और जैसा समझ में आया उसने लिखा—

सेवा में महोदय

मेरा नाम नागेश्वर महतो है। हम फलना राज्य के टोनिया विधानसभा क्षेत्र के तेतरी गाँव के रहनेवाले हैं। महाशय तेतरी गाँव को जरूरे जानते होंगे। हमारे यहाँ से विदो बाबू यानी बिन्देशरी प्रसाद सरकार को बहुत चिट्ठियाँ लिखा करते थे। अब पता नहीं कहीं गायब हो गए हैं। लोग कहते हैं वे मर गए हैं। लेकिन वे मर गए हैं—इसे हम मान नहीं पा रहे हैं। बहुत अच्छा आदमी थे वे। हाँ, बिन्देशरी बाबू के नाम से इतना तो आप समझ ही गए हैं कि हम उस गाँव से हैं जहाँ से एक व्यक्ति ऐसा था जो अपने लिए नहीं दूसरों के लिए सरकार से टकराता रहता था। उनको ढूँढ़ना हमरा काम नहीं है लेकिन आप को सिर्फ याद दिला रहा हूँ अगर उनका कुछ पता चले तो हमें बताइएगा।

बिन्देशरी बाबू की तरह टकराने की न तो मेरी औकात है और न ही हिम्मत। यह खत सरकार से टकराने के लिए हम लिख भी नहीं रहे हैं। हाँ, एक गुजारिश के लिए जरूर लिख रहे हैं।

हमारा गाँव पटौना रेलवे स्टेशन से जुड़ा हुआ है। पटौना स्टेशन से हमारे गाँव की दूरी लगभग सात-आठ किलोमीटर की है। जब से हम होश सँभाले हैं इ रोड को गड्ढे में ही देखा है। हम कभी सोचे नहीं थे कि इ रोड कभी बनेगा भी। लेकिन भगवान हमपर मेहरबान हुए। इ इलैक्शन से पहले घुटर बाबू ने इ रोड बनवा दिया। घुटर बाबू हमारे विधायक श्रीमति छुई देवी के पति हैं, परन्तु सारा काम वही देखते हैं इसलिए इ रोड भी वही बनवाये हैं। लेकिन यही रोड हमारे जान का ग्रह हो गया है। हमारे पिता जी बिस्तर पर पड़े हुए हैं, दो बहनें कुँआरी हैं। हम टमटम चलाते थे। जीवन ठीक-ठाक कट जा रहा था लेकिन जब से इ रोड बना इ रोड पे उ बैटरी

वाला रिक्शा आ गया और हमारा रोजगार छूट गया। रोजगार छूट गया तो फिर से भुखमरी आ गई।

लेकिन इ खत हम अपने रोजगार के लिए नहीं लिख रहे हैं। हमारा क्या है हम तो जिन्दा रहते-रहते एक दिन मर ही जाएँगे!

हमारे लिए सबसे बड़ा दुख है हमारा घोड़ा, जिसका नाम हमने बहुत प्यार से सूरज रखा था, तो उसका अब क्या होगा? उस घोड़े ने अपने दम पर इतने सालों से हमारे घर-परिवार को खाना खिलाया है। अब उसको मरने के लिए हम कैसे छोड़ दें। हमारे पास अपने खाने को पैसा नहीं है। उस घोड़े को खाना, इलाज मिल नहीं रहा है।

हम मुख्यमंत्री के जनता दरबार में भी गए थे लेकिन वहाँ से सिर्फ इसलिए भगा दिया गया कि घोड़े की समस्या मुख्यमंत्री नहीं सुनते हैं। वैसे तो विदो बाबू कहते थे कि सरकार आदमी की भी समस्या नहीं सुनती है। लेकिन हम यह जानते नहीं है क्योंकि हमने इससे पहले कभी सरकार से कोई मदद माँगी ही नहीं थी।

मुख्यमंत्री के यहाँ यह कहा गया कि जिनके पास वोटर कार्ड नहीं है सरकार उसकी बात नहीं सुनती है। हम तो सोचते थे कि जिसमें जान है और जिसमें जान नहीं है सरकार-सबकी बात सुनती है और सबकी रक्षा करती है।

इस देश के नागरिक होने के नाते हम आपसे अपील कर रहे हैं। अब अपने घोड़े को अपने पास रखने का सामर्थ्य अब हममें नहीं है। और अपने आँख के सामने उसे मरते भी हम नहीं देख सकते हैं। इसलिए सरकार से यह गुजारिश है कि सूरज की चिन्ता की जाए और उसे मरने से बचा लिया जाए।

और सब ठीक है। इस देश के एक नागरिक होने के कारण इस उम्मीद में हैं कि जवाब जरूर आएगा।

नागेश्वर महतो

इस पत्र को लिखकर नागो ने उस डायरी से पता निकालकर पोस्ट कर दिया। मुख्यमंत्री, प्रधानमंत्री, राष्ट्रपति—ये तीन नाम नागो को समझ आए और नागो ने तीनों को यह पत्र भेज दिया।

नागो ने पत्र भेजकर सुकून की नींद ली। एक पल को उसे लगा कि उसने अपनी जिम्मेदारी निभा दी है और सरकार कोई-न-कोई रास्ता अवश्य निकालेगी।

उसे पूरी उम्मीद थी कि जवाब जरूर आएगा। नागो ने पत्र लिखा—इसकी जानकारी किसी को नहीं थी। पंडित मिश्र को यह तो पता था कि नागो पत्र लिखना चाह रहा है, लेकिन उसने लिख ही दिया है—यह उन्हें भी मालूम नहीं था। सूरज ने नागो को पत्र लिखते देखा था लेकिन सूरज अब मुरझा सा गया है इसलिए अब वह समझ नहीं पाता है कि नागो कर क्या रहा है।

ठकुरवारी में भजन और दुक्खन की साँस

राम रमैया आवेंगे, प्रभु के गुण गावेंगे

ढोलक की थाप पर यह भजन चल रहा था। और लोग कोरस में एक साथ ऊँची आवाज में जोर से कहते—'प्रभु के गुण गावेंगे।'

अँधेरा घिर आया था। सारे पक्षी अपने घर को लौट गए थे। ठकुरवारी के बरामदे में एक बल्ब जल रहा था। बिजली थी इसलिए बड़ा वाला बल्ब जल रहा था, नहीं तो बैट्री से एक छोटा बल्ब भी यहाँ जुड़ा हुआ है। ठकुरवारी के अन्दर जो भगवान का घर है उसमें भी कम रोशनी करनेवाला एक छोटा सा बल्ब लगा हुआ है। बरामदे में जो बल्ब लगा हुआ है वह ऐसी जगह पर लगा है जहाँ से उस चबूतरे के चौरस वाले हिस्से पर रोशनी पड़े। उसी जगह पर मंडली बैठी है। बल्ब बरामदे में है और मंडली बाहर, इसलिए पर्याप्त रोशनी के अभाव में लोगों के चेहरे बहुत स्पष्ट नहीं हैं। जो नजदीक हैं उनके चेहरे ज्यादा स्पष्ट हैं और जो दूर हैं उनके कम।

दुक्खन का चेहरा स्पष्ट नहीं था और वह अपने मुँह को बहुत अजीब तरीके से चबा रहा था। वह उस लैला-मजनूं पेड़ से पीठ सटाकर मंडली से थोड़ा पीछे हटकर बैठा था। वह रोज जहाँ बैठता था, आज भी वहीं बैठा है। नागो ने देखा कि दुक्खन अपने मुँह को अजीब तरह से खींच रहा है और बहुत ही बुरा सा मुँह बना रहा है। उसने दुक्खन को कसकर थाम लिया, उसके शरीर में एक अजीब तरह का खिंचाव था।

नागो ने जब से पत्र भेजा है, वह सुकून में है और रोज नियमित रूप से दो काम करने लगा है। सुबह वह दिशा फरागत से भी पहले टहलते हुए विदो बाबू की घर की तरफ जाता है। अभी अँधेरा खत्म होकर उजाला निकलना शुरू ही हुआ

होता है। वह जाता है और विदो बाबू के मचान को देखता है और उसे थोड़ी देर घूरकर वापस आ जाता है। वह रोज इस उम्मीद से जाता है कि क्या पता एक दिन वहाँ विदो बाबू बैठे या लेटे मिलें। उसे रोज लगता है कि एक दिन यह आश्चर्य जरूर होगा। वह सोचता है कि उसे आज अचानक विदो बाबू मिल जाएँगे और वह उनके सामने जाकर फफक-फफककर रो पड़ेगा, लेकिन वह रोज निराश होकर वहाँ से लौट आता है।

दूसरा काम जो वह नियमित रूप से करने लगा है वह है शाम को ठकुरवारी जाना। कीर्तन शुरू होने से पहले वह यहाँ आ जाता है और पीछे की तरफ लैला-मजनूं पेड़ से सटकर बैठ जाता है। वहीं दुक्खन भी बैठा होता है। कीर्तन खत्म होने के बाद वह चुपचाप उठकर चला जाता है।

उधर कीर्तन चलता रहता है और इधर दुक्खन बड़बड़ाता रहता है। लोग कहते हैं, "इ एकदमे हाफलेट हो गया है।" वह बड़बड़ाता रहता है इसलिए कोई उसके साथ बैठना नहीं चाहता है। लेकिन नागो वहीं उसी के साथ बैठता है। कपड़े की बाँह वाली बनियान पहने दुक्खन एकदम से काला पड़ता जा रहा है। दुक्खन बड़बड़ाता है और नागो सुनता है।

"पता नांय खैबो किये होंगे कि नहीं। भुख लगा होगा।"

"हियें पत्थर उठाकर बोले थे, मारो और हम सचमुचे में मार ही दिए। अब देखअ वही पत्थर आसमान से गिर रहा है।"

कभी कहता, "उ तो छाता भी लेकर नहीं गए हैं देखअ केतना बारिश पड़ रहा है। पूरे भीग रहे होंगे।"

कभी कहता, "आज एगो लहाश मिला था हमको। चापाकल में नहला दिया है हमने उसको। जाओ ठकुरवारी में धरा हुआ है देख आओ तुम सब भी।"

ऐसा कहते हुए दुक्खन अतल गहराई में चला जाता है। नागो तो रोज शाम को ही दुक्खन को देखता है लेकिन लोग कहते हैं, "उसके ऊपर विदो बाबू आते हैं। विदो बाबू की आत्मा भटक रही थी तो किसी को तो चुनता ही था। अब इ दुक्खनमा एकदमे खाली था तो इसी को चुन लिए।"

नागो दुक्खन को सुनता है परन्तु उसे ढाँढ़स नहीं बँधाता है और न ही उसे चुप ही कराता है। उसे बोलने देता है। वह नहीं चाहता है कि वह चुप हो जाए। वह नहीं चाहता है कि यह दुनिया अपनी स्मृति से विदो बाबू को मिटा दे। दुक्खन विदो बाबू को याद करके रोता है तो उसे सुकून मिलता है।

आज नागो ने सोचा था कि वह दुक्खन से यह साझा करेगा कि उसने अपने घोड़े के लिए भी और विदो बाबू के लिए भी सरकार को लिख दिया है। और सरकार एक न एक दिन विदो बाबू का पता जरूर लगाएगी। लेकिन आज दुक्खन के शरीर में खिंचाव है। कीर्तन चल रहा है और दुक्खन का शरीर अकड़ता जा रहा है। अकड़न इतनी कि पकड़ना मुश्किल। नागो की पकड़ से जब दुक्खन का शरीर बाहर होने लगता है तब वह चिल्लाता है।

कीर्तन बन्द हो जाता है और लोग दुक्खन को देखने पहुँच जाते हैं। दुक्खन जमीन पर लेटा है, नागो उसके सिर के बगल में बैठा है और लोग घेरा बनाए हुए है। दुक्खन के मुँह से झाग निकल रहा है। उसका शरीर छटपटा रहा है। दुक्खन के मुँह से बहुत ही मुश्किल से वाक्य निकलता है, "उ देखो हो डॉक्टर साहेब के नाक से खून आ रहा है। तुम लोग खूब नाचो, रुक काहे के लिए गए हो।"

लोग कहते हैं, "अन्त समय है। दुई मिनट में प्राण उड़ जाएगा।"

दुक्खन कहता है, "इंजोर कहीं नहीं है। सभे जगह अन्हार है। उधर देखो अन्हार। तुमलोग रहो अन्हार में, हम नहीं। हम तो चले।" और फिर दुक्खन का शरीर शान्त पड़ गया था।

लोगों ने कहा, "विदो बाबू लैइये लिये इ जान।"

नागो को बहुत अफसोस हुआ कि काश, उसने दुक्खन से यह पहले ही साझा कर लिया होता कि उसने सरकार को विदो बाबू के लिए लिख रखा है तब शायद दुक्खन बच जाता!

नागो के कन्धे पर हाथ और एक सरकारी कागज

नागो ने जब से खत भेजा है तब से वह दिन में कहीं नहीं जाता है। घर पर ही रहता है। शाम में उसने ठकुरवारी जाने का नियम बना लिया था लेकिन दिन में कहीं नहीं। दुक्खन की मृत्यु के बाद उसने ठकुरवारी जाना भी बन्द कर दिया। वह रोज दिन भर अपनी टाट की झोपड़ी में डाकिये का इन्तजार करता रहता था। उसे लगता था कि प्रधानमंत्री उसके पत्र का जवाब अवश्य देंगे। इन्तजार में वह अपनी खाट पर लेटा रहता था और औंधे लेटकर लकड़ी से जमीन पर लकीरें खींचा करता था।

कुछ वक्त गुजर गया और जब नागो के विश्वास ने उसका साथ देना लगभग छोड़ दिया था तब एक दिन ऐसा हुआ जिसकी उम्मीद नागो को भी नहीं थी। नागो यह तो सोचा करता था कि डाकिया कोई-न-कोई जवाब अवश्य लाएगा, लेकिन यहाँ हुआ कुछ अलग।

मौसम में ठंडक थी और धूप गुनगुनी हो गई थी। नागो की उस टाट की झोपड़ी के सामने सुहावनी धूप थी। लेकिन वह उस धूप में नहीं बैठता था। उसने ठंड के शुरू में ही सूरज को बाहर धूप में निकालने की कोशिश की थी लेकिन धूप में अचानक से उसकी आँखें चुँधिया गई थीं। सूरज उसी झोपड़ी में सुस्त पड़ा रहता था। इसलिए नागो भी बाहर इतनी अच्छी धूप होने के बावजूद अन्दर अपनी झोपड़ी में लेटा रहता था।

अपनी खाट पर लेटे-लेटे नागो को झपकी आई कि तभी उसके दरवाजे पर दो आदमी खड़े हो गए।

"हाँ जी, नागेश्वर महतो तुम हो?" यह एक ने कहा।

"देख के तो तुम ही लग रहे हो।" यह दूसरे ने तुरन्त इसे लगभग पैरेडी बनाते हुए कहा।

पहले की आवाज कड़क थी जिसने नागो को झपकी से बाहर ला दिया।

नागो झपकी से बाहर आया। धूप से विपरीत खड़े ये चेहरे, नागो के झपकी से तुरन्त बाहर आने के कारण बहुत साफ दिख नहीं पा रहे थे। नागो खड़ा हुआ। उसने अपने हाथों से अपनी आँखों को मसला। उसने झोपड़ी के उस अँधेरे हिस्से की तरफ देखा जिधर सूरज बैठा था। नागो ने यह सोचकर सूरज की तरफ देखा था कि सूरज बैठा होगा लेकिन सूरज बैठा नहीं खड़ा था और वह इधर ही देख रहा था।

नागो ने उस अँधेरे कोने से अपनी निगाह को इन चेहरों की तरफ किया तब वे चेहरे साफ हो पाए। एक व्यक्ति बहुत दुबला था और दूसरा व्यक्ति ठीक-ठाक था। दोनों ने शर्ट-पैंट पहन रखी थी। दुबले व्यक्ति के चेहरे पर मूँछ नहीं थी और वह इतना दुबला था कि उसकी खुँसी हुई शर्ट के नीचे से पैंट सरक जाना चाहती थी। जबकि पैंट पर बेल्ट लगी हुई थी। उसके गाल पिचके हुए थे, लेकिन उसके बाल घने थे इसलिए उस पतले चेहरे पर गझिन बाल ऐसे लग रहे थे जैसे जबरदस्ती उसके सिर पर धर दिए गए हों।

दूसरे व्यक्ति ने शर्ट को पैंट में खोंस नहीं रखा था। वह उतना दुबला नहीं था लेकिन मोटा भी नहीं था। उसके चेहरे पर घनी मूँछ थी और वह मुँह में कुछ चबा

रहा था। दोनों देखने में सरकारी कर्मचारी लग रहे थे। दोनों को देखकर ऐसा लग रहा था कि वे अभी भी ड्यूटी पर ही हों।

नागो जब उसको देख रहा था तब उस पतले आदमी ने फिर से अपने सवाल को दोहराया।

"हाँ जी, नागेश्वर महतो तुम हो?" उस पतले आदमी के बोलते ही उस बनिस्पत कम पतले आदमी ने फिर से पैरेडी करते हुए कहा, "देख के तो तुम ही लग रहे हो।" फिर दोनों एक साथ हँस पड़े।

नागो ने महसूस किया कि उस पतले आदमी की आवाज उसके शरीर की तुलना में काफी कड़क थी और उसे ऐसा अहसास हुआ कि वह इसी आवाज से अपनी झपकी से बाहर आया है।

नागो ने 'हाँ' में सिर हिलाया तो वह पतला आदमी एकदम मुड़कर जाने लगा। और जाते हुए फिर वह एक बार रुका। नागो की तरफ बढ़ा। फिर सूरज की तरफ देखा और कहा, "क्या यह वही घोड़ा है?" और फिर नागो की स्वीकृति का बिना इन्तजार किए दोनों एक-दूसरे को देखकर मुस्करा दिए। और फिर वह पतला वाला आदमी चला गया। पतले आदमी के जाने के बाद उस कम पतले आदमी ने घोड़े की तरफ बढ़ना चाहा लेकिन फिर वह रुक गया।

नागो डर गया। उसे लगा सरकार का आदमी कहीं उसे इसलिए पकड़ने तो नहीं आ गए कि उसने सरकार को पत्र लिख दिया था। उसे लगा, हो सकता है कि प्रधानमंत्री इस बात को स्वीकार नहीं कर पाते हों कि कोई आम आदमी उन्हें पत्र लिख दे। और फिर उन्होंने इन सरकारी मुलाजिमों को पहचान करने के लिए भेजा हो और हो सकता है कि वह पतला आदमी अब पुलिस को बुलाने गया हो।

जब तक पतला आदमी बाहर गया था नागो ने अन्दर आँगन की तरफ झाँका लेकिन वहाँ कोई नहीं था। दोनों बहनें और माँ अन्दर वाली कोठरी में होंगी। पिता की खटिया बाहर धूप में रखी थी और उस पर लेटे पिता के मुँह पर मक्खियाँ भिनभिना रही थीं। पिता सो रहे थे शायद।

नागो के मन में पिता को देखकर एकबारगी यह ख्याल आया कि कहीं पिता मर तो नहीं गए। लेकिन वह अभी इतना घबराया हुआ था कि वह उतनी दूर जाकर पिता को देखने की इजाजत अपने आपको नहीं दे पाया।

पतला आदमी लौटा तो उसके साथ एक अधिकारी जैसा व्यक्ति था। वह अधिकारी भी शक्ल से बहुत बड़ा अधिकारी तो नहीं लग रहा था लेकिन हाँ, वह

इन दोनों की तुलना में अवश्य ऊँचे ओहदे पर रहा होगा तभी उसके आने के बाद दोनों थोड़ा गम्भीर हो गए थे।

उस अधिकारी ने आकर पहले उस कमरे का मुआइना किया। उसने घोड़े पर नजर डाली फिर नागो की तरफ देखा और पूछा, "क्या आपने ही सरकार को पत्र लिखा था?"

नागो के शरीर में झुरझुरी दौड़ गई परन्तु उसने धीरे से 'हाँ' में सिर हिलाया।

"नहीं-नहीं, आप घबराएँ नहीं। हम सरकार की ओर से आपकी समस्या के निवारण के लिए आए हैं। सरकार हमेशा परेशान करने के लिए ही नहीं आती है।" उस अधिकारी ने नागो को देखते ही उसकी घबराहट को समझ लिया था।

उस अधिकारी के इस वाक्य ने नागो को थोड़ी राहत दी। उसने एक लम्बी साँस ली और उस अधिकारी को गौर से देखा। उस अधिकारी की तोंद निकली हुई थी। उसके बाल उड़े हुए थे। और वह बात करते हुए अपनी दाहिनी कलाई को अजीब तरह से बार-बार घुमा रहा था।

"हम इस घोड़े को अपने साथ ले जाने आए हैं।"

"कहाँ? काहे के लिए?" नागो शायद हिन्दी बोलना चाह रहा था।

"अब सरकार इसकी जिम्मेदारी लेगी।" उसने अपनी कलाई को इस बार जोर से घुमाया तो नागो को लगा शायद उस अधिकारी के हाथ में दर्द है और उसे चोट लगी हुई है। नागो उसके हाथ की तरफ गौर से देख रहा था। उसे हाथ को गौर से देखते हुए दोनों आदमी जो पहले आए थे वे आपस में एक-दूसरे की शक्ल देखने लगे। अधिकारी ने नागो को उसके हाथ की तरफ गौर से देखते हुए देखकर उसका ध्यान हटाने के लिए कहा।

"नहीं-नहीं, यहाँ सब ठीक है।" फिर आगे अपनी बात पर आकर कहा।

"कहाँ, क्या, कैसे—इन सब बातों को साझा करने का आदेश नहीं है हमें। सरकार का निर्णय गुप्त रखा जाता है।"

"इ कैसे हो सकता है। इससे पहले का कभी ऐसा हुआ है? हम कैसे विश्वास कर लें? हम अपने जान से ज्यादा चाहते हैं इसको।" नागो ने एक साथ बतलाना भी और पूछना भी चाहा।

"विश्वास! मतलब आपको सरकार पर विश्वास नहीं है?" उस अधिकारी ने अपनी जेब से एक कागज निकाला। उस कागज में अंग्रेजी में कुछ लिखा हुआ था

जो नागो समझ नहीं पाया। उस अधिकारी ने कागज को आगे करके कहा, "कुछ तो पढ़ना जानते होगे। इ 'हॉर्स' लिखा समझ आ रहा है।" नागो ने उस कागज को देखा, उसे एक हॉर्स शब्द समझ में आ गया।

"लेकिन...।"

"अरे, मैं सरकार का आदेश दिखला रहा हूँ आपको। हमारे पास आपके घोड़े को साथ ले जाने का आदेश है।"

"लेकिन...।" नागो ने फिर से सिर्फ 'लेकिन' ही कहा।

"आपने सरकार से इस घोड़े के लिए जिन्दगी माँगी थी। सरकार ने हमें इस घोड़े को जिन्दगी देने के लिए ही तो भेजा है।"

"लेकिन...।" इस बार नागो ने फिर लेकिन कहा तो दोनों पहले वाले सरकारी मुलाजिम एकदम झल्ला से गए।

"हद है यार, अब सरकार तुम्हारी सुध ले रही है तब भी लेकिन...।" इस बार उस पतले आदमी ने कर्कश आवाज में कहा।

उस अधिकारी ने अपनी कलाई को घुमाते हुए उस पतले आदमी को थमने का इशारा किया। और फिर नागो की तरफ देखकर एक लम्बी साँस लेकर अपने आपको थोड़ा मुक्त करते हुए कहा, "क्यों लेकिन...आपको क्या लगता है कि सरकार कुछ काम ही नहीं करती है? क्यों लगता है कि सरकार को अपनी प्रजा की कोई फिक्र ही नहीं है?" अपनी आवाज को संयत रखते हुए भी उस अधिकारी की आवाज में एक तल्खी थी।

फिर उस अधिकारी ने एक लम्बी साँस ली और फिर थोड़ा सहज होकर समझाना चाहा।

"सजीव, निर्जीव, मनुष्य, जानवर, घोड़ा, गदहा, साँप, चूहा—सरकार सबका ध्यान रखती है। सब राष्ट्र की सम्पत्ति है और राष्ट्र की पूरी जिम्मेवारी सरकार पर ही तो है। जो गुजर गया, जो है और जो भविष्य में होगा—सरकार उसका भी तो ख्याल रखती है, तो इसमें आश्चर्य क्यों? लोग कहते हैं कि सरकार काम नहीं करती है। और सरकार जब काम करती है तब आप आश्चर्य करते हैं तो फिर आप ही बताइये सरकार काम कैसे करेगी?"

"देखिए, धरती पर सिर्फ वही चीज नहीं है जो हमें दिखती है। जो दिखती है और जो नहीं दिखती है सरकार की जिम्मेदारी तो सारे की है। यह एक जिम्मेदार सरकार है। अब हवा आपको दिखती तो नहीं है लेकिन सरकार अपने पास हवा

भी तो सुरक्षित रखती है। अब मान लीजिए एक दिन देश की सारी हवा खत्म हो जाए तो क्या सरकार सबको मरने के लिए ऐसे ही तो नहीं छोड़ देगी न? सरकार को हर बुरे वक्त के लिए तैयार रहना पड़ता है।"

उस अधिकारी ने काफी लम्बा बोला। उसने ज्यों ही बोलना खत्म किया साथ के दोनों मुलाजिमों ने ताली बजा दिया। उस अधिकारी ने उनको घूरा और उन्होंने अपनी ताली को बीच में ही छोड़ दिया।

फिर उन दोनों व्यक्तियों में से जो थोड़ा मोटा था वह वहाँ से गया और बाहर खड़ी गाड़ी से पानी की बोतल ले आया। उस अधिकारी ने बोतल को देखकर आश्चर्य व्यक्त नहीं किया। ऐसा लगा यह एक रूटीन की तरह था। उसने बोतल के पानी से अपने गले को तर किया। और फिर नागो को देखते हुए कहा, "आप एक उत्तम राष्ट्र में रह रहे हैं और यहाँ की सरकार एक सर्वोत्तम सरकार है। इस पर आपको विश्वास करना ही होगा।"

नागो ने इस लम्बे भाषण को सुना और वह लगभग सन्तुष्ट भी हो गया। वह अन्दर से खुश भी था कि अब उसके प्यारे घोड़े की देखरेख सरकार करेगी।

लेकिन उसके मन में फिर भी एक सवाल तो रह ही गया था। वह अपना मुँह लटकाए हुए था।

"करने को तो हम तुम्हारे साथ जबरदस्ती भी कर सकते हैं जैसा कि तुमने सरकार के साथ किया है इस पत्र को लिखकर। एक अतिरिक्त किस्म का दबाव। लेकिन यह दबाव जनता तो बना सकती है परन्तु सरकार नहीं। सरकार तो सेवक होती है।"

"माफी हुजूर...। लेकिन साहब, आप उसे ले जाएँगे। फिर उसे आप लोग कैसे रखेंगे—इ हमको कैसे पता चलेगा? इ अधिकार तो हमरे पास होना चाहिए। आखिर हमने वोट दिया है।" नागो ने बहुत हिम्मत करके अपने मन में उठ रहे सवाल को किसी तरह अपने कंठ से बाहर निकाला।

"वोट दिए हो तो साला का गोदिया में बैठ जाओगे।" यह उस पतले आदमी की आवाज थी जो इस जिरह से पूरी तरह उब चुका था और खीझ में अपनी भाषा पर आ गया था।

लेकिन उस अधिकारी ने तुरन्त समझाया, "नहीं-नहीं, ऐसे नहीं। ऐसे बात नहीं करते। यह लोकतंत्र है। लोकतंत्र का मतलब है—लोक का तंत्र। इस तरह इस तंत्र को बर्बाद नहीं कीजिए। लोकतंत्र में शक करना और सवाल पूछना ही तो उसकी

खूबसूरती है। और यह सरकार लोकतंत्र की खूबसूरती को बचाए और बनाए रखनेवाली सरकार है। आप जाइए यहाँ से।" उस अधिकारी के इस सिद्धान्त और इस हल्की सी झिड़क के बाद उस पतले आदमी को वहाँ से जाना पड़ा।

"तो क्या चाहते हैं आप?"

"हमको बीच-बीच में हमरे घोड़ा से मिलने का परमिशन चाहिए।"

"आप सरकार से शर्त रख रहे हैं।"

"शर्त नांय, हम तो सिर्फ अधिकार माँग रहे हैं।"

"यह आदेश तो नहीं है हमारे पास।"

"आप चाहेंगे तो आदेश बदलना कौन सा भारी काम है?"

"हम तुम्हारे घोड़े को लिए बिना चले जाएँ? फिर रोना बैठकर।"

"छोड़िए हुजूर, रोना तो हमारे किस्मत में ही है। उसमें नया क्या है? हाँ, कुछ उपाय नांय निकालिएगा तो हम फिर मेहनत करेंगे।"

"क्या करोगे?"

"करेंगे क्या, मरेंगे नहीं। फिर चिट्ठी लिखेंगे। चिट्ठी पर चिट्ठी। कभियो तो सुध जरूरे लीजिएगा।"

उस अधिकारी को लगा बहुत टेढे आदमी से पाला पड़ गया है। वह नागो से बहस करना छोड़ वहाँ से दो कदम पीछे हट गया। कुछ देर जमीन को देखता रहा। फिर उसने रास्ते को देखा। दोपहर का समय था और रास्ते पर शान्ति थी। उसने अपनी जेब से मोबाइल निकाला और किसी से बात करनी शुरू कर दी। नागो उस अधिकारी से इतनी दूर था कि उसे उस फोन पर हो रही बातचीत का कुछ भी स्पष्ट सुनाई नहीं दे रहा था। हाँ, इतना अवश्य समझ आ गया था कि बात तो इसी सन्दर्भ की हो रही थी।

फोन रखने के बाद भी वह अधिकारी उसी जगह पर थोड़ी देर तक खड़ा रहा। रास्ते पर सन्नाटा यूँ ही पसरा रहा। फिर उस अधिकारी ने अपने नीचले होंठ को अपने दाँतों से दबाया और नागो की तरफ पलटा।

"ठीक है, सरकार ने आपकी इच्छा को स्वीकृति दे दी है। अभी हमें तीन बार का आदेश मिला है। आप तीन बार अपने प्यारे घोड़े से मिल सकते हैं। पहली बार एक महीने के बाद, दूसरी बार तीन महीने पर और तीसरी बार छह महीने पर। फिर आगे का आगे देखा जाएगा, अभी हमारे पास उसका आदेश नहीं है। और हो सकता है कि इन तीन बार के बाद आपको सरकार पर विश्वास ही हो जाए। हो

सकता है आप देखें कि सरकार आपके घोड़े को कितने अच्छे से रख रही है और आप खुद ही निश्चिन्त हो जाएँ।"

फिर थोड़ा रुककर उस अधिकारी ने कहा, "इन तीनों तारीखों पर हमारा आदमी आपके पास सुबह आएगा और आप उसके साथ जाएँगे। और हमारा आदमी ही आपको छोड़ेगा।" नागो ने स्वीकृति में अपना सिर हिलाया तो उस अधिकारी ने उस मोटे आदमी को इशारे से आदेश दिया।

"अब तो मुस्कराइए कि आप एक उत्तम राष्ट्र में हैं।" उस अधिकारी ने ऐसा कहा तो नागो ने मुस्कुरा दिया। नागो ने बाहर देखा, धूप खिली हुई थी और पेड़ पर चिड़िया अपनी पांखें खुजला रही थी।

मोटा आदमी बाहर गया। उस अधिकारी ने नागो से कहा, "हाँ, हमारी एक शर्त है आपके और सरकार के बीच जो भी वार्तालाप हो रहा है—इसके राजदार सिर्फ आप होंगे और कोई नहीं।" नागो चुप था।

"राजदार मतलब समझते हैं आप?"

नागो ने असहमति में अपनी गर्दन हिलाई।

"यह घोड़ा कहाँ गया, कैसे गया, कहाँ है, आपके और सरकार के बीच क्या बात हुई—इसे आपके और आपकी साँसों के अलावा कोई नहीं जानेगा। आपकी धड़कन भी नहीं। अभी जब यह घोड़ा यहाँ से जाएगा तब आप यह देखने बाहर भी नहीं निकल पाएँगे कि वह कैसे जा रहा है। अब यहाँ से सब हमारी जिम्मेदरी है।"

"हाँ, यहाँ से तय शर्त के अनुसार जब एक, तीन और छह महीने पर आपको यहाँ से ले जाया जाएगा तो तरीका बहुत गुप्त होगा। आप गुप्त तरीके से वहाँ पहुँचेंगे और गुप्त तरीके से आप वहाँ से आएँगे। वहाँ के अनुभव के बारे में आप किसी से भी कुछ नहीं कहेंगे।"

नागो का चेहरा थोड़ा खिंचने लगा, लेकिन उसके पास इससे बेहतर कोई दूसरा विकल्प नहीं था।

"अरे आप बहुत खास हैं। आपके लिए यह एक विशेष व्यवस्था है।" उस अधिकारी ने नागो के कन्धे पर हाथ रखते हुए ऐसा कहा तो नागो को लगा जैसे उसका कन्धा धँसता जा रहा है। नागो ने बिना कुछ कहे स्वीकृति दे दी।

"यह सरकार एक प्यारी सरकार है। अपने लोगों का इतना ध्यान रखनेवाली सरकार।" ऐसा कहते हुए उस अधिकारी का हाथ अभी भी नागो के कन्धे पर ही था।

"हाँ, बस इतना ध्यान रखिएगा कि अपने और सरकार के बीच हुई किसी भी बात को अगर आप बाहर निकालेंगे तो इसे सरकार के विरोध में जाना-माना जाएगा। और सरकार के विरोध में जाने का अंजाम तो हर कोई जानता ही है। वैसे तुम समझदार हो मैं जानता हूँ।" उस अधिकारी ने पहली बार नागो के लिए 'तुम' का इस्तेमाल किया तो नागो के शरीर में झुरझुरी-सी दौड़ गई।

मोटा आदमी बाहर गया और फिर पतले आदमी को भी साथ लेकर आया। और फिर घोड़े को साथ ले जाया गया। नागो ने अपने परिवार वालों से भी कुछ साझा नहीं किया। हाँ, सूरज को भेजते हुए उसकी आँखों के कोर भीगे थे। नागो ने सूरज को गले लगाया। लेकिन सूरज शान्त था ऐसे जैसे उसे कोई फर्क नहीं पड़ा हो। नागो ने सोचा, अगर पहले की बात होती तो सूरज जाने से नकार देता। लेकिन अब सूरज एक सुस्त घोड़ा था।

सूरज गया और उस अधिकारी ने चलते हुए नागो के हाथ में एक सरकारी कागज थमा दिया। और कहा, "इसे सँभालकर रखिए। यह आपके और सरकार के बीच का करारनामा है।"

चमकती सड़क और उस पर सरपट दौड़ता गाँव

"अरे उ 20 टका का टॉपअप चार्ज कर दो।"

"20 का नहीं है हो, उ टॉपअप 30 का है और उ वोडा में आया है।"

"अरू एयरसेल में क्या है गुरू?"

"एयरसेल में फुल टॉकटाइम है 10 में 10। पूरे पैसा वसूल है। बतियाओ सार जेतना बतियाना है।"

"लेकिन सिगनल तो वोडा का है। अरू उ एयरटेल में क्या ऑफर है?"

"अरे यार, उ पोस्टरवा में देखो न भाई, सारा टाँग दिए है। पहले पूरा पढ़ो फिर बोलो।"

"दिन का ऑफर एयरटेल में अच्छा है और शाम के सात बजे के बाद वोडा में।"

"ठीके है तो एयरटेल में 10 रुपया का डाल दीजिए और वोडा में 30 टका का।"

"लेकिन वोडा में कै जीबी है डाटा?"

"अरे, शामवा के बाद त अनलिमिटेड है। देखते रहो सार, सनी लियोनी को निर्वस्त्र।"

सभी के मोबाइल में 3 सिम कार्ड हैं। दो मोबाइल में और एक उसके कवर में। जब जिसमें जैसा ऑफर, डाल लिया वह सिम कार्ड अपने मोबाइल में।

यह पिंटुआ के छोटा भाई चिंटू की दुकान है—"ए-वन मोबाइल"। पिंटुआ उधर रिक्शा में व्यस्त है और अपने भाई को इधर पकड़ा दिया मोबाइल की दुनिया।

पिंटुआ कहता है, "अब जमाना बदल रहा है तो रोजगार भी बदलेगा और रोजगार करनेवाला भी।" इ चिंटुआ तो पिंटुआ से भी ज्यादा फास्ट है। अभी ढंग से मूँछ भी नहीं निकली है लेकिन मोबाइल पर अपनी उँगलियाँ फर्राटेदार दौड़ाता है। मोबाइल में कौनो रोग हो गया हो, एक बार चिंटुआ को दिखा दीजिए बस सारा रोग एक मिनट में दूर।

"अरे, इ मोबाइलवे पे स्क्रेच आ गया स्क्रीनगार्ड त लगाए थे लेकिन उ भी चाइनीजे निकला। दूसरा दे दो।" चिंटुआ ने स्क्रीनगार्ड रखना ही छोड़ दिया। कहता है, "साला, बहुते झिक-झिक है। स्क्रीनगार्ड है, कौनो सीमेंट की दीवार है जो सार पत्थर हो जाएगा। उ त टूटवे करेगा। लेकिन इ गाँव में त लोग के चाहिए पूरे जिन्दगी का लाइफ इंश्योरेंस।"

दुकानें अलग-अलग हैं। स्क्रीनगार्ड की भी अलग दुकान है जो सिर्फ वही बेचता है। अलग-अलग मॉडल, अलग-अलग स्क्रीनगार्ड। एक बार मॉडल बस दिखा भर दीजिए बस एक मिनट में उन स्क्रीनगार्ड की भीड़ में से उस मॉडल का स्क्रीनगार्ड सामने।

कुछ दुकानें ऐसी भी हैं जहाँ लौंडे-लपाटे लैपटॉप लेकर बैठे हैं। दस रुपये में सौ गाने। अब लता-किशोर कौन सुन रहा है। हनी सिंह नहीं तो कुछ नहीं। कनिका कपूर तो जान है सबकी। और मिका और अरिजीत सिंह अपने वैरिएशन के लिए सबके दिलों में बसते हैं। जिसे देखो कान में लीड ठूँस के घूम रहे हैं और कनिका कपूर गा रही है—'बेबी डॉल मैं सोने दी।'

"चुम्मा चाटी वाली फिलिम नहीं चाहिए। उ साउथ का फिलिम दीजिए भाई, सुपर एक्शन वाला। विनाशक, एक था सूर्या, सूर्यवीर योद्धा।"

"लेकिन एचडी में नयका फिलिम चाहिए।"

"इ एमबी में तो साला साफ नांय दिखता है। जीबी में दो भैया।"

"अरे सार, त आजे रिलीज हुआ त का आजे एचडी में आ जाएगा। जो पिछले शुकरवार को रिलीज हुआ वही मिलेगा एचडी में।"

"अब हॉल में रिकार्डिंग वाला कहाँ आता है बे। अब तो स्टुडियो से ही चुरा लेता है सार सब।"

"बिना एचडी लोगे तो दस रुपया में दो फिलिम मिल जाएगा और एचडी दस रुपया में एक।"

इन लौंडों-लपाटों के बीच हिन्दी की नई फिल्मों के साथ-साथ साउथ की फिल्में बहुत पोपुलर हैं। देखने को तो लोग हॉलीवुड की फिल्में भी पसन्द करने लगे हैं लेकिन अभी जमाना साउथ की फिल्मों का है। उसका एक्शन लौंडों के सिर पर चढ़कर बोल रहा है।

यह सभी दुकानों की स्थिति है। सभी जगह लगभग एक ही जैसा संवाद। एक ही जैसी भीड़।

यहाँ तेतरी और झुनिया में बिजली का खम्भा गड़ा नहीं है तो पिपरी में लौंडों ने इसका भी उपाय निकाल लिया। यह भी एक रोजगार हो गया।

दो दुकानें तो ऐसी हैं ही जिसने अपनी गुमटी में एक रैक बना दिया है मोबाइल चार्ज के लिए। यह आइडिया सबसे पहले आया पंकजवा को। कहता है, "सार, सब बौआता रहता था, इसके-उसके यहाँ चार्ज करने के लिए। गाली सुनना कौनो अच्छी बात थोड़े न है। अरे भाई, हर आदमी को इज्जत से रहना चाहिए। सार, मोबाइल रखे हो कौनो गुनाह थोड़े न किए हो।"

"और मोबाइल रखे हो तो खाना तो देना ही पड़ेगा न। अरे, दरवाजे पर जानवर भी रखते हो तो क्या उसको खाना नहीं देते हो। भूखे को खाना खिलाना तो इनसानियत की बात है। लेकिन साला आज-कल कोई भूखे को भी अपने दरवाजे पर खाना बिना फायदे का कहाँ खिलाता है। तो भाइयो, कोई एहसान की जरूरत नहीं है। यह विकसित समाज है। आइए, पैसा फेंकिए और अपना सम्मान वापस लीजिए।" पंकजवा के पास अपनी दुकान के विज्ञापन का पूरा माद्दा है।

पाँच रुपया लेता है मोबाइल चार्ज का। फुल मोबाइल चार्ज। पूरा दिन और पूरी मस्ती कीजिए। उस रैक पर उसने कई प्वांइट बना रखे हैं। सब अपना मोबाइल लगा देते हैं। यह एक दिनचर्या जैसा है सबको मालूम है कि उसके मोबाइल के पेट भरने में कितना टाइम लगना है। चार्ज करते वक्त सबके लिए निर्देश है कि सब अपने-अपने मोबाइल को फ्लाइट मोड पर डालकर रखो।

"हम साला दिन भर अगर पीं-पीं और गूं-गूं सुनने लगे तो हम तो बहरे हो जाएँगे। साले, लगाओ यहाँ मोबाइल लेकिन कोई ध्वनि प्रदूषण नहीं।"

और सारी शर्तों के साथ लोग मोबाइल को सिर्फ लगाते ही नहीं हैं बल्कि उसके लिए भी लाइन लगी रहती है।

"अरे हटाव सार, सब 4100 एमएएच के बैट्रिये वाला है क्या?"

पंकजवा कहता है, "लगता है अब एमएएच देखके चार्जिंग का दाम भी बढ़ाना ही पड़ेगा।"

नागो कई महीने के बाद अपनी परेशानियों से मुक्त होकर यूँ बाहर निकला है। वैसे तो जबसे उसने टमटम चलाना शुरू किया था उसके पास समय ही कहाँ था। जबसे यह चमचमाती सड़क बनी और जबसे उसने टमटम चलाना बन्द किया तब से तो उसने अपने आपको उस झोपड़ी में बन्द ही कर लिया था। लेकिन अब जब उसके घोड़े सूरज की जिम्मेदारी सरकार ने ली है, वह मुक्त हो गया। अब वह भटक रहा है। देख रहा है इस गाँव को। गाँव उसे बहुत बदला-बदला सा लग रहा है। चारों तरह अफरातफरी है। चारों तरफ जल्दबाजी। चारों तरफ एक गजब की बेचैनी। किसी को डाटा कम मिलने की बेचैनी, किसी को नेटवर्क नहीं मिलने की बेचैनी, किसी को स्क्रीनगार्ड की बेचैनी, किसी को फिल्म के एचडी में न मिलने की बेचैनी। नागो अपनी दुनिया से भटकने के लिए निकला तो अचानक उसे लगा जैसे वह एक नई दुनिया में आ गया है। उसने तो अपने मन में यही सोचा था कि सिर्फ चमचमाती सड़क यहाँ बनी है और उसने ही इस गाँव को बदला है लेकिन यहाँ तो बहुत कुछ बदल गया था।

गाँव शान्त था। क्योंकि गाँव में कोई मुद्दा बचा नहीं था। सड़क बन चुकी थी। चुनाव हो चुका था। विदो बाबू रहते थे तो चिट्ठी और चिट्ठी में शिकायत लिखकर माहौल को गरम बनाए रहते थे। लोग जानते थे कि उन चिट्ठियों से खैर क्या होनेवाला है लेकिन हाँ, माहौल गरम रहता था। उनके जाने के बाद वह भी शान्त हो गया।

रामसजन अपनी दुकान पर वैसे ही बिना किसी फर्क के बैठा रहता है। लोग आते हैं, चाय पीते हैं और चले जाते हैं। मन्दिर पर भी विदो बाबू का नाम लेनेवाला आखिरी आदमी दुक्खन था जिसकी मौत हो चुकी थी।

नागो ने अगर अपने घोड़े की कहानी लोगों को बतलाई होती तो शायद वह कहानी कुछ दिनों तक यहाँ घूमती। लेकिन वह शर्तों के हाथों मजबूर था। यूँ नागो और नागो के घोड़े में किसे रुचि होगी।

इस तरह एक महीना देखते-देखते बीत गया और नागो के सामने वह सुनहरा दिन आ गया जब वह अपने सूरज से मिलने जानेवाला था। पूरी रात वह बेचैनी में सोया नहीं। कैसा हो गया होगा अब वह। मोटा या दुबला। कैसा ध्यान रखा होगा उन लोगों ने उसका। क्या वह उसे देखते ही दौड़कर उससे लिपट जाएगा। ये सारे सवाल थे जो नागो को परेशान किए हुए थे। जाने का दिन आया और नागो जाने के लिए तैयार हो गया।

एक बड़ा सा कमरा, मकड़ियाँ और एक बूढ़ा

नागो ने अभी आँखें खोली भी नहीं थी कि उसके नथुनों में सीलन जैसी बदबू भर गई। उसने जब आँखें खोलीं तब जितनी तेज रोशनी की उसे उम्मीद थी उससे कम वहाँ थी। तब भी उसकी आँखों को उस अँधेरे में सन्तुलित होने में थोड़ा वक्त लगा।

नागो कैसे वहाँ तक पहुँचा—उसे कुछ अहसास नहीं था। वह कब चला था—उसे यह तो याद था, लेकिन उस चलने के कितनी देर या कितने दिन बाद वह यहाँ पहुँचा—उसे कुछ भी याद नहीं। जो दो लोग उनके साथ थे अब उनमें से कोई भी उसके साथ यहाँ नहीं था। नागो जहाँ खड़ा था वहाँ वह अकेला था। उसकी आँखें जब थोड़ी सन्तुलित हुई तब उसने इधर-उधर देखा।

यह एक हॉल था जिसमें बोरों में कसे हुए ढेर सारे सामान यहाँ-वहाँ रखे हुए थे। हॉल में रोशनी के लिए कोई बल्ब नहीं जल रहा था लेकिन वहाँ थोड़ी रोशनी थी। रोशनी कहाँ से आ रही थी नागो ने इसे समझना चाहा लेकिन उसे कुछ समझ नहीं आया। उसने चारों तरफ अपनी निगाह को घुमाया परन्तु वह कुछ समझ नहीं पाया। वहाँ कोई निकलने या आने का कोई रास्ता नहीं था। कोई दरवाजा या खिड़की भी नहीं थी लेकिन कमरे में थोड़ी रोशनी थी। वह यहाँ कैसे आया उसे पता नहीं। उसने अपने सिर को ऊपर उठाकर छत को देखना चाहा। छत ऊँची थी और वहाँ जाले लगे हुए थे। उन जालों में मकड़ियाँ आराम से लेटी हुई थीं। छत में कुछ जाले टूटे हुए थे। जो जाले टूट गए थे, वे छत से दीवार के सहारे लटके हुए थे। उस छत को देखकर ऐसा लग रहा था जैसे बहुत दिनों से उसकी सफाई नहीं हुई है।

वहाँ एक खास तरह की बदबू मौजूद थी जो सीलन जैसी थी या फिर ऐसी जैसी बहुत दिनों तक बन्द रहनेवाले कमरे से निकलती हो।

नागो ने फिर से चारों तरफ अपनी आँखों को घुमाकर देखना चाहा। इस बार उसे उससे थोड़ी दूरी पर रखा एक टेबल दिखा लेकिन उसके साथ बैठने के लिए वहाँ कोई कुर्सी नहीं थी। उस टेबल पर एक रजिस्टर रखा था जो अभी बन्द था। नागो डर गया। उसने बहुत धीमे से आवाज निकाली ऐसे जैसे कोई उसे सुन न ले। वह वास्तव में अपनी आवाज को किसी को सुनाना चाहता था लेकिन उसकी आवाज कोई सुन न ले इससे उसे डर भी लग रहा था। उसके मुँह से निकली वह आवाज छत तक ऊपर उठ गई और मकड़ों ने उसे सुना। डर से उसका पूरा शरीर पसीने से भीग गया। उसने महसूस किया कि उसके कान के पीछे से पसीने की बूँद चू रही है।

नागो ने सोचा था कि वह ज्यों ही अपनी आँख को खोलेगा यहाँ उसे अपना प्यारा घोड़ा दिखेगा लेकिन वह अब अपने निर्णय पर पछता रहा था कि उसने सरकार के सामने ऐसी शर्त ही क्यों रखी? अचानक उसे बहुत तेज प्यास लगी और गले में काँटे जैसे उग आए। लेकिन न तो उसके पास पानी था और न ही वहाँ पर ऐसा कोई आदमी था जिससे कम-से-कम वह अपनी फरियाद रख सकता था। वह हॉल के लगभग बीच में खड़ा था और उसके पैरों में कम्पन थी। उसने छत की ओर फिर से देखा और उसके भीतर उस छत को देखकर एक अजीब तरह की घबराहट उत्पन्न हुई। वह अभी ऊपर देख ही रहा था कि उसके कान के ठीक पीछे से एक महीन सी आवाज आई, "आ गए तुम?"

नागो, जो वहाँ किसी भी आवाज की उम्मीद लगभग छोड़ चुका था, वहाँ इस आवाज ने उसे एक खुशी तो अवश्य दी होगी लेकिन उस खुशी से बहुत पहले वह बहुत डर गया था। वह डरकर छिटककर दूर खिसक गया। उसने उस आवाज की तरफ देखा। वहाँ एक दुबला सा बूढ़ा आदमी खड़ा था। उस दुबले से आदमी ने नागो के डर जाने पर कोई प्रतिक्रिया नहीं दी और न ही उसने उसे कोई सांत्वना ही दी। वह बूढ़ा चुपचाप उस टेबल की तरफ बढ़ा और उस रजिस्टर को पलटकर उसमें कुछ लिखने लगा।

नागो इतना डर चुका था कि दूर छिटकने के बाद पहली नजर देखने पर उसने उस बूढ़े को भूत या जिन्न समझा। और ऐसा सोचकर वह और ज्यादा डर गया। उस बूढ़े ने भी बिना कोई सांत्वना दिए उसे ऐसा सोचने का पूरा

मौका दिया। लेकिन जब वह बूढ़ा आदमी उस रजिस्टर को पलटकर कुछ लिखने लगा तब नागो को यह महसूस हुआ कि वह कोई भूत नहीं, एक सरकारी कर्मचारी है।

नागो ने उसे ध्यान से देखा। वह बहुत ही दुबला-पतला और कमजोर-सा इनसान था। उसके शरीर पर मांस ठीक से मांस की परत भी नहीं थी। उसके शरीर में सिर्फ हड्डियाँ ही थीं। वह आगे की ओर कुछ झुका हुआ था। नागो उसके करीब आया और फिर महसूस किया कि वह इतना बूढ़ा था नहीं जितना वह लग रहा था। उसकी उम्र पचास के लगभग की रही होगी लेकिन वह कम-से-कम अस्सी का लग रहा था। उसे देखकर ऐसा लग रहा था जैसे वह सदियों से इसी हॉल में बन्द है और यहीं बूढ़ा होता जा रहा है। उसके चेहरे पर झुर्रियाँ थीं और उसके शरीर की हड्डियों से उसकी चमड़ी झूल रही थी। उसके बाल लम्बे और पूरी तरह सफेद थे और उसके दोनों गाल पिचककर अन्दर धँस गए थे।

जब नागो उसके करीब आया तब उस बूढ़े ने कहा, "चलो।"

बूढ़ा आगे बढ़ा और वह उसके पीछे हो लिया। नागो यह सोचने लगा कि बूढ़ा जिधर चल रहा है उधर रास्ता तो है नहीं।

बूढ़ा, रोशनी और चमगादड़

नागो अपनी नजरों से पहले इस पूरे कमरे को देख चुका था। उसे इस कमरे में कोई भी रास्ता नहीं दिखा था। लेकिन बूढ़ा जा रहा था तो वह भी उसके पीछे जा रहा था। बूढ़ा जाते हुए रुका, उसने एक लम्बी साँस ली और फिर वह चलने लगा। वह बूढ़ा वहाँ रखे बोरों के बीच किसी तरह घुसा। उन बोरों के बीच घुसने की जगह नहीं के बराबर ही थी, लेकिन वह घुसा तो नागो भी उसके साथ घुसता चला गया। उन बोरों के भीतर घुसते ही उन बोरों के पीछे अचानक से एक दरवाजा दिखा जो अभी बन्द था।

उस दरवाजे पर ताला नहीं था। उस बूढ़े ने उस दरवाजे को खोलना चाहा। बहुत देर तक वह उस दरवाजे की कुंडी को ढूँढ़ता रहा। नागो को कुंडी सामने दिख रही थी, लेकिन वह चुप रहा। वह बूढ़ा उस कुंडी वाली जगह को छोड़कर

उस दरवाजे के बाकी हिस्सों पर अपने हाथ फिरा रहा था। ऐसा करते हुए जब वह बूढ़ा ऊब गया तब वह उस दरवाजे को कुछ यूँ झकझकोरने लगा जैसे वह एक बन्द कमरे में हो और जहाँ बहुत अधिक घुटन हो। नागो उस बूढ़े के इस रूप को देखकर घबरा रहा था। लेकिन तब उसने आगे बढ़कर बूढ़े के हाथ को पकड़कर कुंडी पर रख दिया। बूढ़े का हाथ एकदम बर्फ की तरह ठंडा था। नागो के द्वारा ऐसा करना बूढ़े को बिलकुल अच्छा नहीं लगा, उसने बहुत ही गुस्से में नागो की तरफ देखा। नागो सहम गया।

जैसा कि नागो को उम्मीद थी कि दरवाजा खुलते हुए पूरा कमरा रोशनी से भर जाएगा पर ऐसा कुछ नहीं हुआ। उस दरवाजे के पार एक गलियारा था जिसमें अँधेरा पसरा हुआ था। उस गलियारे के दोनों तरफ दीवार थी और उन दीवारों के ऊपर रोशनदान थे जिससे छनकर थोड़ी सी रोशनी अन्दर आ रही थी जिससे रास्ता चलने लायक हो रहा था। उस गलियारे में इतनी रोशनी थी कि नागो अगर उस बूढ़े आदमी को देखना चाहे तो उसकी शक्ल अच्छी तरह से देख सकता था।

उस टेबल से दरवाजे तक जाते हुए और इस गलियारे को पार करते हुए नागो ने उस बूढ़े को देखकर इतना तो समझ लिया था कि उस बूढ़े को साँस लेने में तकलीफ हो रही है। वह बूढ़ा झुककर चल रहा था लेकिन उसने चलने के लिए किसी लाठी या डंडे का सहारा नहीं ले रखा था। वह थोड़ी दूर चलता था और ऐसा लगता जैसे उसकी साँसें खत्म हो गई हैं। वह रुकता और अपने शरीर को सीधा करता और एक लम्बी साँस अपने फेफड़े में भरता और फिर चलता। उसे देखकर हर थोड़ी देर में ऐसा लगता था जैसे उसके साँसों का स्टॉक खत्म हो गया है, वह रुकता, साँस को अपने अन्दर जमा करता और फिर आगे चलता। नागो उसके साथ चल रहा था इसलिए उसके रुकते ही उसे भी रुकना ही पड़ता। नागो उसे देख रहा था और देखते हुए उसे ऐसा लगने लगा था कि जैसे उसके अन्दर भी साँसों की कमी हो गई है।

वह गलियारा वहाँ खत्म हुआ, जहाँ एक दरवाजा था। दरवाजे में यहाँ भी ताला नहीं था लेकिन दरवाजे की कुंडी बाहर से बन्द थी। बूढ़े ने झुककर दरवाजे को खोला। इस दरवाजे को देखकर नागो को बूढ़े का कठोर चेहरा याद आ गया। उसने सोचा कि वह इस बार बूढ़े को कुंडी ढूँढ़ने ही देगा। लेकिन हद यह थी कि इस बार वह बूढ़ा उस दरवाजे के पास पहुँचा और सीधे कुंडी पर ही हाथ रखा और दरवाजा खोल दिया। दरवाजे के खुलते ही ढेर सारे चमगादड़ और कुछ चिड़ियाँ

बाहर की तरफ ऐसे भागे जैसे वे बहुत दिनों से वहाँ बन्द थे। नागो एकदम डर गया और अचानक से झुककर बैठ गया। वह बूढ़ा वहीं खड़ा रहा।

बूढ़े ने नागो को देखा परन्तु उसके डरने पर कोई हैरानी नहीं जताई। बस धीरे से कहा, "डरो नहीं, ये तुम्हें कुछ नहीं कहेंगे।"

नागो जब सँभला तो उठते हुए उसने उसे कमरे से आनेवाली बहुत ही तेज बदबू को महसूस किया और उसने बहुत ही अस्पष्ट सी कुछ आवाजें भी सुनीं। ऐसे जैसे उन आवाजों में कुछ आदमी की आवाजें भी शामिल हों, कुछ जानवरों की और कुछ पता नहीं किसकी। नागो सँभला तो उस खुले दरवाजे के सामने खड़ा हुआ और वह देखकर एकदम से अचम्भित हो गया। उसने देखा कि उस दरवाजे के पार एक अन्तहीन हॉल है। उस हॉल का अन्त उसे दिख नहीं रहा था। उसमें ढेर सारे पाए थे, पायों के पीछे पाए फिर पायों के पीछे पाए। उन पायों के ऊपर छत थी।

उस हॉल में खिड़की नहीं थी। कोई बल्ब भी नहीं जल रहा था। लेकिन वहाँ इतनी रोशनी थी कि सबकुछ दिख रहा था। कुछ-कुछ दूरी पर छत से सटे हुए कुछ रोशनदान थे जो सीमेंट के बने हुए थे। उन्हीं रोशनदानों से जितनी रोशनी छनकर आ रही थी उसी से उस कमरे में रोशनी थी।

बूढ़ा आगे बढ़ता रहा और साथ ही नागो भी आगे बढ़ता रहा। थोड़ी दूर जाकर बूढ़ा रुक गया। ऐसा लगा जैसे वह थक गया था। वह रुका और लम्बी-लम्बी साँसें लेने लगा।

नागो ने उसे देखा और कहा, "कौनो जल्दी नहीं है। आप थोड़ा आराम कर लीजिए। तबियत ठीक नहीं लग रहा है।" ऐसा बोलने के बाद नागो ने महसूस किया कि उसके भीतर का डर थोड़ा कम हुआ है।

नागो ने ऐसा कहा तो बूढ़े को अच्छा लगा। उसने बहुत ही मासूमियत से नागो की ओर देखा और हल्का सा मुस्कुरा दिया। नागो को उस बूढ़े का मुस्कराना अच्छा लगा। उसे लगा वह बूढ़ा शायद इतना बुरा है नहीं जितना उसे उस समय लगा था।

नागो के कहने पर बूढ़ा थोड़ी देर के लिए वहीं जमीन पर बैठ गया। नागो खड़ा था और बहुत ही अचम्भे से इधर-उधर देख रहा था। वह बूढ़ा बैठा था और दोनों हाथों को जमीन पर रखे हुए था और तेज साँसें ले रहा था। थोड़ी देर तक जब उस बूढ़े ने साँस ले लिया और जब नागो को लगा कि अब वह उठ जाएगा तब वह बूढ़ा अपने हाथ के नाखून से जमीन पर कुछ आकृतियाँ बनाने लगा। बूढ़ा आकृति बनाता और उसे मिटा देता।

नागो तब तक खड़े होकर छत की ओर देखता रहा। छत बहुत ऊँची थी और ढेर सारी पोटलियाँ वहाँ लटकी हुई थीं। उसने देखा कि दीवार का ऊपरी हिस्सा जो छत से बिलकुल सटा हुआ था, वहाँ खूँटी पर अजीब-अजीब तरह की आकृतियाँ लटकी पड़ी हैं। ऐसे जैसे बड़े-बड़े चमगादड़ उलटे लटके पड़े हों। नागो उन आकृतियों को देखकर घबरा गया।

उन आकृतियों को देखने के बाद नागो ने उस बूढ़े के द्वारा जमीन पर बनाई गई आकृतियों को देखा, उसे उन दोनों आकृतियों में काफी समानता लगी। लेकिन अभी भी वह बूढ़ा आकृतियाँ बनाकर मिटा ही रहा था। नागो को लगा कि अब काफी विलम्ब हो चुका है। तब उसने धीरे से बोला, "और कितना बैठिएगा?"

बूढ़े की तन्द्रा टूटी। वह अचानक से खड़ा हो गया और बहुत ही मासूमियत से बोला, "अरे, मैं तो भूल ही गया था, तुमने बतलाया क्यों नहीं कि तुम आ चुके हो।" नागो को बहुत अजीब लगा पर वह चुप रहा।

बूढ़ा उठा और चलना शुरू कर दिया। नागो ने छत सी चिपकी हुई जिन आकृतियों को देखा था उसके बारे में वह उस बूढ़े से पूछना चाहता था। परन्तु वह बूढ़ा खुद ही इतना सन्देहास्पद था कि नागो ने सिर्फ अपने घोड़े के बारे में ही पूछा, "मेरा सूरज कहाँ है?"

लेकिन वह बूढ़ा बगैर कोई जवाब दिए चुपचाप चलता रहा। वह चल रहा था और रास्ते में बिखरे हुए सामान को किनारे करता जा रहा था। नागो को बार-बार उसके कारण रुकना पड़ रहा था।

थोड़ी दूर चुपचाप चलने के बाद उस बूढ़े ने नागो की तरफ देखकर पूछा, "सूरज? कौन सूरज?"

"मेरा घोड़ा।"

"अच्छा, उसका नाम सूरज है। पर उसने तो कभी हमें बताया नहीं।" फिर वह बूढ़ा हँसने लगा।

"तब जरूर तुम्हारा नाम गुल्ली-डंडा होगा या फिर...(कुछ सोचते हुए कहा) फिर कुआँ होगा।" ऐसा कहकर वह बूढ़ा और जोर-जोर से हँसने लगा। नागो समझ नहीं पाया कि उस बूढ़े ने आखिर किस तर्क से उसका नाम ऐसा कहा और वह इस कदर आखिर क्यों हँस रहा है?

बूढ़ा हँस रहा था और हँसते-हँसते वह वहीं दीवार में सटकर रोने लगा। वह रो रहा था और उसकी आँखों से आँसू नहीं गिर रहे थे। वह रोने लगा तो नागो

घबरा गया। फिर थोड़ी देर में वह चुप हुआ और साँसों को अपने भीतर इकट्ठा करने लगा। और फिर उसने अपने चेहरे को कठोर करते हुए कहा, "बस अब तुम मिलने ही वाले हो उससे।"

नागो चलते हुए अजीब-अजीब तरह के फेंके हुए सामान को अपने आस-पास देखता रहा। कुछ कागज-पत्तर, कुछ इलैक्ट्रॉनिक सामान, कुछ अस्त्र-शस्त्र। वे सामान बहुत ही बेतरतीब ढंग से वहाँ रखे हुए थे और उन दोनों को उन सामानों से बच-बचाकर चलना पड़ रहा था। वह बूढ़ा तो चूँकि वहाँ के लिए अभ्यस्त था इसलिए उसे वहाँ बहुत तकलीफ नहीं हो रही थी लेकिन नागो को बहुत सँभलकर चलना पड़ रहा था।

एक अँधेरा कोना, कुछ सामान और कुछ जब्त आवाजें

नागो को वह जगह, वह बूढ़ा, वे सामान—सब बहुत रहस्यमय लग रहे थे। वह मुँह से भले ही कुछ नहीं कह रहा हो, लेकिन वह अन्दर से बहुत घबरा रहा था। वह रहस्यमय बूढ़ा उसके साथ था जिसके कारण उसे कुछ हिम्मत बँध रही थी लेकिन उसी बूढ़े के कारण उसे डर भी लग रहा था।

वह बूढ़ा चलते-चलते फिर रुक गया था और उसके साथ नागो भी। नागो रुका और उस बूढ़े को देखने लगा। उस बूढ़े ने अपने हाथ के इशारे से अपनी बाईं तरफ इशारा किया। उस बूढ़े की साँस शायद खत्म हो गई थी इसलिए उसने अपने मुँह से कुछ नहीं निकाला, सिर्फ इशारा ही किया। नागो ने उन पायों के पीछे देखा वहाँ कुछ अजीब-अजीब से जानवर थे। ऐसे जानवर जिन्हें नागो ने अपनी आँखों से कभी देखा नहीं था। सारे जानवर वहाँ सुस्त पड़े हुए थे। वह आगे बढ़ा और भौंचक रह गया। वहीं उसका सूरज बैठा हुआ था। उसने अपने सूरज को पहचान लिया था।

नागो सूरज के पास गया, लेकिन सूरज बिना हिले-डुले शान्त बैठा रहा। नागो ने देखा, घोड़ा एक महीने में ही कंकाल-सा हो गया था। उसका चेहरा काला पड़ गया था। उसकी आँखें धँस गई थीं। वह बैठा हुआ था और उसे देखकर ऐसा लग रहा था कि उसमें उठने की क्षमता ही नहीं है। उसके वे बाल जिन पर नागो

कभी एक भी गन्दगी तक बैठने नहीं देता था, वे झड़ रहे थे। नागो ने उसे देखा और विचलित हो गया। उसने उस घोड़े को प्यार करना चाहा, लेकिन वह सूरज से छिटककर दूर खड़ा हो गया। दूर से वह सूरज को देखता रहा। उसने सोचा था कि सूरज को देखते ही वह सूरज से लिपट जाएगा, ढेर सारी बातें करेगा। दुख-सुख बाँटेगा परन्तु वह यहाँ इस वक्त सूरज को इस हालत में देखकर स्तब्ध हो गया था।

सूरज ने भी नागो को देखा, लेकिन शायद उसकी पहचानने की शक्ति बिलकुल खत्म हो गई थी। इसलिए उसके चेहरे में कोई बदलाव नहीं आया। सूरज ने नागो को देखकर कोई प्रतिक्रिया नहीं दी तो नागो का कलेजा एकदम फट गया।

नागो की स्मृति में वे दिन आए जब वह रोज सुबह सूरज को प्यार करने जाता था और सूरज जानबूझकर उससे अलसाता था। वह दिन जब सूरज उसके दिल की बातों को बूझ जाता था और मुस्कराता था। नागो पुरानी बातों को याद करते हुए रोने लगा। फिर वह सूरज के नजदीक गया। उसने सूरज की गरदन पर हाथ रखा। गले में लटकता हुआ एल्यूमीनियम का सूरज अब वहाँ नहीं था। नागो ने सोचा अब यह कमजोर गरदन उस सूरज को सँभाल भी नहीं सकती थी। नागो सूरज के नजदीक गया तो एक अजीब तरह की बदबू सूरज के शरीर से निकली। नागो उस बदबू को बर्दाश्त नहीं कर पाया। वह फिर से छिटककर दूर खड़ा हो गया।

वह अभी चिन्तित खड़ा ही था कि वह बूढ़ा पीछे से आया और ठीक उसके कान के पीछे आकर कहा, "देखो, तुम्हारा घोड़ा यहाँ कितना सुरक्षित है!"

नागो ने सुरक्षित शब्द को सुना और तिलमिला गया। उसके मुँह से अचानक निकला, "उसे शायद प्यास लगी है।" और फिर वह चुप हो गया।

"प्याऽऽस!" इस शब्द को उस बूढ़े ने लम्बा खींचकर रहस्यमय बना दिया।

फिर नागो की शक्ल को देखकर कहा, "लगता है कि तुम खुश नहीं हो।" फिर थोड़ी देर चुप रहकर वहा बोला, "वैसे सही मायने में देखा जाए तो खुश तो मैं भी नहीं हूँ।"

नागो फिर भी चुप रहा।

"तो तुम्हें क्या लगा था कि तुम्हारे घोड़े को प्रधानमंत्री अपनी शाही सवारी में लगाएँगे।" जब बूढ़े ने ऐसा कहा तो अचानक नागो को पंडित मिश्र की याद आ गई। उसे याद आया कि पंडित मिश्र ने भी ठीक यही बात उससे कही थी। नागो ने सोचा, काश उसने पंडित मिश्र की बात मान ली होती!

नागो को पंडित मिश्र की याद आई तो अचानक अपने गाँव, अपने माँ-पिता और सबसे अधिक चिड़िया की याद आई। चिड़िया की याद आई तो अचानक उसके मन में आया कि पता नहीं इस वक्त चिड़िया क्या कर रही होगी। जब मन में यह आया कि पता नहीं वह क्या कर रही होगी तो उसने सोचा इस समय दिन का कौन सा पहर है। उसने छत की तरफ देखा, लेकिन उसे कुछ समझ नहीं आया कि अभी दिन का कौन सा पहर है।

खैर अपनी उदासी के साथ फिर से उस बूढ़े की तरफ लौटा। वह उदास था तो बूढ़ा उसकी तरफ देख रहा था।

"तुमने सरकार से कुछ ज्यादा उम्मीदें पाल नहीं रखी है?" बूढ़े ने ऐसा कहा और हँसने लगा। नागो उदास था और भीतर से बहुत खिन्नाया हुआ था। उसका मन किया कि वह धक्का देकर उस बूढ़े को नीचे गिरा दे। नागो ने उस बूढ़े की तरफ देखा। और सिर्फ देखा नहीं, उसकी तरफ वह बढ़ा भी फिर अचानक उसकी निगाह बूढ़े पर गई और वह सहम गया। बेहद कमजोर और बेहद लाचार-सा वह बूढ़ा उसके सामने खड़ा था। नागो एकाएक पीछे हट गया। उस बूढ़े ने कुछ नहीं समझा और न ही वह जान पाया कि नागो उदास है और गुस्से में है। वह बूढ़ा ए कदम सामान्य था और उसके सामने खड़ा था।

नागो एकदम से घबराकर उन जानवरों के बीच से बाहर आ गया और एक पाए के साथ खड़ा हो गया। नागो ने कुछ बोलना चाहा तो उस समय वह बूढ़ा लम्बी साँस लेने लगा इसलिए नागो कुछ सैकेंड के लिए चुप हो गया। फिर नागो ने कहा, "लेकिन सरकार से हमारा शर्त हुआ था घोड़ा को बढ़िया से रखने का।"

"सरकार!" बूढ़े ने इस शब्द को भी थोड़ा लम्बा खींचा और इसे भी रहस्यमय बना दिया।

"बहुत बड़ा देश है। सरकार वायदे भूल जाती है।" यह बनिस्पत थोड़ा धीरे से बोला गया वाक्य था लेकिन इतना ही धीरे जितने में नागो सुन जरूर ले। नागो अब शान्त हो गया था। उसे अचानक से लगने लगा था कि जिस बूढ़े पर वह इस कदर गुस्सा रहा था, वह भी एक सताया हुआ इनसान ही है।

नागो दीवार से पीठ लगाकर पहले खड़ा था अब उसी दीवार से अपने शरीर को घसीटते हुए वह नीचे बैठ गया। वह बूढ़ा पहले खड़ा रहा फिर वह भी बैठ गया। वैसे वहाँ इतनी बदबू थी कि बैठना सम्भव नहीं था, लेकिन उस समय नागो इतना दुखी था कि उसे कुछ पता नहीं चल रहा था।

“इ कहाँ आ गए हैं हम? इ कौन जगह है?” नागो बार-बार कोशिश कर रहा था कि वह टूटी-फूटी ही सही लेकिन हिन्दी बोले ताकि उसकी बात वह बूढ़ा आसानी से समझ जाए।

“मुझे कैसे पता होगा कि यह कौन सी जगह है? मैं तो बस यहाँ इन सभी चीजों की देखभाल करता हूँ। जैसे मुझे यह तक नहीं मालूम है कि मैं यहाँ कहाँ से लाया जाता हूँ और कहाँ मैं चला जाता हूँ। लेकिन यहाँ मैं हूँ तो यहाँ मेरे साथ चमगादड़ भी तो हैं, कुछ आवाजें भी तो हैं।” वह बूढ़ा ऐसा कहकर थोड़ी देर चुप रहा फिर बोला, “तुमको मालूम है सूर्य को मैंने सिर्फ बचपन में एक बार देखा था। क्या पता अब बाहर वह है भी या नहीं?”

नागो सुनता रहा, तब बूढ़े ने कहा, “बस इतना समझो कि सरकार को इस इतने बड़े देश को आरामदायक रूप से चलाने के लिए ऐसे गुप्त स्थान बनाने पड़ते हैं। और ऐसी जगहें कोई एक नहीं होती हैं। पता नहीं इस देश में ऐसी कितनी जगहें सरकार ने निर्माण कर रखी होंगी?”

“सरकार आगे की तरफ बढ़ती है और उस आगे बढ़ने के रास्ते में जो भी आता है उसे रौंदना सरकार का कर्तव्य है। अब लोकतंत्र में हमेशा क्रूरतम तरीके से रौंदना सम्भव नहीं है इसलिए सरकार उन्हें ओझल कर देती हैं। अब वह कोई चुका हुआ सामान हो, कोई कला, कोई शब्द या फिर कोई आदमी।”

“तुम चाहो तो इसे सरकार का एक अँधेरा कोना कह सकते हो। एक ऐसा अँधेरा कोना जहाँ कुछ भी उपयोगी नहीं है या कह लो कि वे यहाँ रखे हुए हैं यही उनका उपयोग है। ऐसा नहीं है कि सरकार उन्हें सीधे-सीधे नष्ट करना चाहती है। ऐसा भी नहीं है कि सरकार उनका सम्मान नहीं करती है। बस उनका अन्दाज अपना है। जितनी भी चीजें यहाँ रखीं हैं वे यहाँ सुरक्षित ही तो हैं।”

“यहाँ वे सामान हैं जिनसे हमने कभी-न-कभी बहुत अधिक मोहब्बत की होगी और जो अब हमारे इस्तेमाल की नहीं हैं। हम जिसे बहुत मोहब्बत करें और एक समय के बाद अगर वह हमारे उपयोग की न रहे तो उसको अपने हाथों से नष्ट करना कितना मुश्किल है—यह तो तुम भी जानते ही होगे। यह बेतरतीब सी बनी जगह हमें उस अपराधबोध से बचाती है।” वह बूढ़ा बोल रहा था और नागो चुपचाप सुन रहा था। नागो जमीन की तरफ अपनी आँखें गड़ाए हुए था। बूढ़ा इतना बोलकर साँसों को अपने भीतर भरने लगा। वह अभी साँस को पूरा भर भी नहीं पाया था कि बीच में ही उस साँसों के क्रम को तोड़कर धीरे से बोल पड़ा, “मोहब्बत तो समझते हो

तुम?" बूढ़ा फिर साँस इकट्ठा करने लगा। साँसों को इकट्ठा करके वह उससे बाहर निकला और नागो के चेहरे की तरफ देखते हुए एक लम्बी साँस छोड़ते हुए कहा, "मोहब्बत कौन नहीं करता? तुमने भी तो किसी-न-किसी से मोहब्बत की ही होगी। अब यह घोड़ा भी तो तुम्हारी मोहब्बत ही है जिसके लिए तुम आज यहाँ खड़े हो।"

फिर अचानक वह बूढ़ा घुटन महसूस करने लगा और खड़ा हो गया और आह भरते हुए कहा, "पता नहीं मैं फिर सूरज की रोशनी कब देख पाऊँगा।" नागो को जब लगा कि अब उठना पड़ेगा तो वह बूढ़ा फिर से बैठ गया और इस बार उसके शरीर में थोड़ी फुर्ती थी। शायद अभी-अभी साँसों को इकट्ठा करने के कारण ऐसा हुआ था।

"यह मोहब्बत भी अजीब चीज है। हरेक की मोहब्बत अलग-अलग है। कोई अपनी पत्नी से मोहब्बत करता है, कोई अपनी प्रेमिका से। कोई सत्ता से, कोई आँसू से, कोई नशे से और कोई अपनी कुर्सी के नशे से, तो कोई अपने विचार से।"

"इसलिए चाहे तुम इसे पागलखाना कह लो, कूड़ा घर कह लो, अँधेरा कोना या फिर सरकार चलाने के अन्य अनेक क्रूरतम तरीकों में से एक। इस तर्ज पर यहाँ वह सब कुछ मिल सकता है जिससे या तो तुम बहुत मोहब्बत करते हो या फिर यह सत्ता जिससे बहुत नफरत करती हो। जैसे हवा, पानी, आग, लोहे का कोई टुकड़ा, कोई पत्थर, कोई औजार, कोई मशीन या फिर आँसू या कोई शब्द।"

अचानक वह बूढ़ा उठा और फुर्ती से एक किनारे गया जहाँ ढेर सारे इलैक्ट्रिक सामान बिखरे पड़े थे। वह उस ढेर में कुछ ढूँढ़ने लगा। नागो वहीं से बैठा उसे देखता रहा। वह बूढ़ा वहाँ से एक छोटी सी मशीन उठा लाया...बिलकुल छोटे वाले मोबाइल के आकार का। और नागो को दिखाते हुए कहा, "इसे पहचानते हो?" नागो ने देखा उसमें एक छोटी सी स्क्रीन थी। उसका रंग काला था और उसमें सामने एक-दो छोटे-छोटे बटन थे।

नागो ने 'नहीं' में सिर हिलाया तो उस बूढ़े ने कहा, "अब कोई क्यों इसे जानेगा? एक समय था जब यह इस समाज की रानी थी। लोगों को इसने दीवाना बना रखा था। लोग अपनी प्रेमिका के लिए अपने दिल के भीतरी कोने में जो सोचते थे, वह उसकी प्रेमिका तक पहुँचाने का यह एक सशक्त माध्यम था। प्रेमी अपनी प्रेमिका को कहता था तुम मेरी पुरबइया हो और प्रेमिका तुरन्त उसी पुरबइया में उड़ जाती थी।"

उस बूढ़े ने उस औजार को उसी ढेर की तरफ फेंकते हुए कहा, "अब कोई नहीं पूछता इसे, तो यह यहाँ कूड़े के ढेर में पड़ा है।"

"अब तुम अपने आपको ही देखो। क्या करते अपने टमटम का और टमटम में जुते इस घोड़े का? तुमने इससे मोहब्बत की थी इसलिए तुम इसे अपने हाथों नष्ट कैसे करते? लेकिन सोचो, यह वही घोड़ा है जिस पर बैठा आदमी एक समय में इस समाज का सबसे बड़ा नायक हुआ करता था। आज तुम इस घोड़े को लेकर शर्म में गड़ते चले जा रहे थे। तब फिर इसी कबाड़खाने ने तो उस शर्म से तुम्हें उबारा है। सरकार विकास चाहती है तो इस टमटम, घोड़े और कुल मिलाकर तुम जैसे आदमी को कुर्बानी देनी ही होगी।"

लम्बा भाषण देकर चुप होकर उस बूढ़े ने अपने चेहरे का रंग अचानक बदल लिया और अपने चेहरे पर थोड़ा बचपना लाकर कहा, "बाहर बारिश की बूँदें भी छोटी हो गई हैं क्या? क्या बारिश में खड़े होकर लोग अभी भी भीगते हैं या नहीं?"

नागो ने ऐसा रहस्यमय व्यक्ति कभी देखा नहीं था। उसे वह बूढ़ा पागल नहीं, रहस्यमय लग रहा था। नागो का दिमाग चकरा गया था। बदबू से उसके सिर में तेज दर्द हो रहा था। उसके पेट में मरोड़ हो रहा था। लग रहा था उसके पेट में जैसे कोई चकरी चल रही हो।

"केतना बड़ा है इ आपका कबाड़खाना?" नागो ने अपने सिर को ऊँचा करके पीछे की ओर देखना चाहा।

"अब मुझे क्या मालूम? मैंने कौन सा देखा है? होने को तो यह बहुत बड़ा हो और होने को यह उस पाए के बाद खत्म हो जाए। मैंने कभी इसका अन्त देखा नहीं है। और अगर मैंने इसका अन्त देखा भी होगा तो मुझे अब याद नहीं है। और अगर मुझे याद भी होगा तो तुमको यह पूछने का अधिकार भी किसने दिया? हो गया, तुमने देख लिया अब अपने घोड़े को। अब तुम जा सकते हो।" नागो को वह बूढ़ा खिझा हुआ-सा लगा।

नागो को ऐसा लगा जैसे शायद वह बूढ़ा अपने इस लम्बे लेक्चर पर उसकी सहमति चाहता था या फिर उससे भी कुछ और ज्यादा उस लम्बे भाषण के लिए अपनी तारीफ। नागो चुप था इसलिए शायद वह बूढ़ा खीझ गया था। लेकिन वह बूढ़ा था ही अजीब, उसे नागो से कोई अपेक्षा भी नहीं थी।

नागो उठा और चलने को हुआ तो बूढ़ा फिर अपने आप ही बोला, "ये आवाजें सुन रहे हो तुम। कैसी लगती हैं तुम्हें ये आवाजें?" अब वह बूढ़ा एकदम सामान्य था।

नागो तब से आवाजें वहाँ सुन तो रहा था जिसमें उसे लग रहा था कि कई आवाजें घुली हुई थीं। चूहा, चमगादड़, मशीनें, और कुछ मनुष्य की आवाजें, कुछ

रोना, कुछ आँसू, पानी की टपटप, कुछ थोड़े से शब्दों के आपस में टकराने की आवाजें। लेकिन सब कुछ गड्डमड्ड, कुछ भी स्पष्ट नहीं।

"मैं इन आवाजों का दीवाना हूँ। मैं अक्सर यहीं आकर सो जाता हूँ। इन आवाजों के बीच मुझे सोने में बहुत आनन्द आता है।"

"इन आवाजों में क्या मनुष्यों की भी आवाजें हैं?"

"नहीं! यहाँ मनुष्य तो हैं लेकिन उन्हें आवाज निकालने की आजादी नहीं है।" बूढ़े ने बहुत ही नाटकीय अन्दाज में अपने मुँह पर उँगली रखकर कहा।

"ऊपर और इन दीवारों पर रखीं जो ये पोटलियाँ तुम देख रहे हो, ये इनकी आवाजें ही तो हैं।"

नागो यह सुनकर एकदम सहम गया और दीवार में सट गया।

"डरो नहीं, ये आवाजें यहाँ आराम से सो रही हैं। तुम्हारी स्मृति में बहुत सी आवाजें नहीं रह पाएँ इसलिए उन्हें यहाँ कैद कर लिया गया है। तुम अपनी स्मृति में से उन आवाजों को निकाल न लो इसलिए उन आवाजों को यहाँ रख लिया गया है। तुम्हारी स्मृतियों को रोज नई-नई आवाजों से भर दिया गया है।"

"कोई भी सरकार यह नहीं चाहती है कि तुम अपनी स्मृतियों को याद रखो इसलिए उन्हें वहाँ से हटाकर यहाँ रख दिया जाता है। तुम्हारी स्मृतियाँ खाली नहीं रहें इसलिए बहुत सारी आवाजों को उसके बदले वहाँ रख दिया जाता है। तुम्हीं सोचो अब तुम्हें कहाँ याद होगा कि तुमसे जिन्दा रहने के लिए साँसें देने का वायदा किया गया था।"

"तुम्हें याद नहीं है कि तुमसे क्या-क्या वायदे किए गए थे? लेकिन वे सारे वायदे यहाँ कैद हैं।"

वह बूढ़ा उठकर नागो के सामने खड़ा हो गया और उसके बहुत पास आ गया, एकदम उसके चेहरे के पास और कहा, "जानते हो तुम्हारे पास जो एक चीज है जो सरकार के लिए सबसे खतरनाक है वह क्या है?" बूढ़ा एक मिनट चुप रहा और नागो उसकी तरफ देखता रहा। वह बूढ़ा उसके इतना नजदीक खड़ा था कि उसकी साँसों की आवाज नागो सुन पा रहा था।

"तुम्हारी स्मृति।" वह बूढ़ा ऐसा कहते हुए जोर से हँसने लगा।

"जब तक तुम्हारे पास तुम्हारी स्मृति है तुम खतरनाक हो, इसलिए तो...।" वह बूढ़ा इस वाक्य को अधूरा ही छोड़कर फिर से हँसने लगा। हँसते हुए वह चारों तरफ घूम गया।

थोड़ी देर तक शान्ति रही। दोनों चुप थे। बूढ़ा उसको एकटक घूरे जा रहा था। फिर वह वापस जिधर से आया था, बिना नागो की परवाह किए, वापस उधर चलना शुरू कर दिया। नागो के पास कोई और उपाय नहीं था। उसने एक बार कोशिश की कि उस जगह का अन्त वह देख सके लेकिन तमाम कोशिशों के बावजूद उसे अन्त कहीं नजर नहीं आया। उसने सूरज की तरफ देखना चाहा लेकिन वह जहाँ खड़ा था वहाँ से सूरज थोड़ा दूर था। वह चाहता तो उस बूढ़े से कहकर दुबारा सूरज से मिलने जा सकता था परन्तु उसने ऐसा नहीं किया। वह उस बूढ़े के साथ चलने लगा।

एक आखिरी आवाज और उससे पहले विदो बाबू

थोड़ी दूर उसी पहले वाले रास्ते पर चलने के बाद अचानक उस बूढ़े ने बिना कुछ कहे दूसरा रास्ता ले लिया।

और फिर चलते-चलते अचानक वह बूढ़ा रुक गया। उसने लम्बी साँस ली और फिर नागो को दाएँ तरफ देखने के लिए कहा। नागो ने दाएँ तरफ देखा तो वह चौंक गया।

वहाँ थोड़ी-थोड़ी दूरी पर कुछ लोग बैठे थे और वे शान्त थे। वे सारे लोग अजीब सी बेहोशी की हालत में थे और वे कुछ-न-कुछ कर रहे थे। कोई दीवार पर अपनी उँगलियों से लकीरें बना रहा था तो कोई जमीन पर। किसी ने लोहे का कोई औजार पकड़ रखा था और उसे जमीन पर धीरे-धीरे पटक रहा था। इस कबाड़खाने जैसी जगह में घुसते हुए नागो ने जिन आवाजों को सुना था, उनमें नागो को लगा था कि मनुष्यों की भी आवाज थीं। लेकिन यहाँ उन मनुष्यों को देखकर लगा कि वह बूढ़ा सही कह रहा था कि यहाँ बोलने की आजादी किसी को नहीं थी या फिर वे बोलने की स्थिति में ही नहीं थे। उसे वे अजीब लग रहे थे। अजीब लग रहे थे इसलिए उन्हें नजदीक से देखने की इच्छा जगी।

नागो ने बूढ़े की तरफ देखा। वह उस बूढ़े से इजाजत लेना चाहता था, लेकिन बूढ़े ने कोई प्रतिक्रिया नहीं दी तो नागो बिना उसकी इजाजत के उन इनसानों के झुंड में घुस गया। वे अलग-अलग बैठे थे इसलिए उनके बीच में इतनी जगह थी

कि आगे बढ़ा जा सकता था। और नागो अभी थोड़ी दूर ही गया था कि उसका दिमाग एकदम सन्न रह गया। वह एकदम से रुक गया। उसके पाँव काँपने लगे, उसे लगा जैसे दिमाग की नसें फट जाएँगी।

जहाँ नागो सन्न खड़ा था, उसके ठीक सामने विदो बाबू जमीन पर बैठे थे। एकदम दुबले-दुबले से विदो बाबू। दाढ़ी बढ़ी हुई थी। बाल बढ़े हुए थे। एकदम पहचान में नहीं आनेवाले विदो बाबू। पहले तो नागो को महसूस हुआ कि शायद यह उनके मन का भ्रम है। विदो बाबू और यहाँ! ऐसा नहीं हो सकता। गायब हुए विदो बाबू इस अँधेरी दुनिया में कैसे? नागो ने अपनी आँखों को मसला। और फिर पहचानने की कोशिश की।

नागो ने पहचान लिया विदो बाबू को। एकदम पहचान में नहीं आनेवाले विदो बाबू, वास्तव में विदो बाबू ही थे।

अब यह नागो की नादानी हो या भोलापन, लेकिन इस समय जब अचानक उसे विदो बाबू दिखे तो उसके दिमाग में सबसे पहले यह आया कि उसने विदो बाबू की डायरी उनके बेटों को वापस किया या नहीं! नागो इस समय इतना घबराया हुआ था कि उसे याद नहीं आ पा रहा था। उसे डायरी की याद आते ही अजीब-सी अकुलाहट होने लगी, और उसने रुककर पहले याद कर लेना चाहा कि डायरी उसने वापस की या नहीं! वह वहीं खड़ा हो गया और उसने अपने दिमाग को शान्त करके सोचना शुरू कर दिया। जब थोड़ा दिमाग शान्त हुआ तब उसे याद आया कि हाँ, वह उनके छोटे बेटे को डायरी थमा आया था। उसे आँगन का दृश्य याद आया जहाँ उसने उनके छोटे बेटे को डायरी थमाई थी। उस आँगन के साथ ही विदो बाबू का मचान भी दिखा। मचान दिखा तो विदो बाबू की अनुपस्थिति भी दिखी। और फिर विदो बाबू की याद आई।

विदो बाबू यहाँ जमीन पर बैठे थे और जमीन को अपनी दोनों हथेलियों से पीट रहे थे। वे एक बार ऊपर छत की तरफ देखते फिर अपनी हथेलियों को जमीन पर पटकते। फिर ऊपर देखते और फिर जमीन पर हथेली मारते। एक मशीन की तरह इसे अनवरत दुहरा रहे थे। ऐसे लग रहा था जैसे उन्हें ऐसा किसी ने नियंत्रित कर रखा है।

नागो जब थोड़ा सा होश में आया तो उसने विदो बाबू को झपट्टा मारकर पकड़ना चाहा। अभी उसने इतना सोचा ही होगा कि ठीक उसके पीछे आकर वह बूढ़ा खड़ा हो गया और कहा, "कभी जब तुम्हारे आँसू निकलने को बेचैन हों तब

क्या तुमने उन्हें अपने अन्दर दबाकर रखा है?" फिर थोड़ा रुककर कहा, "मैं करता हूँ। इसका एक अलग ही आनन्द है।"

नागो एकदम से रुक गया। उसने अचम्भित होकर उस बूढ़े की तरफ देखा। बूढ़ा शान्त था। उसने नागो को देखा, वह समझ गया कि नागो क्या पूछना चाहता है।

"जो मारे गए, उनके अवशेष वहाँ हैं। ये तो वे हैं जिनकी किस्मत अच्छी है।" उस बूढ़े ने ऐसा कहते हुए दीवार के ऊपरी सिरे पर उलटे चमगादड़ की तरह लटकी आकृतियों को दिखाया। नागो ने उन आकृतियों को देखा और फिर इन जीवित इनसानों की तरफ।

हाँ, उसने इतना अवश्य पूछा, "इ लोग बेहोश हैं का?"

वह बूढ़ा अभी साँस इकट्ठा कर रहा था इसलिए इस सवाल को सुनकर भी चुप रहा और थोड़ी देर में कहा, "बेहोश कौन नहीं है? क्या तुम तब बेहोश नहीं थे? ये होश में न रहें इसलिए तो यहाँ लाए गए हैं और यहाँ होश में रहकर भी क्या करेंगे?"

नागो वहाँ से निकला और एक पाए से सटकर खड़ा हो गया। उसके शरीर में इतनी ताकत नहीं रह गई थी कि वह अपने पैरों पर खड़ा भी रह सके।

"अब इतने बड़े देश को चलाने के लिए ऐसे लोगों को साथ ले चलना सम्भव भी तो नहीं जिससे सरकार रुष्ट हों। अब तुम ही बताओ क्या सरकार से नाराजगी क्या इतनी कम खतरनाक होती है?" बूढ़े ने नागो को दुखी देखकर कहा।

"अब इसे तुम अपनी बदकिस्मती कहो कि तुम इनमें से एक को जानते हो।"

नागो अपने शरीर को उस पाए से चिपकाए एकदम सन्न खड़ा था। वह पसीने से पूरी तरह भीग चुका था। उसकी धड़कन बहुत तेज थी। वह अभी अपनी धड़कन की आवाज को खुद भी सुन सकता था। वह अभी अपनी धमनियों में बहुत धीमी रफ्तार में चलनेवाली खून की रफ्तार की आवाज को भी सुन सकता था।

"चलो, अब तुम्हारे चलने का समय हो गया है। मेरा भी अब आराम का वक्त हो गया है।"

नागो ने कुछ नहीं कहा और दीवार से अपने आपको चिपकाए दीवार के ऊपरी सिरे से लटकी उन आकृतियों को घूरता रहा। वह बूढ़ा चलने को हुआ तो नागो ने धीरे से कहा, "मैं यहाँ से जाना नहीं चाहता। मैं भी इसी लायक हूँ। मुझे भी यहीं रख लो। मैं इनमें से अलग कहाँ हूँ?" नागो ने इस वाक्य को पूरे जतन से शुद्ध हिन्दी में कहा था।

वह बूढ़ा हँसा और कहा, “तुम्हें क्या लगता है कि यहाँ जो लोग हैं क्या वे अपनी मर्जी से यहाँ हैं? यहाँ कोई अपनी मर्जी से नहीं पहुँच सकता। मैं भी नहीं। यह हवा, यह रोशनी भी नहीं।”

बस इतना कहकर उस बूढ़े ने अपने चेहरे पर और कोई खास भाव आने नहीं दिया। उसने कहा, “आओ तुम्हें एक आवाज सुनाता हूँ। एक आखिरी आवाज।”

नागो विदो बाबू के लिए उस बूढ़े से कहना चाहता था कि वह उन्हें ले जाने की इजाजत दे दे। परन्तु उसके इतनी देर के व्यवहार को देखते हुए उसकी आवाज हलक में ही अटकी रह गई।

नागो जाना नहीं चाहता था, लेकिन मजबूरी में वह फिर उस बूढ़े के पीछे पीछे हो लिया।

नागो ने जाते हुए विदो बाबू को देखा। विदो बाबू मशीन की तरह अब भी अपने काम में लगे हुए थे। विदो बाबू का चेहरा एकदम मासूम-सा लग रहा था। नागो थोड़ी देर रुक गया। उसने विदो बाबू के चेहरे को गौर से देखा। बढ़े हुए बाल-दाढ़ी से बेतरतीब हुए चेहरे पर उदासी को उसने ढूँढ़ना चाहा। पूरे गाँव वाले हमेशा जिस उदासी को विदो बाबू के चेहरे पर ढूँढ़ते रहे थे, नागो यह देखकर हैरान था कि वह उदासी उनके चेहरे पर अब बिलकुल भी नहीं थी। विदो बाबू का चेहरा एक सन्तुष्ट चेहरा था और वहाँ एक मासूमियत मौजूद थी। नागो का मन किया कि वह विदो बाबू से जाकर लिपट जाए और उन्हें दुलार करे। नागो का मन किया कि वह उनसे गले लगकर फफक-फफककर रो पड़े और कहे, “काश, हमने आपको पहले ही बूझ लिया होता।”

परन्तु वह बूढ़ा आगे चलता चला जा रहा था।

बूढ़ा जिधर बढ़ रहा था उधर टपटप की आवाजें तेज हो गई थीं। ऐसे जैसे पानी के किसी जमाव में पानी की बूँद थोड़ी-थोड़ी देर में गिर रही हो। वह बूढ़ा अचानक रुका और लम्बी साँस लेते हुए चुप हो गया। नागो ने कुछ कहना चाहा तो उसने मुँह पर उँगली रखकर शान्त रहने का इशारा किया। नागो शान्त हुआ तो उस बूढ़े ने थोड़ी देर में कहा, “क्या तुम इस आवाज को सुन पा रहे हो।” नागो ने उस टप की आवाज को भीतर तक महसूस किया। उसने थोड़ा-सा इन्तजार किया और फिर से टप।

उस बूढ़े ने उस आवाज को सुनते हुए कहा, “यह आँसू की आवाज है। जिसे तुमने आज तक कभी इतने ध्यान से नहीं सुना होगा।”

नागो ने उस आवाज को सुना और लगा कि वह बेहोश होकर गिर जाएगा। वह बूढ़ा वैसे ही अभी भी खड़ा था। उसने नागो को चलने का इशारा किया और बिना इसकी फिक्र किए कि वह चल रहा है या नहीं, खुद चलना शुरू कर दिया।

बूढ़े ने चलना अभी शुरू ही किया था कि वह दरवाजा तुरन्त सामने आ गया जिससे उन दोनों ने अन्दर प्रवेश लिया था।

उस दरवाजे पर वह बूढ़ा खड़ा हुआ और कहा, "जाओ, लेकिन अब तुम्हें अपने जीवन में आँसू की यह आवाज कभी भी चैन से सोने नहीं देगी।"

पक्की सड़क और रिक्शे की रुनझुन आवाज

नागो को जब होश आया तो उसने अपने आपको पटौना के रेलवे स्टेशन पर पाया। उसने अपनी आँखें खोलीं और उसकी आँखों के ठीक सामने वह पीला सा सीमेंट का बोर्ड था जिस पर रेलवे स्टेशन का नाम लिखा था—पटौना। नागो ने महसूस किया कि उसका सिर भारी हो रहा है। ऐसा लगा जैसे वह अभी-अभी किसी गहरी नींद से जगा हो। उसने अपने दोनों हाथों से पहले अपने सिर को पकड़ा और अपने दोनों हाथों से उसने अपनी आँखों को मसला और उन्हें साफ करने की कोशिश की। वह थोड़ी चेतन अवस्था में लौटा। उसने देखा, उस स्टेशन पर एक ट्रेन रुकी हुई है। चारों तरफ भीड़-भाड़ थी। अफरा-तफरी। लोग चढ़ रहे थे, उतर रहे थे। हो-हल्ला हो रहा था। नागो उस प्लेटफॉर्म पर खड़ा नहीं रह पाया। उसने चलना चाहा लेकिन उसके पाँव नहीं चल रहे थे। उसने लगभग घसीटते हुए अपने आपको मुख्य दरवाजे से बाहर निकाला।

नागो मुख्य दरवाजे से बाहर निकला और बीच में खड़ा हो गया। वहाँ बहुत शोर था। सारे रिक्शेवाले ग्राहकों को हाँक लगा रहे थे और एक-दूसरे की सवारियों पर झपट्टा मार रहे थे। एक रिक्शावाले ने एक बुजुर्ग सवारी को उसके झोले-टंटे के साथ अपने रिक्शा में बैठा लिया था तभी दूसरे रिक्शावाले ने उस सवारी के झोले-टंटे को उस रिक्शे से उठाते हुए अपने रिक्शे की ओर खींचा। उसने उस बुजुर्ग के हाथ को पकड़ रखा था। तभी पहला रिक्शावाला जो अभी अन्य सवारियों की तलाश में था वह दौड़ा आया और कहा, "इ का है बे।" दूसरे रिक्शेवाले ने

जिसके हाथ उस बुजुर्ग सवारी का हाथ था कहा, "सार, पहले हम देखे थे इसको, ज्यादा सयाना बनते हो का।" पहले वाले ने कहा, "पहले देखने से क्या होता है बे?" दूसरे, रिक्शे वाले ने कहा, "इ होता है।" और उसने उस सवारी को अपने रिक्शे की तरफ खींचा। पहले वाले ने रोकने की कोशिश की तो दूसरे वाले ने दूसरे हाथ से घुमाकर एक घूँसा उस पहले वाले की नाक पर जड़ दिया और वह सवारी को लेकर चला गया।

नागो बीच में खड़ा था और चारों तरफ चिल्ल-पों मची हुई थी। सवारियाँ यहाँ-वहाँ दौड़ रही थीं और नागो से टकरा रही थीं। किसी ने नागो को जोर से धक्का दिया और कहा, "सार, बीच में खड़ा होकर क्या अपनी अम्मा का इन्तजार कर रहा है?"

लगभग आधे घंटे में सारी अफरा-तफरी खत्म हो गई। सारी चिल्ल-पों बन्द हो गई। सारे रिक्शे चले गए। सारी दुकानदारी थम गई। इस आधे घंटे तक नागो वहीं खड़ा रहा। जब चारों तरफ शान्ति हुई और उसे थोड़ा होश आया तो वह उस मन्दिर के बगल वाले चापाकल पर गया। उसने चापाकल के पानी से अपने चेहरे पर छींटा मारा। पानी ठंडा था। चेहरे पर ठंडा पानी पड़ने से उसे थोड़ा होश आया। उसने आसमान की तरफ देखा, उसे धूप अच्छी लगी। उसके होश में आते ही अचानक उसे चिड़िया की याद आई। वह जहाँ खड़ा था वहीं से उसने चिड़िया की दुकान की तरफ देखा। वहाँ कुछ नहीं था। वह जगह खाली थी।

नागो वहाँ से चलकर उस जगह पर आया जहाँ चिड़िया की दुकान लगती थी। वह कुछ देर तक वहाँ खड़ा रहा और फिर सीधे फुत्तन के सैलून के सामने पहुँच गया। फुत्तन अपने सामान को सहेज रहा था। उसने नागो को देखा और उसकी तरफ झपट्टा मारते हुए कहा, "नागो भैया, कहाँ थे अब तक?" ऐसे लगा जैसे फुत्तन बहुत दिनों से नागो को ही ढूँढ़ रहा था।

फुत्तन उसे अपने सैलून के भीतर ले आया। नागो बैठा और चुप रहा। फुत्तन भी चुप था। फिर फुत्तन ने ही कहा, "बहुते इन्तजार किया भैया उ आपका। लेकिन इ राक्षस सब रहने नहीं दिया उ देवी को यहाँ।"

फुत्तन बहुत दुखी था। बोला, "बहुते मानती थी आपको। बहुते दिन तक सारा जलालत सहकर भी यहाँ रुकी रही। हम भी क्या करते? एक लड़की का इन सालों के बीच टिकना आसान नहीं था दादा। अब तो यहाँ रुकना क्या, साँस लेना भी बहुते मुश्किल है? हम तो क्या करें? हमारी तो मजबूरी है अपना और अपना परिवार

क पेट पालने के लिए सब सहना ही पड़ता है। लेकिन उ अकेली लडकी को इन लौंडों ने परेशान कर दिया भैया। दिन भर ऊँचा आवाज में गन्दा-गन्दा गाना। दिन भर गाली-गलौज। दिन भर जानबूझकर गन्दी-गन्दी बातें। का करती उ भी, यहाँ रहना उसके लिए मुनासिब भी नहीं था अब।"

नागो सुन रहा था और अपनी नजरों को जमीन में गड़ाए हुए था। फुत्तन बोल रहा था और उसका गला भर आया था। नागो ने सिर उठाकर देखा नहीं। नागो को लग रहा था कि फुत्तन की आँखें भरी हुई हैं। और उसमें भरी हुई आँख को देखने की अभी हिम्मत नहीं थी।

"भैया, झूठ नहीं कहेंगे लेकिन देखते तो हम सब भी थे उसे। लेकिन इ लौंडा सब त हदे कर दिया। गिरने की सारी हदें पार कर दिया इन लौंडों ने। उ बेचारी को तो नित क्रिया तक मुश्किल कर दिया।" इतना कहकर फुत्तन अपने को रोक नहीं पाया और एकबारगी फूट पड़ा। उसने भौकाड़ पारकर रोना शुरू कर दिया। उसे देखकर ऐसा लगा जैसे बहुत दिनों से यह आँसू रुके पड़े थे।

"इ जित्ते रिक्शे वाले हैं सब लौंडे-लपाटे हैं और सब यहाँ सवारी के इन्तजार में रुककर बस उस देवी को परेशान करते थे। भैया उ बहुत हिम्मती थी, लेकिन इ भी जान लीजिए कि तब हम थे सामने। अब हर दमे कोई आपके सामने आपका विडियो बनाता रहेगा तो कैसा लगेगा? भैया! सबने उसका जीना हराम कर रखा था विडियो बनाता था और सब झुंड बनाके उसे देखता था।"

फुत्तन बोल रहा था तो नागो सुन रहा था। नागो जमीन में अपनी नजरें गड़ाए हुए था।

"लेकिन भैया, हद तो तब हो गया जब नगेशवा ने सुनते हैं कि एकदिन उसे इ चापाकल पर ही पकड़ लिया। उसने शायद कुछ गन्दा हरकत भी किया था। क्या किया, पता नहीं, लेकिन इ लौंडों के मोबाइल में तो उ घटना का भी विडियो है।"

"उ दुपहरिया था और कौनो गाड़ी का टाइम नहीं था। एकदमे सुनसान था, सब सोए पड़े थे। बस वही दिन से फिर उ यहाँ कभी नहीं आई।"

नागो ने सुना और कुछ नहीं कहा। वह वहाँ से उठा और पीपल के पेड़ के नीचे चबूतरे पर आ गया। पीछे से अपने आँसू पोंछते फुत्तन दौड़ते आया लेकिन नागो ने कुछ नहीं कहा, कुछ नहीं किया। वह चुपचाप उस चबूतरे पर बैठ गया। फुत्तन को नागो के साथ देखा तो वहाँ के सारे लोगों ने सारा माजरा समझ लिया। हलुवाई महन्त और पंडित सब दौड़कर आए नागो के पास। उसने नागो को झकझोरा

लेकिन नागो सुन्न पड़ा हुआ था। सभी लोग कुछ देर तक नागो को देखते रहे, उससे बात करने की कोशिश करते रहे परन्तु जब कोई सफलता नहीं मिली तो वे चले गए। नागो वहीं बैठा रहा। दूसरी गाड़ी आई और फिर वही शोर-गुल, वही चिल्ल-पों। जब थोड़ी चिल्ल-पों शान्त हुई तब नागो उठा और अपने गाँव जानेवाले रास्ते की तरफ चल दिया।

वह चबूतरे से उठा और पलटकर उस जगह को देखा, जहाँ चिड़िया बैठती थी। वहाँ चिड़िया नहीं थी। चिड़िया का खाली स्थान था। उसने फिर अपने सिर को ऊपर उठाया, बरगद के पेड़ की पत्तियों को देखा। पत्तियाँ शान्त थीं। उन शाखाओं पर बैठी चिड़ियाँ शान्त थीं। नागो पलटा और चलना शुरू कर दिया।

नागो चल रहा था और उसके दिमाग में चिड़िया की खाली जगह थी और विदो बाबू का जमीन पीटता हुआ चेहरा था। नागो उस चिकनी सड़क पर चल रहा था जिसके बनने की खुशी में कभी वह नाचा था। वह सड़क सूनी थी। दूर-दूर तक उस पर कोई नहीं था। वह चल रहा था तभी पीछे से गाने की तेज आवाज आई। और फिर एक रिक्शा वहाँ रुक गया।

रिक्शा नागो से सटकर रुका और उस रिक्शा से आवाज आई, "झुनरी, तेतरी, पिपरी।" नागो ने उस रिक्शे को देखा और चुपचाप खड़ा रहा, उसे कहा कुछ नहीं।

रिक्शेवाले ने फिर कहा, "अबे कहाँ जाएगा?"

लेकिन नागो फिर भी शान्त था।

रिक्शा थोड़ी देर रुका रहा तभी उसी रिक्शे से पीछे की तरफ से किसी ने कहा, "अरे, नांय जाएगा, सार, कौनो पगलेठ लगता है।"

रिक्शेवाले ने रिक्शे को यह कहते हुए चला दिया, "पगलेठ है तो जाए सार विदवा (विदो बाबू) के गांड़ में, हियां का कर रहा है।"

नागो उस सुनसान रास्ते पर चलता जा रहा था जहाँ दूर-दूर तक सिर्फ पक्की सड़क थी। रिक्शे की रुन-झुन की आवाज भी उससे दूर चलती चली जा रही थी। इसलिए वहाँ सिर्फ पक्की सड़क थी और नागो था।